MARIN

마린

MariN

안 형 찬 퓨 전 판 타 지 소 설

마린 1

안형찬 퓨전 판타지 소설

초판 1쇄 찍은 날 § 2006년 7월 25일
초판 1쇄 펴낸 날 § 2006년 7월 28일

지은이 § 안형찬
펴낸이 § 서경석

편집장 § 문혜영
편집책임 § 서지현
편집 § 이재권

펴낸곳 § 도서출판 청어람
등록번호 § 제1081-1-89호
등록일자 § 1999. 5. 31
어람번호 § 제1-0729호

주소 § 경기도 부천시 원미구 심곡1동 350-1 남성B/D 3F (우) 420-011
전화 § 032-656-4452 § 팩스 § 032-656-4453
http://www.chungeoram.com
E-mail § eoram99@chollian.net

MARIN

마린

MariN

안형찬 퓨전 판타지 소설

드디어 기억을 잊게 되고

1

도서출판 청어람

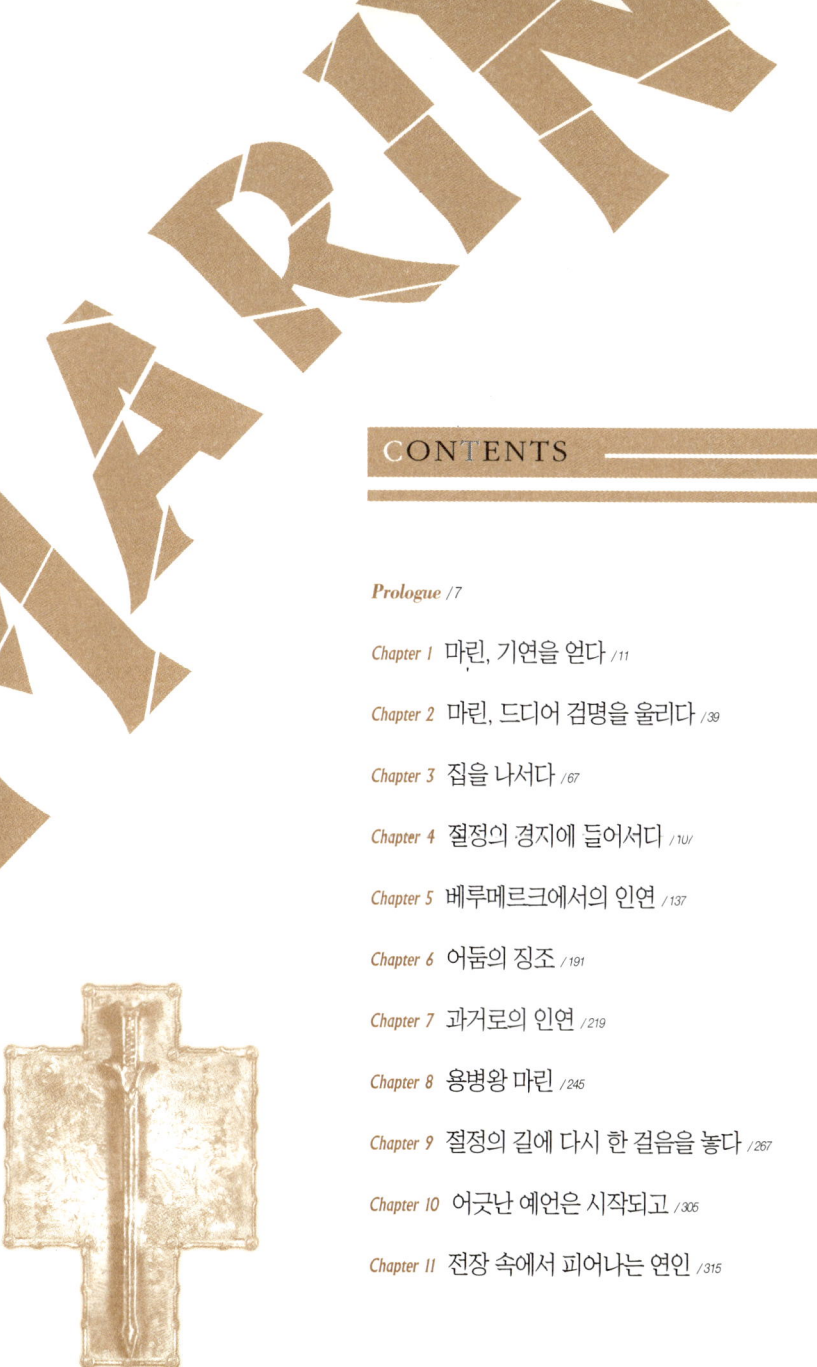

CONTENTS

프롤로그

성은 장이요, 이름은 류빈이다.

이름도 없는 시골 농가에서 둘째로 태어나 부모처럼 뼈 빠지게 고생하며 사는 게 싫어 무작정 강호에 나온 시 60년. 그동안 무림에서 얻은 것이라고는 돈 주고도 배우기를 거부한다는 삼류심법 하나와 정마대전이 끝나고 뭐 건질 거 없나 이리저리 발발 돌아다니다 얻은 화산파의 기초 무공인 매화이십사수검법서. 그리고 젊은 처자인 줄 알고 목숨 걸고 산적들과 싸운 후 구한 할머니한테 고맙다는 말과 함께 얻은 작은 구슬 하나뿐이었다.

평생 기연을 얻기 위해 절벽에서 뛰어내렸다 불구가 된 다리 한쪽과 우연히 산에서 발견된 약초를 산삼인 줄 알고 먹었다 죽을 뻔한 것을 면한 이후 지금도 쉴 틈 없이 콜록거리는 폐병, 그 밖에 생각도 하기 싫은 일들……. 골골 80이라더니 그 아픈 몸을 이끌고 강호무림에서 아직까지 살아 있는 것을 보면 유난히 악운에 강하다고 할 수 있다.

그는 지금 소호가 잘 보이는 한 2층 객점의 식탁에 앉아 몽롱한 눈빛으로 소호를 바라보고 있었다.

언제부터였던가? 왠지 들고만 있어도 자신의 마음을 달래주던 구슬을 쥐고 이맘때면 유난히 잔잔한 비가 많이 내리는 소호를 봤다.

며칠 전 유난히 악운에 강했던 자신도 죽을 때가 됐다는 것을 장류빈은 본능적으로 느꼈다. 어설픈 검술로 강호에서 처음으로 사람을 죽이고 괴로워 술에 절어 있다 우연히 눈이 멀어버릴 듯 햇빛에 반짝이는 소호를 본 적이 있었다. 그때 느꼈던 무어라 표현 할 수 없는 그 감동을 한 번 더 느끼고 싶은 바람에 류빈은 절뚝거리는 다리를 이끌고 고향으로 가려다 발길을 돌려 이곳으로 몇 날 며칠을 고생하며 왔던 것이다.

그때만큼의 감동은 없었지만 왠지 비가 내리는 저 소호를 보고 있노라면 암울했지만 젊음과 패기가 있었던 그때로 돌아가는 것 같았다. 평생에 걸쳐 밑바닥 삼류무인을 벗어나기 위해 말로 다 할 수 없이 노력했건만 결국 굳어진 골격으로 사부도 없이 혼자 배우는 공부에는 한계가 있을 수밖에 없었다. 그래도 그때는 젊었기에, 젊음이 있었기에 할 수 있다는 자신감이 넘쳤다. 그러나 이제는 하나씩 늘어가는 나이에 몸은 늙어갔고 하루하루를 연명하기 위한 노력만이 쌓여져 갈 뿐이었다.

오늘은 기침도 나오지 않았고 이렇게 비가 내리는데 무릎도 그다지 아프지 않았다.

'혹시…… 오늘이 마지막 날인가? 회광반조라는 것이 있다더니 비가 내림에도 평소와는 달리 심신이 평안하구나. 휴~ 참으로 힘들기만 했던 인생이었다……. 비참하기만 한 인생이었지. 그래도 나는 내가 하고자 하는 것을 하면서 살았다. 결과는 좋지 못하였지만. 그래, 이렇게 살다 죽는 것도 나쁘지 않겠지. 참으로 긴 인생이었어. 그래, 참으로…….'

그러다 하늘을 보았다.

비가 내리는데도 하늘이 맑아 보였다. 기이한 느낌에 하늘을 향해 손을 뻗이 올렸다. 자신의 손에 저 밀고 먼 하늘이 만져질 것만 같았다. 그렇게 끝없이 올라갈 것 같던 손이…… 그렇게 하늘을 만질 수 있을 것 같던 손이 뿌옇게 흐려지더니 사라졌다.

툭!

곧 목이 꺾어지고 하늘을 만지려 뻗어가던 손도 떨어져 내렸다. 손 안에 꼭 잡고 있던 구슬도 그와 동시에 떨어져 조각조각으로 나뉘었다. 그의 투박한 손의 따뜻한 온기를 지닌 채

소리없이 더 작은 조각들로, 더 작은 조각들로 나뉘어갔다. 그리고 하나하나가 생명체가 된 것처럼 이리저리로 날아다니더니 작은 불꽃으로 타올랐다. 그러고는 순식간에 식어가는 그의 몸에 달라붙어 하나의 큰 불꽃을 만들더니 곧 그의 형체와 함께 사라졌다. 마치 그 자리에 아무도 없었다는 듯이… 아무런 소리도 없이 그렇게 사라졌다.

곧이어 투덜거리며 2층으로 주문을 받으러 온 점소이만이 아무도 없는 자리에 어리둥절할 뿐이었다.

Chapter 1

마린, 기연을 얻다

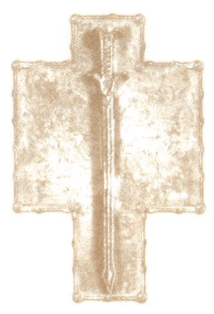

비가 내리는 늦은 저녁이었다.

그날따라 마을에서 성실하기로 유명한 한스는 자신이 운영하는 상점도 문 닫은 채 거실에서 초조한 마음을 달래며 창밖으로 내리는 비를 보고 있었다.

"젠장, 이놈의 비는 언제 그칠 모양인지. 끝없이 퍼부어대는구나."

괜스레 하늘에서 떨어지는 비에 불만을 표하던 한스는 군게 닫힌 방문에서 삐져나오는 신음 소리가 점점 이어질수록 입 안이 바싹 타올랐다. 그가 쳐다보는 그 방 안의 침대에서 붉은 머리를 한 여인이 고통을 이기려는 듯 이를 아물고 힘을 주고 있었다. 첫 애라 그런지 몇 시간째 생살을 찢는 고통에 허덕이고 있었다.

"조금만 더 힘내세요, 부인. 머리가 보이기 시작해요. 이때가 중요하니 조금만 더 힘내세요."

밖에서 소식을 기다리던 한스의 마음이 초조하고 불안해졌다.

가끔가다 들려오던 비명 소리도 이젠 들려오질 않는다. 비명 지르기에도 지쳤는지 신음 소리만 가끔 들릴 뿐이었다. 그렇게 산모도, 밖에서 아이를 기다리는 한스의 마음도 아팠다. 그러다 그 신음 소리도 없어지더니 곧 우렁찬 아기의 울음소리가 들려왔다.

"응애응애!"

"……!"

우렁찬 아기의 울음소리가 들리자 한스는 곧 자신의 부인이 있는 방으로 달려갔다.

방에서는 살짝 부어오른 얼굴을 한 사랑하는 부인이 아기를 안고 있었다. 지금까지 보았던 모든 아름다움을 합친 것이라도 이 모습보다 아름다울 수 없을 것이라는 확신이 들었다. 목구멍 끝까지 찼던 격정이 눈물로 나왔다.

"크~흥. 흑, 흑. 여보, 몸은 괜찮은 거야? 많이 아팠었지…흑, 흑. 아~ 왜 이리 눈물이 나오는 건지……."

감당할 수 없다는 듯 흘러나오는 눈물에 어쩔 줄 모르는 그의 모습을 보던 세일리어는 갈라져 쉰 목소리로 힘없이 웃으며 말한다.

"괜찮아, 괜찮아. 이젠 괜찮아. 난 아무렇지도 않아. 왜 울고 그래? 이렇게 기쁜 날에. 이렇게 근사한 선물을 받은 이 날에 말이야. 자~ 우리 아기 봐봐. 예쁘지? 여기 코하고 입이 꼭 당신을 닮았어. 딸이면 좋았을 텐데 이렇게 보니 당신 닮은 아들도 괜찮은 것 같아. 어서 한번 안아봐."

부인의 말에 조금은 진정되었는지 점점 눈물을 그쳐 가던 한스는 부인의 품에 안겨 있는 자신의 아이를 안았다. 쭈글쭈글한 새빨간 피부가 방금 전까지 엄마 뱃속에 있었어요, 라고 말하는 것 같았다. 부인 말처럼 큰 코와 두툼하고 큰 입이 자기 얼굴을 빼닮은 듯했다.

"어? 정말 그렇네. 크~흥. 자기 닮았으면 좋았을 텐데… 하하. 바보같이 내 얼굴을 닮을 게 뭐람."

울고 웃으며 아기를 안는 한스를 보던 세일리어는 밝게 웃으며 말했다.

"이름을 뭐라고 지을까? 저번에 결정했듯이 마린이라 지을까?"

"응, 그래야지. 전설의 용병왕 마린. 우리 용병 시절 때 그렇게 하기로 했잖아. 우리 사이에 태어날 아이 이름을 마린으로 짓기로 말이야. 마린아, 너도 나중에 전설의 마린처럼 세상을 위해 살아가는 훌륭한 사람이 되길 바란다. 그래, 꼭 그렇게 될 거야. 그럼 누구의 아들인데. 하하하."

자신의 아기를 살며시 안은 채 기뻐 어쩔 줄 몰라 하는 한스를 보던 세일리어도 그 모습을 보며 웃음을 짓다 피곤해서인지 어느새 잠이 들었고, 한스는 아기를 잠시 바라보다 세일리어의 품에 살짝 안겨주었다. 그에 잠시 꿈틀거리던 아기도 피곤해서인지 이내 자신의 엄마 옆에 잠이 들었다.

'도대체 여긴 어딘가? 겨우 좁은 문을 통과했다 싶더니 도대체……. 눈 뜨는 것조차 힘이 든다. 그래도 다행이군. 방금 전까지 그 힘들기만 한 문을 넘어설 때는 지옥에 온 줄 알았는데 아무래도 지옥은 아닌 것 같구나……. 큭! 뭐지, 이 귓가에서 울려 퍼지는 웃음소리는? 누가 나의 귓가에서 웃음을 짓는 것인가?'

막 세상에 나온 아기는 골이 흔들릴 정도로 쩌렁쩌렁한 웃음소리가 시끄러워서인지 잘 움직이지도 않는 몸을 이리저리 움직였다.

'혹시 난 죽지 않았던 것인가. 그럼 이곳은? 겨우 희미하게 보이는 이 형상은? 그러고 보니 죽기 전과 마찬가지로 기침도 안 나오고 무릎도 전혀 아프지 않구나… 도대체 이유가 무엇일까? 아! 이건 언젠가 한번 겪었던 듯한 아득했던 느낌이다. 그래, 기억이 잘 나진 않지만 언젠지 잘 모를 아주 오래전의 느낌……. 편안하다. 조금 더 이 느낌을 유지하고 싶구나.'

믿기 어려운 일이나 이 부부 사이에서 태어난 아기는 유난히 악운이 강했던 장류빈이었다. 평생을 삼류무인라는 그물에 갇혀 외롭고 힘들게 살던 그는 가끔씩 마음속으로 빌곤 했었다.

'다시 태어난다면 이렇게 살지 않을 수 있을 텐데. 새로운 삶을 살 수 있다면 이 힘들고 외로운 삶에서 벗어날 수 있을 것인데.'

그러던 그에게 무슨 기적인지 새로운 삶이 찾아오게 된 것이다.

사실 그때 장류빈의 오해로 할머니를 구해준 후 받았던 그 구슬은 그 가문 대대로 내려오던 현통하기로 유명한 도사님께 받은 가보로 50년 동안 깨뜨리지 않고 품에 안고 살면 자신이 간절히 바라던 소원을 이루어준다는 기물이었다.

그 할머니도 젊은 시절 시집와 집안 어른한테 받고 몸에 지니고 다니던 도중 목숨 걸고 자신을 살려준 장류빈에게 너무 고마운 나머지 그 가보를 주게 된 것이다. 하나 장류빈은 그 구슬에 대한 사연을 몰랐다. 다만 지니고 다니니 왠지 마음이 편해서 아꼈던 것인데 결국 그는 지닌 지 정확히 50년째 죽어 그 구슬이 깨지며 자신의 바람을 이루게 된 것이다.

말이 좋아 50년이지, 그 긴 반백 년 동안 그걸 품고 산다는 것은 스무 살부터 지닌다 해도 70인데 그때 당시 오래 살아도 60을 못 넘기는 것을 보면 어림도 없는 일인 것이다. 하지만 유난히 악운에 강했던 장류빈은 서른 살에 그것을 받아 50년을 더 살았으니 참으로 하늘의 뜻이란 알지 못하는 것이다.

그 기묘한 인연으로 새로운 세상에서 그 운명이 시작된 장류빈이 자신이 처한 상황을 안 것은 눈에 붓기가 빠진 1주일이 흐른 뒤였다. 물론 그가 이 경악스러운 사실에 놀란 것은 물론이었고.

장류빈이 마린으로 환생한 지 오 년이 흘러갔다.

그동안 한스와 세일리어 부부는 마린의 가끔씩 아이 같지 않은 행동에 걱정을 하기도 했다.

아직 옹알이도 트지 못한 마린의 아기 때였다.

그들 부부는 처음에 태어난 때 울었던 것 외에는 다른 아기들과 달리 울기는커녕 웃지도 않는 마린이 걱정되어 잠을 못이루었다. 혹시 자신의 아기가 자폐증 같은 정신 장애가 있는 것이 아닐까라는 생각이 들어서였다. 하나 그건 쓸데없는 기우에 불과하다는 것을 깨닫는 데에는 많은 시간이 필요치 않았다. 다른 집 아이들보다 훨씬 일찍 말꼬를 튼 지 얼마 되지 않아 놀라울 속도로 글을 배우더니 네 살이 되던 해에는 책을 막힘없이 술술 읽기 시작한 것이다. 덕분에 그들 부부의 얼굴에 웃음이 그칠 날이 없었다.

장류빈은 자신에게 일어난 이 일에 평정을 유지하기 힘들었다. 그저 다시 태어났다는 것만이라면 어떻게든 평정을 유지했으리라. 하나, 그 태어난 곳이 중원이 아닌 이계(異界)이며 또한 예상치 못한 기연이 겹치자 수많은 혈전을 누볐던 그도 자신의 마음을 다스릴 수가 없었다.

붉은 머릿결처럼 볼이 불그스름한 대여섯 살쯤으로 보이는 어린아이가 침상 위에서 다리를 꼰 묘한 자세를 잡은 채 숨을 들이쉬고 있었다. 숨을 뱉을 때는 배가 쓱 나오고 숨을 들이쉴 때는 배가 쑥 들어가는, 마치 장난이라도 치는 듯한 모습. 사실 아이는 지금 삼류심법이라 불리며 무림의 낭인에게도 천시받았던 천지(天地)심법을 운기하고 있는 것이다.

이 심법은 그 이름처럼 하늘과 땅의 기를 그 어떤 심법보다 순수하게 받아들이는 데 그 무엇보다 뛰어난 능력을 보여주었다. 또 그만큼 순수하기에 주화입마 걸리는 확률은 낙타가 바늘구멍 빠져나올 확률보다 작았고, 다음 경지로 갈 때마다 두터워져 가는 다른 심법들의 벽과는 비교할 수 없이 얇아진다.

그러한 좋은 조건이 있음에도 사람들은 이 심법을 익히기 기피한다. 내공을 모으는 속도가 괴이하다 싶을 정도로 느린 탓이었다. 한 갑자를 모으는 데 걸리는 세월은 무려 600년이다. 또한 익히면 다른 심법을 익히는 것은 절대 무리라 자연히 사람들로부터 기피의 대상이 된 것이다.

정말 어쩔 수 없이 이런 종류의 삼류심법들을 익히게 되는 무인들을 삼류무인 또는 낭인이라 하는데 그중에서 최악이라 할 수 있는 심법을 익힌 사람에 속했다.

보통 일류무인이라 하면 검명을 쓰는 단계를 말한다. 이 검명을 효과적으로 쓰려면 최소 20년의 내공이 필요로 하는데 장류빈이 마지막 죽을 때까지 모았던 내공은 불과 그의 반인 10년 내공밖에 되지 않았다. 그래서일까, 장류빈의 소원은 죽기 전에 무슨 수를 써서라도 검명의 경지에 들어서는 것이었다.

검명을 쓰는 일류무인의 다음 경지로는 검기를 쓰는 절정고수가 있다. 이 경지에 들기 위해서는 반 갑자의 내공과 하나의 벽을 뛰어넘어야 한다. 쉽사리 말하자면 세상의 근본을 이어주는 진리에 한 걸음 다가가야 하는 것이다.

그래서일까? 장류빈이 있었던 그 수많은 무인들이 우글거리는 무림에서도 절정고수는 정사마를 다 뒤져서 100명을 채 넘지 못했다. 하나 그들의 수가 적다 하여 그 누구도 그들을 무시하는 단체는 없다. 일검에 집채만 한 바위가 갈라지고 일수에 거대한 나무가 뿌리째 뽑혀지는, 일반 상식으로는 기인들이 판치는 무림이라는 세상에서도 그 격이 다른 이들. 그런 탓에 어느 문파라도 그들과 시비가 붙는 일이 생기면 양보를 하며 그들과 원한을 가지는 것을 피하려 한다.

그런 무시무시한 존재들인 절정고수 중에서 그 격이 다른 최절정에 들어선 이들을 사람들은 십대고수라 불렀고 그들의 행보가 어떻게 되냐에 따라 무림의 판세가 크게 달라지고는 했다. 어떤 이들은 그런 이야기에 과장이 크다 생각기도 했지만 실제 그들 개개인 힘만으로도 충분히 가능한 일이었다.

그건 형태를 가질 수 있는 무시무시한 힘을 지닌 검사를 만들 수 있는 탓이다. 물론 전설의 강기와 비교하면 터무니없는 태풍 앞에서 날갯짓하는 격이나 일반적인 무림인들이 보기엔 그건 경천동지할 위력이었다. 절정고수가 일 검에 집채만 한 바위를 가른다면 그들은 대지를 두 쪽으로 나눠 버리고 일 수에 산의 형태를 변형시키는 천신 같은 위력을 자랑하기에 사람들은 그 경지에 올라온 이들에게 존경을 금치 못했다.

사실 강호에 나돌아다니는 이 천지심법도 장류빈이 살던 시대의 300년 전 인물인 만불통자라는 십대고수가 만들어낸 것으로 불혹의 나이에 무문에 통탈한 그는 세상에 모르는 것이 없다 할 정도로 학식이 높은 인물이었으나, 강기의 경지에 대해서는 어렴풋이 짐작만 할 뿐, 도저히 알 수가 없어 한탄과 고뇌를 겪으며 반평생을 보냈다.

결국 강기의 경지에 들어서지 못한 그는 뼈에 사무치는 한과 미련 속에서 하나의 심법을 만들어냈는데, 그것이 바로 천지심법이다. 세상의 근본적인 기운을 모음으로써 그 기운에 의지해 진리를 이해하게 되어 경지를 가로막는 벽을 무너뜨린다는 것이다. 하나 아쉽게도 그 의도는 좋았으나 그런 순수한 기운을 모은다는 것은 많은 것을 걸러낸다는 것을 뜻하였고, 그 탓에 일반적으로 모이는 기운 10의 9를 버리게 되었다.

그리하여 그의 제자들은 스승의 유지를 이어받아 일평생 전진하였지만 그들 중 한 명만이 일류에 들어설 뿐, 모두가 삼류에서 그치게 된 탓에 문파가 기울자 그들은 결국 스승의 염이 꼭 이루어졌으면 하는 바람으로 그의 제자들은 천지심법을 무림에 내놓게 되었다.

하나 300년이 지난 지금도 그 바람은 결국 이루어지지 못했다.

그에 대해 별다른 감정을 지닐 필요는 없다. 아니, 못 이루어지는 것이 정상이리라. 하지만 세상의 일은 인간의 작은 머리로 이해할 만큼 돌아가지 않았고 그 바람은 이 이계의 세상에서 이루어지는 듯했다.

가끔 마린은 '어느 날 잠에서 깨어나면 이게 꿈이 아닐까'라는 생각을 하기도 한다.

이계에서 환생한 것을 겨우 머리로나마 받아들였을 때쯤 그는 깜짝 놀라고 말았다. 전생의 기운보다 다섯 배 이상이나 풍부한 기를 느낀 것이 그 이유였다. 또한 그는 연달아 다시 놀라워했는데 바로 내공이 모이는 속도였다.

막 태어난 탓에 세상의 탁기에 오염되지 않아 마치 회오리치듯 모이는 기운은 못해도 예전 운기할 때보다 세 배나 강렬하였던 탓이다.

사공을 익힌 듯함을 느끼며 소주천을 마친 마린은 자신의 몸에 느껴지는 내공에 기뻐했다. 전생의 자신이 보름은 족히 해야 하는 내공이 한 번의 운기로 모인 것이 아닌가. 그는 이 알 수 없는 하늘의 일에 고개를 저으며 웃음을 지었다.

'하하, 인생만사 새옹지마라더니……. 생전 꿈에도 생각지 못했던 기연 중에 기연을 내가 얻게 되다니. 만약 이대로만 모인다면……. 그렇다면 나는 60년 동안 바라고 바랐던 삼류무인의 모습에서 벗어나는구나. 이는 정말이지. 아~'

삼류를 벗어나 일류무인들의 경지라는 검명을 울릴 가능성이 보인다는 생각 탓인지 장류빈은 미친 듯이 두근거리는 심장 탓에 더 이상 아무 생각을 할 수 없었다.

용병 시절 때부터 시작하던 아침 수련을 마친 한스는 태어난 지 이제 한 달이 다 되어가는 마린이 엄마 옆에서 싱글벙글하며 웃는 것을 보고 너무 귀여워 자신도 모르게 퍼져 나가는 웃음을 지으며 아기를 살며시 안아주었다.

"하하, 세일리어, 우리 왕자님이 오늘은 기분이 좋은가 본데. 아침부터 웃음을 짓네. 오늘따라 뭐가 그리 기분이 좋은 걸까? 아, 내 정신 좀 보게. 씻지도 않고 안았군."

잠시 사랑스러운 자신의 아기를 안고 있던 한스는 문득 씻지 않은 자신의 몸이 생각나 얼른 다시 세일리어에게 아기를 안겨주었다.

"호호, 당신도 참. 그나저나 정말 우리 마린이 오늘 너무 기분이 좋아 보이는데. 우리 아가가 뭐가 이리 기분이 좋아서 웃음을 짓는 거지?"

아침부터 활짝 웃는 마린 덕에 기분이 좋아지는 한스네였다.

자신의 방에서 운기를 마치며 처음 소주천했을 때를 회상하던 마린은 한스가 부르는 소리에 회상을 접고 일어섰다. 집 밖에는 한스가 커다란 짐마차에 물건을 가득 실은 채 마린을 기다리고 있었다.

"마린아, 오늘은 아버지하고 니가 좋아하는 책이 가득한 서점에 가자꾸나. 오늘 헤르센 영지에 거래가 있으니 말이다."

그 말에 마린은 요즘 들어 늘고 있는 웃음을 띠며 대답했다.

"네, 아버지. 책 많이 사주셔야 해요."

마린의 그런 모습이 보기 좋았는지 한스가 기분 좋은 웃음을 지었다.

"하하하, 오냐, 오늘을 위해서 아비가 모아둔 돈이 제법 있단다. 자, 이리 온."

한스는 아직 키가 자신의 반도 되지 않는 마린을 번쩍 안아들어 자신의 옆 자리에 살며시 내려주고 마차를 몰았다.

마린이 사는 마을은 나라를 지키기 위해 기사의 관직도 떨친 채 용병이 되어 나라를 구한 용병왕 마린이 태어났던 마을로 유명했다. 용병왕 마린은 200년 전 인물로 평민 출신 중 대륙 최초로 기사가 된 인물인데 그의 검술이 유령 같다 하여 팬텀이라고 불리기도 했다. 말년에는 대륙 역사상 열 명뿐이라던 소드 마스터의 경지에 올라 공작까지 되었던 이다.

그래서인지 평민과 용병에게는 신과 같은 인물이기도 했다. 이러한 인물이 평민층에서 나타나자 대륙에 있던 수많은 나라들은 능력이 있으면 평민층에서도 기사가 될 수 있다고 법을 바꾸었고, 그에 많은 신분 상승을 꿈꾸던 사람들은 너도나도 기사가 되기를 원했다. 하지만 기사가 되는 시험 과정이 많이 어려웠고, 조건도 상당히 까다로웠기에 가진 꿈을 이루기는 힘들었다.

그래서 왕국이나 제국마다 만들어진 게 베루메르크라는 학원이다. 이곳을 나온 이들에게 수련 기사의 작위를 주고 다른 기사단 밑에서 몇 년간 실전을 경험한 끝에 기사의 작위를 주는 것이다. 하지만 이 방법도 쉬운 게 아니라 무재가 아니고서는 졸업은 둘째 치고 입학조차 어려웠다.

그만큼 많은 영향을 끼쳤던 인물이 태어난 곳답게 마린이 사는 곳은 제법 번화한 큰 마을이었다. 관광지로도 유명한 탓에 이 마을에는 상인들이 유독 많았는데 한스도 그중에 하나였다. 이제 이곳에 온 지도 칠 년이 다 되어가는 때라 제법 자리를 잡게 된 한스상점도 크게 확장하여서인지 그 큰 마을에서 그 이름을 모르는 사람이 없었다.

그렇게 커가는 상점 말고도 한스를 기쁘게 해주는 것이, 외모가 자신과 많이 닮았다는 말에 별 기대가 없었는데 머리는 세일리어를 닮았는지 마린은 똑똑하게 자랐다. 네 살 때부터 글을 읽어 놀라게 했던 마린은 유난히 책을 좋아했다.

사실 마린은 이곳이 자기가 살던 곳과 다르다는 것을 알고 정보를 얻기 위해 독서를 선택하였고, 그 와중에 전생엔 생각도 못했던 독서가 취미로 되어진 것이다.

기사로 키우기로 결심했던 한스 부부는 마린의 똑똑한 머리에는 마법사도 괜찮은 것 같다 여겼다.

때문에 한 달에 한 번씩 마린을 데리고 마을에 있는 큰 서점으로 가는 게 바쁜 삶 중에 낙이 된 한스는 휘파람을 불며 마차를 몰았다.

마린도 한스와 같이 가는 이때가 제일 좋았다. 휘파람을 부는 자신의 아버지 한스 옆에 있으면 마음이 뭉클해지며 따뜻해졌고, 오늘은 무슨 책이 있으려나 하는 기대감도 있었기 때문이다.

여기저기 많이 닮은 부자가 웃음 지으며 마차를 몰고 오는 모습이 보기 좋았는지 빵가게 아주머니가 지나가면서 말을 걸었다.

"어머. 한스 씨, 아들과 같이 가는 모습이 참 보기 좋아요. 어디 가시는 길이에요?"

"안녕하세요, 아주머니."

"그래, 얘야. 아침부터 부지런하구나."

"하하하, 그래 보이십니까? 마린이 저번에 샀던 책들을 벌써 다 읽어버려 심심해하는 것 같아서 말이에요. 또 책 사러 갑니다. 하하하."

은근히 한스는 아들 책 사러 간다며 자식 자랑을 해댔다.

"어머나! 그래요. 이름도 마린이라 지었더니 정말 마린님처럼 훌륭한 사람이 되려나 보네, 애가 눈이 초롱초롱한 게. 그에 비해 우리 아들은 아직도 잠만 자고 있으니. 휴~"

"하하, 그럼 다음에 봐요."

"네. 그럼 한스 씨, 잘 다녀오세요. 마린도 잘 갔다 오고."

"예. 아주머니, 안녕히 계세요."

한스는 자식 칭찬에 즐거운 마음이 가슴 가득 차면서 더 크게 휘파람을 불며 마차를 몰았다.

사실 200년 전까지만 하더라도 책은 고위층들만이 볼 수 있는 일종의 사치였나. 책을 한 권 만들려면 종이도 종이거니와 아직 목판 인쇄라는 것 자체가 없어 언제나 서기들이 일일이 하나씩 베껴 써 책을 만들어야 했기 때문이다.

하나 전쟁이 끝난 뒤 책값은 싸지고 책의 종류는 무수히 많아졌다. 그동안 전쟁터에서 활약했던 현자들의 입지는 몬스터들의 수효가 줄어들면서 점점 작아졌다. 그에 마법 연구에 쓸 돈을 벌기가 어려워진 현자들은 위기의식에 서로 머리를 맞댔다. 확실히 뛰어난 두뇌들이 모여서일까? 그들은 여러 가지를 발명했는데, 그중 가장 성공적인 것이 나무에서 손쉽게 대량으로 얻어내는 종이와 목판 인쇄술이었다.

이것으로 돈뿐만이 아니라 수많은 지식이 머리에 가득 담긴 현자들이 쓴 책들을 세상에 널리 알릴 수 있는 계기가 되었고, 또 책값이 믿을 수 없이 싸지자 이젠 일반 평민들도 살 수 있게 된 것이다.

어느새 그림자가 길게 짙는 초저녁이 되었다. 한스는 일이 생각보다 잘 끝나 만족한 표정을 지며, 책을 옆에 낀 채 정신없이 들여다보고 있는 마린을 자신의 옆 자리에 두고 집으로 가는 중이었다. 책 읽는 마린을 무엇이 그리 기특한지 힐끗힐끗 쳐다보면서 휘파람을 불던 한스는 저쪽 끝에 '다그닥다그닥' 소리를 내며 말을 탄 사람들이 오는 것을 보고는 마린의 머리를 쓰다듬으며 말했다.

"아들아, 저쪽을 보거라. 저기 기사 분들 보이지."

마린이 한스가 가리키는 곳을 보니 가슴에 붉은 장미 장식을 한 기사들이 보였다. 붉은 석양에 비친 그들의 갑옷들은 햇빛에 반짝거리며 멋져 보였지만 무림에서 살던 마린이 보기에는 참으로 비효율적이며 힘든 복장을 하고 다니는구나라고 생각될 뿐이었다.

"마린아, 어떠냐. 멋지지 않느냐? 저 기사 분들이 작년 우리 크로센 제국에서 펼쳐졌던 기사단 비무대회에서 16강 안에 든 기사 분들이란다. 뿐만 아니라 저번 히말리안 산맥에서 출몰이 잦았던 수천의 오크 무리를 무찌른 분들이기도 하지. 저기 저 맨 앞에 금발의 머리를 하신 멋진 기사 분 보이지? 저 분은 우리 영지를 관리하는 헤르센 백작가의 레니온 기사님 이시지. 스무 살도 안 된 나이에 수련 기사가 되어 저번 오크 무리를 몰아낼 때 활약을 하여 이번에 기사가 되신 분이란다. 덕분에 헤르센 백작가에 영애들의 편지가 끊이지 않는다는 이야기도 들리고 말이야. 우리 마린도 저런 멋진 기사가 되면 좋으려만. 하하하."

내심 마린을 기사의 길을 걷게 하고 싶어 검을 잘 쓰다 보면 너도 저런 멋진 기사가 될 수 있다는 의도의 말에 의해 마린은 금발의 머리를 한 기사를 보았다. 호리호리한 몸에 깨끗하면서도 살짝 그을린 피부, 푸른색 눈과 오똑한 코를 지닌 그 모습이 금발과 잘 어울려 마치 가끔씩 아버지가 사주시는 그림 동화에 나오는 전형적인 기사로 보였다.

'아버지가 무얼 원하시는지 알 것 같지만, 저런 무거운 갑옷을 입은 채 검을 쓰는 이가 되는 것은 썩 내키지는 않는구나. 하나, 이 세상에서는 기사가 된다는 것을 최고로 쳐주는 듯하니. 흠……. 아! 아니, 아니지. 그래, 잠시 잘못 생각했군. 기사라는 것이 전생에 있던 곳에서 장수들일 것인데. 그렇게 생각한다면 확실히 어디서 어떤 공격이 올지 모르는 곳에서는 저런 갑옷들이 효과적일지도. 그렇다 해도 여긴 좀 과하게 착용하는 듯하지만. 그래, 그렇게 생각하니 이 세상이나 저 세상이나 비슷한 것 같기도 하구나. 그러고 보니 다들 몸의 근육과 균형이 상당히 잘 잡혀 있다. 저런 몸을 만든다는 것은 상당히 힘들 터인데. 하긴 저런 무거운 것을 입고 싸움을 하려면 저런 몸이 아니고서는 버틸 수 없겠지, 특히 기를 모은다는 개념이 없는 이 세상에서는. 그래, 이 생에서도 검을 쓰는 것을 업으로 살아가려면 기사라는 것이 가장 좋을지도.'

처음에는 부정적으로 보던 마린이었지만 생각보다 기사라는 것에 대해 긍정적으로 받아들여졌고, 아직도 자신을 은근히 기대하는 눈으로 바라보는 한스에게 살며시 웃음 지으며 말했다.

"정말 멋있는데요. 나도 나중에 저런 기사가 되고 싶어요."

"그래. 하하하. 그럼, 당연히 그렇게 될 수 있을 게다. 누구 아들인데. 하하하하."

한스는 자신의 의사에 거부감없이 따라주는 마린이 다행이라는 듯 다른 때보다 훨씬 큰 웃음을 지으며 머리를 쓰다듬어 주었다.

마린이 새로 환생하게 된 이 세상은 거대한 두 개의 땅덩어리로 되어 있다. 그중 남쪽에 위치한 거대한 대륙은 하르미안 대륙으로 그 중심에는 크로센 제국이 차지하고 있는데 마린은 이 제국의 북서쪽에 자리 잡고 있다. 남쪽으로는 하이만 제국이, 그리고 서쪽에 자리를 잡은 연합왕국이 있고 동쪽으로는 드래곤 산맥이라는 게 있다. 그 넓고 좋은 땅임에도 불과하고 최고의 종족인 드래곤들의 영역인 탓에 그곳은 인간들만이 아닌 다른 모든 종족에게도 절대 불가 영역인 것이다.

그도 그럴 것이 그동안 책을 통해 알았던 그들의 힘은 마치 신과 같아 그들의 숨김 한 번에 도시 하나가 날아간다고 한다. 또 상당히 과장을 한 탓인지 몰라도 2,000년 전 마왕전쟁에서 나타났던 그들의 모습을 서술한 책에서는 덩치가 어마어마하여 수십 장(1장:3미터)이나 된다고도 알려져 있다. 더구나 최강의 종족인만큼 마법의 최종 경지는 가벼이 쓸 수 있는데 이제 전설이 되어버린 3대왕 중 현왕인 푸시스도 그 종족들에게 마법을 배웠다는 설은 무시할 수 없다. 그 밖에 강철보다 더 견고한 피부까지 덮여 있어 어떤 무기도 그들에게는 통하지 않는다고 하는데 다만 소드 마스터의 오라라면 상처를 입힐 수 있지 않을까라고 예측할 뿐이었다. 그런 위험한 존재이지만 다행히도 그들은 초월자답게 생태계의 균형을 잡을 때만 나설 뿐, 그 외에는 활동을 하지 않는다.

그들의 수는 모두 다섯으로 숲을 지배하는 그린 드래곤과 불꽃을 지배하는 레드 드래곤, 세상의 물을 지배한다는 실버 드래곤, 금속을 지배하는 블랙 드래곤, 그리고 흙과 세상의 모든 지혜를 관장한다는 골든 드래곤이 있다고 한다. 또 이 세상에는 인간과 유사 인종인 숲의 요정이라 불리는 엘프와 창조와 태양의 신 헤르스를 모시는 드워프가 있고 또 놀이와 축제의 신인 나리안을 모시는 포툰이 있다. 동쪽에는 거대한 사막이 있다고 하는데 그 사막에서는 아주 소수이나 유민족들이 살고 있다.

이곳에는 확실히 다른 세상이라는 것이 다시 한 번 피부에 느껴질 만큼 신기한 공부들이 여럿 있었는데 그 대표적인 것이 마법과 정령술, 그리고 공부라 말하기는 어려우나 분명 마린이 있는 곳에는 보기 드물다 할 수 있는 신력이다.

이 중 마법이라는 공부는 대단히 어려워 이것을 익히는 이들을 사람들은 마법사 또는 현자라고도 부르는데 확실히 이 공부가 어려워서인지 그 수가 많지 않다고 한다. 또 그들에게는 예전부터 내려오는 한 가지 전설이 있는데 그건 바로 지혜의 극에 달한 이만이 받는, 아직 이 긴 대륙의 역사에도 한 번밖에 나오지 않은 바로 대현자에 대한 전설이다.

대현자는 마법을 공부하는 이들 중 인간을 초월한 이를 일컫는다. 2,000년 전 마왕 바하모스가 강림했을 때 딱 한 번 나타났다. 바로 현왕 푸시스가 그 장본인이다.

오래된 고서에 보면 현자를 초월하게 된 그는 골든 드래곤에게도 인정을 받아 현자의 탑이라는 것을 소환할 수 있게 되었는데 그 현자의 탑에는 우주의 모든 지식이 담겨 있다고도 한다.

용사 아덴과 동료들이 현자의 탑에서 그 절대적인 악의 화신 바하모스를 무찌르는 방법을 찾았을 정도로 그 현자의 탑의 지식은 무궁무진하다. 하나 대현자 푸시스 이후 2,000년이라는 긴 시간 동안 대현자가 나타나지 않았기에 학자들은 대현자 푸시스가 골든 드래곤이었다는 학설로 많이 치우쳐 있다.

이러한 마법과 달리 그 성질 자체가 다르고 또 다른 신비로운 공부가 정령술이다. 이건 마법과는 달리 어떻게 배워야 한다는 방법이나 왕도가 없다. 그저 자연과 친화력이 높은 이들만이 정령을 부를 수 있고 그 불러들인 정령과 계약을 맺어 자연의 힘을 쓴다는 것뿐이다.

정령에는 여러 속성이 있는데 그중에서도 불, 바람, 물, 땅이 그 대표적이다. 또 각자의 속성마다 급이 있어 하급, 중급, 상급으로 나누며 또 그런 그들의 위에는 정령왕이라는 것이 있다 하는데 그 존재 여부는 확실치 않았다. 희귀하고 또 어떻게 활용하느냐에 따라 큰 도움이 되기도 하기에 이들 정령사들은 나라에서 여러 혜택을 받는다. 일시적이지만 남작이라는 작위를 주어 그들의 직위를 높여 보호하고 그 밖에 많은 돈과 자료들을 대주며 그들의 공부를 도와주기도 하나 그런 노력과 배경이 있음에도 대부분의 정령사들은 중급 정령사의 벽을 넘는 이가 손을 꼽을 정도였다. 그렇기에 이 신기한 정령술은 자연과 친화력이 가장 높은 엘프 고유의 소유물이 된다고도 할 수 있다.

다음으로 신력은 말 그대로 신의 힘을 말하는 것으로 도가나 불교에서 보이는 신통력과 유사해 보인다. 하나 무림에서 말하는 신통력은 확실한 효과가 없기에 가끔 사술로 취급하기도 했기에 이에 그것을 익힌 이들이 적었다.

이곳은 달랐다. 무엇보다 그 신들이 미치는 영향이 컸다. 기적이라 할 수 있는 일들을 쉽사리 벌어졌고, 그런 탓에 사람들은 이들을 성자라 부르며 존경한다. 그리고 그렇게 불릴 만큼 이들의 능력은 뛰어나다.

큰 부상을 입은 이들도 이들의 손에 닿으면 낫게 되고, 전쟁터에서 거대한 힘을 지니고 몸에 머무는 성스러운 기운이 그들을 막아주기 때문에 상처 입히기 어렵다.

매년 수많은 이들이 성자가 되려 노력하나 그중 성자가 될 수 있는 이들은 극히 일부일 뿐이다. 성자가 되려면 강한 믿음을 지녀야 한다. 한 치도 어긋나서는 안 된다. 어떤 고난이 있어도 신을 믿고 서슴없이 나아가야 하며, 인간의 가장 밑바닥의 오욕을 끊어야 하기 때문이다.

그 밖에도 셀 수 없이 많은 몬스터라는 게 이 세상에 존재했는데, 오래된 고서에 보면 이 몬스터들은 예전 마왕 강림 때 남겨진 마물들이라고 한다.

하르미안 대륙에서 북쪽으로 다섯 밤낮을 노를 젓고 건너면 4분지 1정도의 크기를 지닌 아로토라는 불리는 대륙이 존재한다. 하나 그 이름보다 사람들은 흔히 죽음의 대륙이라 부른다. 괜히 생겨난 말이 아니다. 그 대륙은 하르미안 대륙에서는 상상도 못할 괴물들이 자리 잡은 탓이다.

하늘이 깜깜할 때에야 도착한 집에서는 세일리어가 저녁을 준비하고 기다리고 있었다.

"어머, 오늘은 좀 늦었네요."

"응. 오늘은 거래도 있었고, 무엇보다 우리 아들이 책을 고른다고 생각보다 늦었어. 아직 저녁 안 먹었지. 킁, 킁……. 음~ 맛있는 냄새. 벌써 배가 고파지는걸."

"그러고 보니 책이 오늘따라 유난히 많네요. 저녁은 같이하려고 기다리고 있었어요. 일단 물 받아놓았으니 씻고 나오세요. 음식 데울 테니까요."

"아, 고마워. 그럼 씻고 오지."

미린은 지금 자신의 방에 달린 거대한 창가를 열고 운기행공을 하고 있었다. 운기행공은 하늘의 기가 가라앉는 저녁과 새로운 대지의 기운이 일어나는 아침에 하는 것이 매우 효과적이라 이를 잘 아는 미린은 오 년 동안 줄곧 매일 각각 1시진(2시간)씩 운기행공을 해왔다.

붉은 달이 하늘 높게 걸리는 밤이 되어서야 운기를 마친 미린은 오늘 가져온 책을 책꽂이에 정리를 한 뒤 이제 깜깜한 어둠만이 뒤덮인 마당에 나왔다. 달빛 말고는 아무것도 안 보였지만 이제 능숙하다시피 어제 아버지의 상점에서 가져온 나무 막대기를 꺼내 자신이 아는 한 가지의 검술인 매화이십사수검법을 펼쳤다.

달빛 아래서 여섯 살밖에 안 된 소동이 검을 펼치는 모습을 검에 눈이 밝은 이가 보았다면 상당히 놀라워할 것이다. 아이가 펼치는 검이라고 믿기 힘들 정도로 검끝은 떨림이 없었고, 검의 궤적 또한 깨끗하기 그지없었기 때문이다.

물론 그건 다른 이들이 보았을 때 이야기이고 마린 자신이 보기엔 많이 부족했다. 작년부터 연습했던 매화이십사수검법은 아직 발달되지 못한 근육 탓에 힘들고 어색한 부분도 많았기 때문이었다. 하나 그 대신 60년 세월 동안 머릿속에 되새겨진 경험과 끈기가 있었다.

쉴 때와 수련해야 할 때를 적절히 조절하며 검을 효과적으로 몸에 맞춰가기 시작한 지 1년밖에 지나지 않은 것치고는 훌륭한 것이었다.

너울너울 춤을 추듯 온몸의 관절들을 이리저리 꺾어가며 검법을 현란하게 펼쳐 간다. 검의 끝을 한시도 놓치지 않고 검법을 몇 번이고 펼치던 마린은 몸이 노근해지고 손이 더할 수 없이 따뜻해질 때가 돼서야 검을 멈추었다.

근육을 이리저리 풀어주며 휴식을 취하던 마린은 잠시 하늘에 떠 있는 유달리 큰 붉은 달이 자신을 비추는 것을 보았다. 붉은 달빛을 한참 동안 보던 마린은 현실감이 느껴지지 않은 탓인지 조용히 혼자 말을 꺼내었다.

"오늘따라 달빛이 유난히 짙은 밤이구나. 그래, 아직 한참 멀기는 했으나 그래도 이제야 검세의 모양이 올바르게 나왔다. 비록 모든 것을 잃고 처음부터 시작하는 검이지만 여전히 검을 수련한다는 것은 즐거운 일이 아닐 수 없다. 이제 앞으로 6년만 더 내공을 모으면, 이대로만 내공이 쌓여져 간다면 검명의 경지에 들 수 있을지도 모르겠다. 검을 수족같이 쓰고 검의 마음을 읽고 쓴다는 검명의 경지로……. 하하. 생각만으로 가슴이 두근거려지는구나. 6년만 기다리면 된다. …60년의 그 긴 세월도 기다렸는데 겨우 십분의 일인 6년을 기다리지 못하겠는가. 얼마든지 기다릴 수 있지 . 하하하."

장류빈 그는 천생 무인 체질이었다. 말년에는 나이가 들고 세상에 대한 배신감 때문에 그 열정이 점점 식어지기도 하였으나 그는 뜨거운 열정 하나로 세상을 떠돌았으며 자신이 옳지 않다 생각하는 일에는 뽑은 힘에 눌려질지언정 마음만은 절대 굴복하지 않았다. 덕분에 죽음의 위기를 많이 겪곤 했지만 그럴수록 그의 가슴에 가득한 의지와 열정은 불타오르곤 했다.

하나 하늘이 공평한 듯하다가도 그렇지 않아 보이는 이유가 따로 있을까? 그는 보기 드문, 무인으로서 갖추어야 할 누구보다 뜨거운 열정을 지녔으나 무공 실력은 그 열정의 백분의 일도 따르지 못했다.

그랬기에 의로운 일을 하여도 그는 사람들에게 무시받기 일쑤였고 무림의 놀림의 대상이 되기도 했다. 하나 그는 자신의 신념을 꺾지 않았고 그 탓에 평생을 홀로 외로이 살아야 했다.

그렇게 힘들기만 했던 전생의 삶을 현생에서 보상받을 수 있을 것 같았다. 평생을 함께할 기연이 그에게 있었고 또 그에게 인자하고 따뜻한 보금자리를 만들어주려 언제나 노력하는 부모님들을 생각하면 전생의 부모님들께 불효한 자신이 생각났고 그 죄송스러움에 이 생에는 그 몫까지 다 갚으려고 노력했다.

그러기 위해서는 오늘 낮에 아버지가 이야기한 자신의 정의와 명예를 갖출 수 있는 기사가 되어야 했고, 그런 기사 중 최고가 되려면 힘이 있어야 했다. 힘없는 정의란 얼마나 별 볼일 없는지 몸서리치게 경험한 그는 다시는 그런 경험을 하기 싫어서 낮에도 마을 변두리에서 수련을 하였고 밤에도 이처럼 몰래 나와 낮에 준비한 나무 막대기로 쉬지 않고 수련을 하는 것이다.

잠시 호흡을 고르던 마린은 달빛 아래에서 다시 움직이기 시작했다.

Chapter 2
마린, 드디어 검명을 울리다

　그로부터 6년의 시간이 흘렀다. 마린은 체계적인 훈련 탓인지 보통 또래들보다 한 뼘 정도 큰 체격을 가지게 되었고, 또 피부 또한 훈련하는 시간이 길어서인지 갈색으로 잘 그을렸다. 그것이 어머니에게서 받은 붉은 머리, 또 그 아버지에게서 물려받은 큰 입과 코가 묘하게 잘 어울린 탓에 보는 이들에게 호감을 샀다.

　그동안 한스는 자신이 꿈 많던 젊은 날 꽤 유명한 용병단장에게 운 좋게 배웠던 검술을 마린에게 가르쳐 주면서 놀라움을 감출 수 없었다. 비록 용병들이 쓰는 검술답게 실전에 바로 써먹을 수 있도록 변화가 많이 절제된 단순한 검술이긴 하나 동작을 몇 번 가르쳐 주자 마린이 마치 오래전부터 이 검법만을 수련한 이처럼 정확한 동작을 보여주었기 때문이다.

실제의 검보다 가벼운 나무 검이긴 하나 검을 펼치기에 있어 중요한 중심을 정확히 잡는 그 모습은 정말 놀라웠을 뿐 아니라, 수련한 지 불과 4년 만에 20년 가까이 수련한 이보다 마린이 더 완벽한 자세를 보여주자 한스와 세일리어는 마린의 그 검에 대한 재능에 감탄을 금치 못했다.

특히 한스의 놀람은 말로 할 수 없었는데 그 이유는 자기가 보기엔 나이가 어리지만 않으면 지금의 검술 실력만으로도 이름있는 용병들조차 마린을 쉽게 이기지 못할 것을 알아서였다.

사실 마린은 육체를 초월한 힘을 발휘할 수 있는 내공을 지니고 있었고 그걸 이용하면 뛰어난 기사들에게도 지지 않는 실력을 겸했지만 그런 것을 철저히 숨기는 마린 탓에 한스 부부는 아직 알지 못했다.

사실 마린의 지난 생에서는 외형에서는 화산파의 어떤 제자보다도 매화이십사수검법의 이치를 잘 표현했다. 하지만 내공이 받쳐 주지 않아 빛을 보지 못한 것이다.

매화이십사수검법의 오묘한 점은 검술을 수련함으로써 발경의 이치와 착의 원리를 전생에서 자연스럽게 이해하게 되었다.

그런 발경과 착의 이치를 깨달은 채 다시 태어난 마린은 자신의 깨달음의 발판으로 몸을 단련시켰기에 내공을 제외하더라도 당장 웬만한 용병들과의 싸움에도 지지 않을 수 있을 정도였다. 아니, 오히려 치열한 밑바닥에서의 전투로 얻은 경험을 활용한다면 충분히 이기고도 남을 것이다.

집이 아닌 자신만의 비밀 장소에서 수련을 하고 오는 마린을 보며 한스는 입가에 살짝 엿보이는 웃음을 지었다.

'좀 이르긴 하지만 마린에게 진검을 사줄 때가 온 것 같구나. 성격도 또래들과는 달리 저렇게 침착하니 진검을 준다 하더라도 문제가 생기지 않겠지. 이미 세일리어도 찬성을 했고 재작년의 상점 확장으로 인해 제법 많은 돈이 들어오고 있으니. 이왕 사는 거 좋은 검을 사줘야 할 텐데, 처음으로 받는 검이 좋아야 마린도 열심히 할 터이니. 어디 보자… 그래! 세 반이 멀지 않은 곳에 뛰어난 장인이 있다고 말했던 것 같기도 하고. 그러니깐 거기가, 거기가……. 어디였는지 도저히 기억이 안 나는군.'

마침 다가오는 마린의 12번째 생일 선물로 검을 선물로 주는 게 좋다 생각했기에 생일 선물 겸 더 열심히 하는 마린에게 힘을 주기 위해 그곳이 어딘지 곰곰이 생각하던 한스는 마린이 들고 있는 자신이 4년 전에 만들어준 나무 검의 페인트가 군데군데 떨어져 나간 흉한 모습을 볼 수 있었다.

'이런, 차라리 지금 당장 가서 물어보는 게 좋겠군. 저 검이 벌써 저렇게 헐었다니. 한참 배울 나이에 검이 저 모양이면 수련할 맛이 안 날 텐데. 원. 녀석, 말이라도 할 것이지. 하긴 저렇게 헐 동안 눈치 채지 못한 내가 잘못한 거겠지.'

최상급의 나무 목재에 기름과 색을 수십 번 칠해 10년은 끄떡없을 나무 검이라 생각했던 탓에 헌 것을 눈치 못 챘던 한스는 잠시 자책했다.

그러나 사실 나무 검이 그렇게 빨리 헌 것은 다른 이유가 있었다. 내공이 빨리 모여 예상했던 것보다 몇 개월을 앞서 20년 가까운 내공이 모였기에 마린은 검명을 듣고 싶은 마음이 커 나무 검에 진기를 넣었다. 그러자 검 자체의 페인트가 날아가 흉해진 모습에 즉시 내공 주입을 그만두었다.

이 나무 검의 재료는 나무의 '켄디호' 라 불리는 나무의 일종 중 하나인데 강도가 웬만한 금속보다 단단하기에 혹시나 하는 기대감으로 한 일이었다. 하지만 그 결과로 자신이 아끼는 애꿎은 검만 흉해지고 말았다. 예전 일류고수 말대로 검명을 견딜 정도의 검은 쉽사리 구하기 힘들다는 말이 사실인 것을 실제로 경험할 수 있었지만.

그날 저녁 식사 시간 한스는 다음 달까지 상점의 물건을 구입을 한다며 보통 때는 일꾼을 시키지만 이번에 가는 곳은 새로 거래를 트는 중요한 곳이라는 핑계로 내일 떠나야 한다고 말했다.

부인인 세일리어에게 따로 말해놓았기에 세일리어도 웃으

며 알겠다고 말했고, 마린은 한 달 동안 아버지를 못 본다는 생각에 아쉬운 기분이 드는 것을 숨길 수 없었다.

다음날 보통 때보다 일찍 일어나 행공과 수련을 마친 마린은 아침 식사를 마치고 아버지의 상점으로 갔다. 도착한 상점 앞에서 제법 규모가 큰 마차 몇 대에 일꾼들과 같이 짐을 싣는 한스를 발견하곤 소리쳤다.

"아버지, 지금 가시는 겁니까?"

마차에 올라서려던 한스는 다가온 마린의 머리를 쓰다듬으며 말했다.

"그래, 급한 일이라 아침 일찍부터 가게 되었구나."

"그럼 다음 달에나 보겠네요. 그래도 이번 제 생일 때까지 꼭 오셨으면 좋겠어요."

"하하하. 걱정하지 말거라. 다른 일 다 팽개쳐서라도 그때까지 꼭 맞춰 오도록 하마."

조금의 망설임 없이 답하는 아버지의 말에 마린의 입꼬리가 올라가자 그게 귀여운시 한스는 무릎을 살짝 구부리고 잠시 마린을 안아주었다.

잠시 동안 그렇게 포옹을 한 한스는 마린의 머리를 살짝 흐트리며 이젠 준비가 다 된 마차와 기다리고 있는 용병들과 함께 마차를 몰며 떠났다. 마차가 안 보일 때까지 서 있던 마린은 한참 후에야 발걸음을 떼었다.

한 달 후.

마린은 오늘 기분이 좋은 것을 숨길 수 없었다. 내공이 20년을 넘어 점점 더 쌓여져 가는 탓에 가슴이 설레인 이유도 있었지만, 어제 한 달 만에 집으로 돌아오신 아버지를 보았기 때문이다. 또 그 외 다른 이유가 있다면 그건 바로 오늘이 자신의 생일이기 때문이었다. 전생의 자신은 80평생 생일이 뭔지 모르고 지냈었다. 일곱 명이 넘는 형제와 가난 탓에 언제 태어났냐는 것 따위의 여유는 조금도 없었고, 설사 알았어도 밥 먹기도 힘든 상황에 그런 것을 일일이 챙길 여유가 없었기 때문이다.

그래서일까? 여전히 생일 때 축하해 주는 가족들 덕에 조금은 멋쩍기도 했지만 그보다 부모님이 보여주는 관심이 좋았기에 마린은 매년 이때면 정말 어린아이가 된 듯 가슴이 설레곤 했다.

세일리어는 마린이 유난히 좋아하는 새끼 돼지 통구이를 하고 있었다. 이제 막 태어난 어린 돼지의 내장을 다 빼고 쇠막대기를 꽂아 약한 불에 천천히 익히며 준비해 둔 향신료를 바르는 요리인데, 시간과 노력이 제법 걸리는 작업이지만 그만큼 맛이 일품이다. 또 마린이 좋아할 거라 생각했기에 세일리어는 이 작업이 힘들다는 생각은 들지 않았다. 요리를 하던 세일리어는 이제 다 익은 요리를 마무리 지으며 어제 한스와 함께한 대화가 생각났다.

한스는 세반에게 들었던 대로 도시에 도착하자 도시 변두리에 있다는 대장간을 찾았다. 오래된 역사가 있는 대장간이라더니 확실히 대장간의 모습은 여기저기 낡아 있었지만 허름하다는 느낌이 들기는커녕 오히려 그 모습이 세월의 무게를 더해주어 근사하게 보였다.

잠시 그 대장간의 모습에 넋을 잃었던 한스는 곧 정신을 차리고 대장간에 들어서니, 그곳에는 한 거대한 덩치를 지닌 사내와 나이 든 작은 노인이 뜨거운 열기가 가득한 화로 앞에서 검을 만들고 있었다. 땀도 바로 말라 버릴 것 같은 그 뜨거움을 느끼지 못하는 것인지 젊은 사내는 불길을 뚫어져라 쳐다보며 쉴 틈 없이 풀무질을 했고, 그 옆에 있던 노인은 굵은 팔뚝을 꿈틀거리며 자신이 보아온 망치의 몇 배는 돼 보이는 거대한 망치로 일정한 소리를 내며 검을 두드리고 있었다.

그 노인이 울리는 망치질에 이따금씩 하얀 불길 또한 보이곤 했는데 그 모습에 한스는 깜짝 놀라고 말았다. 예전에 진정한 장인은 하얀 불길을 만들 수 있다는 말을 들었는데, 실제로 이런 불꽃을 보게 될지는 몰랐기 때문이다.

그렇게 한참 동안이나 풀무질을 하던 사내는 노인의 손이 올라가자 천천히 풀무질을 멈추었고, 노인도 천천히 붉게 달아오른 검을 화로에서 꺼내 기름통에 넣었다. 시뻘겋게 익은 검이 '치이익, 치이익' 요란한 소리를 내며 기름통에 들어가자 순식간에 수증기가 대장간 안을 뒤덮었다.

잠시 후 뿜어져 나오는 수증기 사이로 그 풀무질하는 사내가 입구에서 멀뚱히 서 있는 한스에게 다가왔는데, 가까이서 본 그 사내는 자신이 생각한 것보다 훨씬 큰 사람이었다. 한스도 마을에서 손가락에 꼽힐 정도로 컸지만 이 사내와 같이 서 있으니 생소한 위압감을 느꼈다. 하나 그 거대한 덩치와는 달리 사내는 의외로 공손했다.

"죄송합니다. 지금 검을 만드는 중요한 시기라 사람이 온 걸 알면서도 아는 체하지 못했습니다. 도시 외곽에 있는 이 대장간까지 찾아온 걸 보면 뭐 필요한 것이 있는 듯한데. 뭘 원하시는지요?"

덩치와는 달리 한스는 친절한 사내 말에 이야기가 잘 풀릴 것 같자 기분 좋게 입을 열었다.

"아닙니다. 갑자기 찾아온 제가 오히려 죄송하지요. 사실 제가 여기까지 온 이유는 검을 하나 주문하고 싶어 그러는데 괜찮겠습니까? 아들에게 처음 사주려는 검인데 기왕이면 좋은 것을 쓰게 해주고 싶어서 말입니다."

검이라는 그 말에 사내는 잠시 미묘한 표정을 지으며 화로 옆에서 담배를 피우는 노인을 쳐다보았다. 그에 담배연기를 뱉던 노인이 고개를 저었다. 그 모습을 본 사내는 알겠다는 듯 고개를 끄덕이고는 다시 얘기를 꺼냈다.

"죄송하지만 이번 달에 황성에서 새로 기사들을 들여 주문한 게 많은 탓에 어렵겠군요. 아마 주문한 수만큼 완성하려면 다음 년도 초까지 하여야 할 터인데……."

그 말에 한스는 적잖게 실망한 표정을 짓다 혹시나 하는 마음으로 물어보았다.

"하~ 아들이 다음 달에 생일이라 그때 주고 싶었는데. 그럼 혹시 만들어둔 검은 없습니까?"

"에… 그게… 몇 개 있기는 한데 다들 실패작이라서 말이죠. 하지만 정 급하시다면 어설픈 솜씨이지만 제가 손을 좀 봐드리지요."

사내의 그 말에 한스는 얼굴이 확 펴졌다. 물론 뒤에 앉아 있는 노인의 얼굴은 그와 동시에 보기 좋게 찡그렸지만 말이다.

한스가 좋아하는 데는 그만한 이유가 있었다. 실패작이라고 말해도 저런 불꽃을 만들 장인이 손을 댄 거라면 웬만한 대장장이가 공들여 만든 것보다 나을 것이라 생각했기 때문이다. 곧 사내는 창고에서 아직 손잡이노 날리지 않은 검 몇 자루를 들고 나왔다. 하나같이 자신이 생각했던 것보다 더한 명검으로 보인 한스는 어떤 점에서 저런 작품들을 실패작이라는 건지 이해가 가지 않았다.

'허~ 도대체 저게 실패작이라면 완성품은 어느 정도란 말이지?'

"이것들이 다 실패작입니까? 이거 원. 제가 쓰는 검보다 훨

썬 좋은걸요."

놀람을 감추지 않고 한스의 말에 사내는 기분이 좋았는지 얼굴에 큼직한 미소를 지었다.

잠시 검들을 이리저리 보던 한스는 검날이 살짝 푸르게 선 것을 선택했고, 그에 사내는 한스에게 제법 검을 보는 눈이 있다 말했다.

사실 한스가 선택한 검은 마지막 담금질에서 한 약간의 실수만 빼고는 실패작 중 가장 완벽한 검인 탓이었다.

"그럼 보름 후에 오시죠, 천천히 한다 하더라도 그때쯤 되면 제법 쓸 만한 검으로 만들어 드릴 것 같으니."

"네, 감사합니다. 그럼 수고들 하십시오."

그렇게 대장간을 나선 한스는 보름 후 검을 찾으러 갔다. 무언가 변한 듯한 느낌의 검을 받고 대금을 치렀다. 실패작이라 그런지 많이 받지 않은 듯했다. 그래도 검 한 자루치고는 상당히 비싼 금액이었지만.

어제 그 이야기가 생각나자 생각보다 일이 잘 풀려서 기분이 좋아 살며시 콧노래를 흥얼거리던 세일리어는 향기로운 음식들을 차곡차곡 식탁에 내놓았다.

그날 저녁 마린은 부모님께서 불러주시는 생일 축하 노래를 들으며 웃음을 꽃피웠다. 자신이 좋아하는 새끼 돼지 통구이를 먹으면서 부모님께 이런저런 축하 인사를 받았다. 그렇게 기분 좋은 식사를 마친 마린은 그날도 자신의 방에서 운기를 끝내고 책을 보려다 한스의 부름에 창가를 내다보았다. 마당에는 한스 부부가 나란히 달빛 밑에 서 있었다.

"마린아, 아직 안 자니? 안 자면 잠시 마당으로 내려오려무나."

"네, 알겠어요. 잠시만 기다리세요."

마린은 마당으로 나오며 왜 이 늦은 밤에 자신을 불렀는지에 대해 궁금한 듯 물었다.

"무슨 일이세요?"

의아하다는 듯 묻는 마린에게 세일리어가 웃음을 지으며 말했다.

"호호. 마린아, 놀라지 말아라."

"네?"

그때 세일리어 옆에서 한스가 뒤로 숨기고 있던 왼팔을 '짠' 하고 내밀면서 검을 보여주었다. 푸른색의 검집에 싸여 있었시만 한눈에 보기에도 뛰어난 명검이있다.

느닷없이 나타난 명검의 출현에 놀란 마린은 아버지께 물었다.

"이건, 이건 도대체?"

웬만해선 보이진 않는 마린의 놀란 모습에 한스가 만족한다는 듯 입을 열었다.

"하하하. 사실 이번 거래로 나갔을 때 그 도시 변두리에 장인이 있다는 말을 듣고 산 거란다. 사실 너의 나이도 그렇고 해서 좀 뒤에 주려 했지만 그러기에는 내가 준 나무 검으로는 너의 수련에 한계가 있을 듯해서 말이야. 자, 받거라. 나중에 니가 기사가 되는 날엔 더 좋은 검을 받을지 모르지만, 그때까지는 이 검을 쓰도록 하는 게 좋을 것 같구나. 자, 어서 받으래도."

"아, 아……. 네. 고, 고맙습니다."

마린은 그때서야 아버지가 보통 일꾼들만으로도 충분한 것을 왜 직접 갔는지 알게 되었다. 그리고 공기처럼 언제나 함께해 의식치 못했지만 자신이 부모님께 지극한 사랑받고 있다는 것을 새삼 깨닫게 되었다. 이처럼 남에게 사랑을 받는 감정은 아직도 생소한 탓에 어느새 마린은 가슴이 뭉클해지며 눈에서 눈물이 글렁거렸다. 그런 아들의 모습에 한스 부부는 마린을 꼭 안아주었다.

그날 밤 밤안개를 가르며 달빛 속에서 소년이 모습을 보였다. 소년의 손에는 그날 받은 검이 쥐어 있었는데, 검을 뽑으니 창 하는 소리와 함께 아름다운 검신이 보였다. 그냥 보아도 아름다운 그 검신은 달빛을 받아서인지 다른 때보다 더 아름다워 보였고 소년도 그 아름다움에 빠진 듯했다.

한참이나 아름다운 검신에 정신을 빼앗긴 소년은 검끝에 손가락을 살짝 가져갔다. 살짝 갖다 대었지만 검날이 날카로운 탓인지 이내 손가락에서 피가 터져 나오더니 핏방울이 검 신을 매끄럽게 타고 내렸다. 첫 피를 먹은 탓인지 검도 홍분 한 듯 불그스름하게 되었다.

지금 마린이 하는 행동은 무림에서 검을 쓰는 자들이 하는 자신의 피를 검에 묻혀 그 검과 함께하겠다는 의식이었다. 이 런 의식을 하고 나면 그 검은 같이 의식을 한 주인을 따르게 되는 것이다.

그렇게 의식을 마친 마린은 설레는 마음을 달래며 천천히 자신의 내공을 검에 불어넣었다. 내공이 일정 이상 들어가자 검이 미세한 소리로 진동하며 곧 청아한 소리가 울려 퍼졌다.

지~잉 지이 ~잉 지~잉.

'……!!'

검명이었다.

검에서 울려 퍼지는 이 소리에 마린은 터져 나올 듯한 떨리 는 가슴을 주체할 수가 없었다. 눈물이 흘러넘치듯 나오는 줄 도 모르고 한참 동안이나 그 검 속에서 퍼져 나오는 소리에 넋을 잃던 마린은 자신의 터질 듯 두근거리는 마음을 어쩔 줄 몰라 했다.

그가 이 검명을 듣기 위해 얼마나 노력을 해야 했던가! 무 림에서 60년 동안 고생을 하고 멸시를 당하며 쌓인 한들이 지 금 검에서 퍼져 나오는 이 청아함 소리에 다 풀어지는 듯했 다.

그날 마린은 검명의 소리에 정신없이 빠져들었다.

붉은 달빛 아래에 저 혼자 시간이 멈추듯 아이 하나가 울어 대는 검을 보며 끊임없는 눈물을 흘려댔다.

어제 너무 흥분한 탓일까? 다른 때보다 조금 늦게 눈을 뜬 마린은 잠시 살짝 기울어진 천장을 바라보다 깜짝 놀라 일어나더니 이내 탁자에 올려진 검을 보고는 안도의 한숨을 쉬었다.

'꿈이 아니었구나. 정말, 정말 다행이다.'

왠지 그토록 바랐던 검명을 울리게 된 어제 일들이 마치 꿈 같아서인지 마린은 운기행공과 아침 식사를 마친 뒤 어제 받은 검을 어깨에 메고 마을 변두리에 있는 자신의 연무장으로 뛰어갔다.

다른 때보다 일찍 연무장에 도착한 마린은 어깨에 멘 검집에서 검을 뽑아 들었다. 날카로운 예기가 흘러넘치는 아름다운 검신이 세상에 나오며 햇빛에 반짝였고 마린은 그 모습에 짧은 감탄사를 터뜨렸다. 정말이지 왜 검을 쓰는 이들이 누구 하나 할 것 없이 명검을 외쳐 대는지 그 마음을 새삼 다시 알 것 같았다.

전생에 쓰던 볼품없는 검들과는 차원이 다른 아버지가 주신 검을 바라본 마린은 검에 내공을 불어넣어 검명을 울렸다. 창창하게 울려 퍼지는 검명은 주위를 둘러싼 나무들에 부딪치며 줄어 들어갔고, 그 모습에 내심 '지나가는 이들이 검명에 이곳으로 오는 것이 아닐까' 하고 걱정하던 마린은 이내 마음을 놓으며 검명의 경지에선 처음으로 매화이십사수검을 펼쳤다.

1식부터 시작해 24식을 마지막으로 펼침으로써 끝을 낸 마린은 너무나 달라진 검식의 위력과 세세함까지 뚫어보는 검명에 놀라서 검무가 끝나고 오랫동안 아무 말도 하지 못했다.

돌처럼 굳어버린 듯 가만히 서 있는 마린의 옆으로 바람이 살며시 스쳐 가자 그때서야 약간이나마 정신을 차린 마린은 막힌 한숨을 토해내는 듯 중얼거렸다.

"휴~ 이야기로만 들었던 거와 실제로 겪는 것에 차이가 있다는 것은 알았지만, 검명이라는 것을 실제로 겪어보니 정말이지…….."

이제 어느 정도 골격이 잡혀가는 나이가 되자 자신의 몸에 맞는 간격에 대한 수련을 하던 마린은 검명의 경지에 늘어서면서 이제 이 수련에 대한 필요성을 느끼지 못하게 되었다. 간격에 대한 공부라는 것은 사실 안법을 몸에 일체화시키는 것이다. 자신의 보폭과 공격 범위를 익히고, 이를 넘어 가상의 상대의 공격 형태 또한 읽어 최소의 힘으로 피하고 공격하는 것이다. 이게 발전되면 착이라는 것을 보다 쉽게 활용할 수 있게 되는 것인데, 검명의 경지에 들어서니 왜 삼류무인이 일류고수를 어찌하지 못하는지 그 이유를 실감할 수 있었다.

검명을 울리고 있으면 자신이 이제껏 느끼지 못했던 것들을 느끼게 된다. 생명체들이 가진 가지각색의 기파들을 느낄 수 있음은 물론이고, 눈을 감은 채 걷고 있어도 마치 어두운 밤에 날아다니는 박쥐처럼 기감이 예민해져 나무 같은 생명체뿐만 아니라 여기저기 튀어나온 돌들도 자연스럽게 피하게 되는 것이다.

그런 이유가 있었기에 싸움에 있어서 자신의 기파를 숨기기는커녕 겁없는 하룻강아지처럼 거침없이 기파를 뿜어내는 삼류무인들의 공격은 일류고수들에게는 눈을 감아도 훤하게 읽혀져 간단한 한 수로도 파훼되는 것이다.

또 그뿐만 아니라 검이 마치 자신의 수족이라도 된 듯 웬만한 형태의 공격 또한 자연스레 생각대로 움직일 수 있으니 일류고수가 삼류무인들에게 진다는 것은 참으로 그들이 자살하고 싶지 않은 한 어림도 없는 일인 것이다.

그렇게 검명이라는 이 새로운 무의 세계에 들어선 마린은 설레는 마음으로 다시 매화이십사수검을 펼쳤다. 곧 마린의 주위는 화려한 검광에 휩싸였다.

그로부터 세 달이 흘렀다.

한평생 바람이었던 검명의 경지에 들어선 마린은 요즘 생각지도 못한 고민에 빠지게 되었다. 며칠 전의 일이다. 다른 때와 다름없이 하루 일상의 마무리로 운기행공을 하던 마린은 운기행공 도중 혈관의 한 부분이 터질 듯 부풀어 오르는 듯한 고통을 느끼게 되었다. 운기행공 중에 일어난 그런 일은 다른 이 같았으면 자칫 심각한 내상을 입을 수 있었으나 다행히 자신이 익힌 천지심법이 주화입마와는 상관없을 정도로 순수한 기의 결정인 탓에 약간의 내상 말고는 별다른 피해는 없었다. 그러나 이 전혀 예상하지 못한 일은 마린에게 있어 너무나 낯선 고민거리가 되었다.

요즘 일류무인의 경지에 들어선 뒤부터 무슨 이유인지 기가 쌓여지는 속도가 무서우리만큼 빨라지게 되었다. 이렇게 모이게 된다면 자신이 예상한 것보다 몇 년 앞당긴, 잘하면 열여섯 살쯤에는 반 갑자가 모일 거라는 생각이 든 것이다.

그 때문일까? 요즘 운기행공을 욕심을 내어 길게 하곤 했는데, 그것이 화근이라는 것을 알게 된 것은 내상을 입은 그 날로부터 이틀이 지나서였다.

왜 운기행공 중 이런 일이 생긴 것일까? 고민하던 마린은 식사도 거르며 꼬박 이틀 동안 자신의 내면을 탐색하고 생각도 못한 결과에 고개를 저을 수밖에 없었다.

사실 이 천지심법의 효능은 세상에서 가장 근본적이고 순수한 기를 모으는 것 말고 다른 효능이 있었는데 그건 일정 경지를 넘어설 때마다 속도가 빨라진다는 것이다. 뭐 보통 때 모이는 속도보다 빨라진다는 것이지 다른 일반 심법에 비해 빨라진다는 것은 아니다. 이 사실은 이걸 만든 이도 몰랐던 것인데, 순수하게 모여진 기들이 자연스럽게 자신과 같은 근본적 성질을 지닌 기들을 스스로 끌어당기는 탓이었다.

마린은 그 일이 있은 뒤부터 순수한 육체로서의 훈련밖에 할 수 없었다.

그날도 낙심한 마음을 숨긴 채 검술을 펼치던 마린은 점점 더워져 가는 여름의 햇살을 피해 나무 그늘에 누웠다.

검술을 펼칠 때는 몰랐는데 막상 이렇게 누우니 여러 잡생각이 들었다.

'하~ 전생의 악운이 다시 돌아오기라도 했단 말인가. 막상 검명을 울리는 일류무인이 되어 나의 한 많은 세월의 꿈을 이루나 했더니, 생각지도 못한 일에 의해 다시 접고야 마는구나. 정말이지 이건 아니 한만 못한 일이 되었다. 우습구나, 우스워. 전생에는 너무나 느리게 모인 내공 탓에 한평생을 고생하더니 이제는 너무 빨리 모여진 내공 탓에 이 생에서 고생하게 되었구나. 허, 정말이지, 하늘의 뜻은 알다가도 모르겠다. 정말⋯⋯.'

막상 내공을 다시는 사용할 수 없을지도 모른다 생각해서인지 몸의 일부가 떨어진 듯한 고통과 슬픔에 잠겨 며칠 동안 제대로 된 잠을 이룰 수 없었던 마린은 자신도 모르는 새 나무 그늘 아래에서 잠이 들었다.

그로부터 얼마나 시간이 흘렀을까? 길게 늘어진 나무 그늘

밑에 누워 있던 마린은 자신의 코를 간질거리는 긴 풀에 의해 잠에서 깨어났다. 눈을 뜨니 하늘거리는 풀이 석양에 비춰지며 자신의 눈앞에서 흔들리고 있었는데 그 풀이 낯이 익어 한참을 바라보던 마린은 곧 전생에 보았던 약쑥과 비슷한 모양새를 지녔음을 알 수 있었다.

아주 옛날 나라가 생기기 이전부터 쓰여오던 약재 중의 하나가 쑥인데 그 효능은 몇천 년이 지난 지금도 다 알지 못할 정도로 많았고, 또 구하기도 쉬워 일반 평민들에게 민간요법 중 하나로 알려 있다. 전생의 장류빈 시절 때 자신도 몸은 아프고 돈이 없을 때 즐겨 쓰던 쑥을 오랜만에 보니 감회가 새로웠다.

'이 세상에도 쑥이 있군. 호~ 이 쑥은 약쑥임에도 7~8인치는 되어 보이는데. 그러고 보니 중원에서 나는 쑥은 독성이 있어 단오 때가 아니면 함부로 먹지 못하지만, 동방 끝에 있는 작은 나라에서 나는 쑥은 1년 내내 독성이 없고 또 널리 구할 수 있기에 약으로만 쓰이는 것이 아니라 그걸 음식으로 먹기도 한다는 이야기를 들은 적이 있지. 이 쑥을 보니 그때 이야기로만 들었던 그곳의 쑥과 비슷한 모습을 하고 있구나. 확실히 이 세상은 기의 분포가 맑고 농도가 짙어서인지 생명체 또한 하나같이 평범한 것이 없는가 보구나.'

오랜만에 편안히 잠이 들어서인지 아님 이 세상에서 다시 보게 된 쑥이 반가워서인지 마린은 답답함이 가심을 느꼈다.

날이 어둑해지려 하자 마린은 무의식적으로 근처의 쑥을 한 움큼 쥐고 집으로 발걸음을 옮겼다.

그렇게 집으로 가던 도중 마린은 무슨 생각이 들어서인지 다시 자신의 공터로 황급히 뛰어가 공터에 길게 자라난 풀들과 섞인 채 자라난 쑥들을 눈에 띄는 대로 뽑아 도시락을 넣기 위해 가지고 온 커다란 보따리에 더 이상 들어가지 않을 정도로 담았다.

가득 담은 쑥 보따리를 한 손에 쥐고 집으로 가던 마린은 중간에 넓적한 모양의 돌과 찍기에 좋은 돌도 하나 주웠고, 평소에 발견하지 못했던 집 틈 사이로 난 쑥 중 품질 좋아 보이는 것들도 캐냈다.

그렇게 쑥 한 보따리와 돌 두 개를 들고 집에 오자 한스와 세일리어는 며칠 동안 무슨 고민 탓인지 안색이 좋지 못했던 마린이 활기가 넘치는 것이 기뻐 생겼던 궁금증이 어느새 없어졌다.

그날 밤 저녁 식사를 마치고 어머니께 부탁해 커다란 그릇을 하나 가지고 방으로 올라간 마린은 가져온 쑥들을 넓적한 돌 위에 올려 놓고 찍어 즙을 내었다. 어느새 쑥즙은 그릇을 가득 채웠다.

가득 채운 그릇의 쑥즙을 조금 마셔본 후 한동안 내면을 바라보던 마린은 다행히 자신이 생각했던 대로 독성이 없음은 물론 몸속에 상쾌한 기운이 느껴지는 것을 보고 생각대로 되어가는 것 같아 기쁘기 그지없었다.

"하하. 설마 했는데 생각했던 것보다 훨씬 효능이 뛰어난 쑥들이구나. 이런 쑥들이라면……."

무언가를 생각하는 듯 말꼬리를 흐트리던 마린은 곧 접시 가득히 담긴 쑥즙을 귀한 약을 대하듯 조심스레 마셨다. 한 방울도 남기지 않고 그 쓰기만 한 쑥즙을 마신 마린은 며칠 동안 잠을 자지 않은 탓에 불편했던 속이 시원해지는 것을 느끼고 그에 만족하며 입가에 웃음을 지었다.

마린은 전생에서부터 이어진 쑥과 자신의 관계에 대해 생각하게 되었다.

어디 하나 발붙일 곳 없는 낭인 시절이었다. 돈을 벌기 위해 다른 문파들의 싸움에서 대신 싸우다 다치면 문파에서 나온 의원들에게 치료를 받곤 했다. 그날도 다친 몸을 이끌고 한 괴짜라 불리는 늙은 의원에게 치료를 받았다.

유독 말이 많은 늙은이었다.

늙은이가 말이 많으면 주위의 사람들이 싫어하기 마련이라 그의 주위에는 심한 부상을 입은 이들도 잘 가지 않았는데 장류빈은 뒤늦게 싸움에 끼어들었기에 그 사실을 몰랐고, 그저 빨리 치료받고 떠날 생각에 유독 비어 있는 그 늙은 의원에게 갔다 한 식경 치료받으면 될 것을 반나절 동안 붙잡혀 그의 수다를 들어주어야 했다.

자신이 젊었을 적 신분과 돈이라는 벽에 부딪쳐 가며 의술을 배우느라 제법 고생했다고 한다. 그러나 그런 어려움 속에서도 자신의 뛰어난 오성으로 의술로서의 길에 한 일가를 일굴 정도는 되었다는 자기 자랑을 쉴 틈 없이 내놓았는데, 평소에 말이 없던 장류빈조차 그 이야기에 기가 막혀 한소리 했다.

"아니, 그렇게 대단한 분께서 왜 이런 문파의 의원 따위를 맡고 계시는 거요? 그 고명한 의술로 과거에 투고하여 어의나 될 것이지. 아님 그 이야기대로의 의술 실력이라면 구대문파나 오대세가에서도 서로 모셔갈 터인데 말입니다."

마치 장류빈이 그 말을 할 줄 알았다는 듯 장난기 가득한, 그러나 왠지 무언가를 초월한 이의 표정으로 미소를 지으며 말했다.

"헐헐. 그래, 그렇게 생각할지 모르겠지만 사실 난 그런 허울만 좋은 명예나 돈 따위는 필요없다. 어차피 한 줌의 흙으로 돌아갈 몸인데 그런 인간들이 정해놓은 것이 무엇이 중요하겠느냐. 다 헛된 것뿐이지. 그저 지금 나에게 필요한 것은 한 가지, 연구를 위한 약간의 돈과 그에 맞는 환경이 필요할 뿐이야. 그래, 네 얼굴을 보아하니 이런 구석진 도시에서 무슨 연구를 하느냐 묻고 싶은 모양이군. 이것도 인연이니 네게 내 연구가 어떤 것인지 조금이라도 말해주지. 저기 보이느냐. 저 집 구석진 곳에 자라나는 쑥 말이다. 여기 이 지방은 습기도 그렇고 땅의 질도 쑥이 자라기는 더할 나위 없는 곳이다.

참 멋진 곳이지. 헐헐. 그래, 내가 연구하는 것은 쑥이다, 쑥. 나는 의술에 대해 일정 경지에 올랐던 서른 살 때부터 40년간이나 쑥에 대해 연구해 왔지. 클클. 그래, 이 말을 할 때면 다들 그런 얼굴을 하더구나. 하지만 말이다. 내가 그동안 연구한 40년의 세월을 걸고 단호히 말하건대, 누군가 저 쑥에 대한 비밀을 모두 알게 되는 이가 있다면 그는 화타나 편작도 부럽지 않게 될 것이다. 아니, 오히려 그들이 그를 부러워하겠지. 특별한 약재도 필요없이 세상의 온갖 만병을 그저 길가에서 흔히 볼 수 있는 쑥으로도 고치는 이가 되었는데 누가 부럽겠느냐. 내가 알기론 화타란 이도 말년에 들어서야 쑥에 대한 오묘한 신비를 조금이나마 깨달았다 하더구나. 내 소원이 있다면 언제 죽기 전에 한번 가고 싶은 곳이 있다. 선(仙)이 시작했다는 곳. 도가 파생돼 나온 곳. 동방 끝의 그 신선의 나라 말이다. 이곳 중원에서 나는 잘못 먹으면 죽는 독기 품은 쑥이 아닌, 동방의 쑥을 한번 연구했으면 싶구나. 이놈아, 너도 보아하니 삼류 수준의 무인인 것 같은데, 내공은 안 되더라도 몸은 튼튼해야 할 터이니 쑥을 밀가루 뜬 물에 씻어 독소를 없앤 뒤 갈아 수시로 먹어두는 게 좋을 게야. 아마 몸이 아파 빌빌거릴지라도 너의 혈관 하나는 튼튼해져 웬만한 내상에 끄떡없이 장수할 터이니 말이야. 혹시 아느냐? 오래 살다 보면 너도 예상치 못한 기연이라도 얻을지. 클클. 자, 치료 끝났다. 저 쪽 총관에게 돈 받고 떠나거라. 늙은이 헛소리

듣느라 고생 많았다, 이놈아."

이제 가도 좋다는 말에 벗어논 짐을 챙기던 장류빈은 그 늙은 의원에게 물었다,

"정말 당신이 말한 대로 쑥에 그런 신비로운 효능이 있는 것이오?"

"클클. 그래, 네가 눈먼 칼 맞고 죽지만 않으면 하늘이 허락하는 데까지는 살 게다. 무엇보다 몸의 구성 성분을 이어주는 혈관은 튼튼할 터이니 말이야."

농담인 줄 알고 받아쳤던 장류빈은 그 늙은 의원의 말에 조금 어이없어하다 문득 오늘 심하게 다친 어깨 부위가 지금은 조금도 결리지 않고 불편함이 없는 것을 알 수 있었고, 그에 그의 의술이 뛰어남을 알게 되어 그의 말이 거짓이 아님을 알게 되자 그 괴짜 의원에게 무뚝뚝하나 진심 섞인 고마움의 인사를 했다.

"고맙소이다. 언제 한번 시간이 나면 이곳으로 오겠소. 그때까지 몸 건강히 있으면 좋겠소이다."

"클클, 원 녀석. 일없다, 이놈아. 아마 니놈이 올 때쯤이면 나는 없을 것이야. 그때쯤에는 아마 저 동쪽 끝에 있을 터이니. 클클클……."

그 노인의 괴팍한 웃음을 뒤로한 채 길을 나선 장류빈은 3년 뒤 노인을 찾으러 그곳으로 갔지만 그의 말대로 그는 이미 그곳을 떠나고 없었다. 그저 한때 그와 그나마 친했던 이에게 들

은 바로는 동쪽으로, 그저 동쪽으로 간다고 말했을 뿐이라 했다.

한 갑자가 넘는 세월 만에 그 괴짜 의원을 꿈에서 보아서인지 마린의 입가에는 미소가 가득했다.

그 뒤 한 달 동안 하루 세끼 한 번도 빠지지 않고 쑥을 갈아 마신 마린은 그 노인의 말대로 혈관의 상태가 상당히 좋아졌음을 느꼈다, 다치기 전과 마찬가지로. 그러나 혹시나 하는 마음으로 마린은 세 달을 복용한 뒤에야 다시 운기행공을 했고, 그 결과 다치기 전과 비교할 수 없이 혈관이 튼튼해지자 이젠 무리하게 밤새도록 운기행공을 한다 하더라도 끄떡없을 것 같았다.

그렇게 잠시 천덕꾸러기였던 그의 내공은 몸의 일부러 돌아오게 되었다.

Chapter 3
집을 나서다

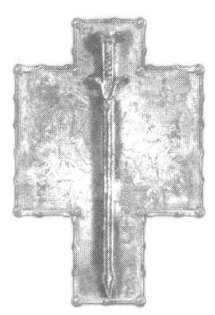

　마린이 검명의 경지에 들어선 지도 벌써 4년의 시간이 흘러갔다.

　16세의 소년이라 생각하기엔 장정같이 커버린 마린이었다. 그는 자신의 안락처이자 연무장인 마을 변두리에서 수련을 마치고 나무 그늘 아래에서 쉬고 있었다.

　마린은 최근에 보았던 책에서 그 옛날 자신과 같은 이름을 가진 용병왕 마린이 한참 그 몬스터 군단과의 전쟁에서 활약했을 때의 경지가 검명이라는 것을 알게 되었고, 또 말년에 깨달았다는 그 오라 소드라는 것이 검기로 이 세상에서 말하는 소드 마스터라는 것이 무림에서 말하는 절정고수라는 것을 알 수 있었다.

그런 이들이 간혹 나타난다 하지만 이곳은 내공심법이라는 것이 존재하지 않았다. 이렇게 풍부한 기가 있는 곳에서 어째서 그런 비효율적인 일들을 하는지 잘은 모르겠지만 어쩌면 그건 마법이라는 신기한 학문 탓인지도 모른다. 오직 마법이라는 공부 외에는 기를 운용한다는 것이 불가능하다 생각한 탓에.

하지만 풍부한 기가 있는 곳이라 그런지 자신도 모르게 세맥에 퍼져 있는 내공을 쓰는 이들도 있었다. 하나 검명이라는 것도 놀라운데 절정의 경지라니……. 아직 이 단계에 대해서 아는 것이 없었기 때문에 무어라 말할 수 없지만 한 가지 확실한 것은 이 절정고수들이란 인간의 상식을 벗어난 이들로 그 넓은 대륙 속의 무림이라는 곳에서도 많지 않아 평생 만나기도 힘든 사람들인 것이다.

요즘 빨라진 운기행공 탓에 반 갑자 가까이 모인 내공은 절정이라는 벽에 부딪쳤다. 그에 절정의 벽에 고민하던 마린은 도대체 자신과 똑같은 이름을 지닌 이 용병왕 마린은 무슨 기연을 얻었기에 그런 경지까지 도달할 수 있었는지 궁금증에 빠졌지만 언제나와 같이 아무리 생각해도 답은 나오지 않았다.

결국 마린은 고민을 털어내는 듯 고개를 흔들며 '급하면 체하는 법이다' 라는 말을 되새기며 다시 검을 들어 수련을 시작했다.

이 세상의 기사는 군사력에 큰 영향을 미친다, 기사단의 실력에 따라 그 전쟁의 승패가 좌우될 정도로. 그 정도로 군사력에 큰 영향을 차지하는 기사들이지만 그들의 수련은 외공 수련이 전부였다. 물론 외공도 극한으로 단련하면 대단한 위력을 보이긴 하나 겨우 그런 이유라면 나라에서 기사를 키우는 걸 중시하지도, 또 군사력에도 많은 영향을 끼칠 리 없었다.

사실 나라에서 이 사람은 마나석의 힘을 충분히 감당할 육체와 정신을 지녔다 판단하면 기사의 작위와 현자들이 많은 시간과 돈을 투자한 수식을 적은 마나석을 검에 끼워주는데, 이런 검을 사용하게 되면 정말 실력 차이가 많이 나지 않는 한 같은 급의 기사들은 마력검을 막을 수가 없다는 것이 일반적인 상식이었다.

이 마력검을 사용하면 최소 2~4.5배까지 능력치가 올라가게 된다. 또 마나석 각각의 색깔에 따라 속성과 그 올라가는 능력이 판이하게 달라지게 되는데 그 구별은 마나석의 색깔로 가능했다. 총 세 가지로 붉은색, 푸른색, 초록색이 있는데 붉은색의 마나석은 힘의 속성을 올려주고, 푸른색의 마나석은 오감을 예민하게 하여 불필요한 동작을 줄여 방어에 뛰어나게 해준다. 마지막으로 초록색의 마나석은 몸의 근육을 활발히 활성화시켜 반응 속도를 올려준다. 그렇기에 이 마나석이 박힌 검을 든 기사 하나하나는 일반 사람들로서는 어찌하지 못하는 존재가 되는 것이다.

그날도 저녁 늦게까지 수련을 한 마린은 식사 자리에서 아버지에게 의외의 말을 듣게 되었다.

"마린아, 이제 나이가 되어 꺼내는 말이니 내 이야기에 부담 갖지 않았으면 한다. 이제 집이라는 울타리에서 벗어나 세상에 대한 구경도 하고 동시에 좀 더 체계적으로 검을 배우고 싶지 않느냐. 물론 너의 검이 어느 정도인지 모를 정도로 뛰어나다는 것을 알지만 그래도 이렇게 집에서만 하는 공부는 나중에 너에게 독이 될 수도 있단다. 그래서 너의 어머니와 며칠 동안의 의논 끝에 결정한 것인데 우리는 네가 베루메르크에서 세상에 대한 많은 지식과 검을 배웠으면 싶구나. 그곳에는 검의 대한 재능이 넘치는 이들만이 모이는 곳이니 너와 뜻이 맞는 이들도 사귈 수 있고 말이야."

"…생각지 못했던 말이라… 지금 당장 무어라 말씀드리지 못하겠군요."

"그래, 지금 바로 대답하지 않아도 된단다. 천천히 생각하려무나."

"네. 빠른 시일 내에 말씀드릴게요."

그에 만족한 듯 한스는 씩 웃음을 지으며 고개를 끄덕였다.

사실 한스가 이런 말을 꺼낸 것은 다른 이유가 있어서가 아니라 요즘 마린에게서 무언가에 갇혀 있는 듯한 갑갑함을 느겼기 때문이다. 물론 그건 마린이 최근 들어 부딪친 검기에 대한 벽 때문에 그런 것이나 그런 사실을 모르는 한스는 그저 혈기 넘치는 힘 탓으로 착각한 것이다. 그랬기에 자신이 본 마린에 대해 부인인 세일리어와 의논했고, 세일리어 또한 마린의 무의 재능이 뛰어남을 알고 있었기에 베루메르크에 보내 그 재능을 키우는 게 좋겠다고 하며 한스의 의견에 찬성했다. 그렇게 아내와 이야기를 마친 한스는 며칠 동안 마린에게 어떻게 말할까 고민하다 길게 끌어봐서 좋을 것 없다 생각해 저녁 식사가 끝날 무렵 말을 꺼낸 것이다.

방으로 돌아와 차근히 생각해 본 마린은 아버지의 말씀대로 집을 떠나는 것도 나쁘지 않겠다 싶었다. 들끓는 열정 탓도 있었고, 또 검기라는 벽에서 벗어나 세상으로 나가 마음에 여유를 찾는 것도 좋은 생각 같았기에 마린은 베루메르크로 가기로 결심했다. 한동안 부모님을 뵙지 못하는 게 아쉽기는 했지만 그러기에는 되살아난 이 열정과 책으로만 보았던 세상에 대한 궁금증은 너무나 컸다.

다음날 마린은 아침 식사가 끝나고 후식으로 나온 차와 과일을 먹다 어제 결정한 것에 말을 꺼냈다.

"아버지 말씀대로 하는 게 좋을 것 같습니다. 사실 저도 요즘 집에서 지내는 것에 대해서 답답하기도 했고요. 때마침 제 나이가 열여섯 살이라 베루메르크에 들어갈 기본적인 조건도 맞으니 말입니다."

마린의 결정에 한스는 크게 웃으며 기뻐했다.

"하하하. 생각보다 빨리 결정했구나. 그래그래, 잘 생각했다. 남자라면 밖에 나가서 세상 구경도 해보고 자신이 세상에 비해 얼마나 작은 존재인지 한번 느껴야 크게 되지. 다음 달이면 베루메르크 측에서 입학시험이 있으니 너도 지원해 보거라."

"네, 알겠습니다. 그럼 일찍 떠나야 되겠군요. 여기서 수도까지 말을 타고 간다 하더라도 20일은 넘게 걸릴 테니까요. 아니, 당장 내일이라도 떠나기로 하겠습니다."

한스는 거침없이 대답하는 마린이 보기 좋았는지 미소를 지으며 마린의 의견에 찬성했다.

"그래, 사내가 결정을 했으면 바로 실행에 옮기는 것이 좋지. 마침 연합왕국 쪽에서 온 제법 큰 규모의 상인 일행이 수도에 간다 하는 소문을 들었는데, 그쪽에 부탁하면 되겠구나."

그날 밤 세일리어는 실용적인 작은 여행자 가방 안에 여행에 필요한 것들을 최소한으로 준비했다. 젊은 날 자신도 용병으로 돌아다녔기에 여행 중에는 너무 많이 들고 다니는 것은 쓸데없이 힘만 들 뿐이고 거추장스럽다는 것을 알고 있었기 때문이다. 그렇기에 색이 잘 바래지 않는 다용도의 망토와 여행 도중 입을 간단한 옷 몇 벌과 음식물, 그리고 그동안 생활에 필요할 것을 살 적지 않은 돈들도 챙겨 넣었다.

한스도 그쪽 상인 일행과 이야기가 잘 풀려 별다른 조건 없이 마린의 동행을 허락받을 수 있었다.

마린은 어머니가 챙겨주시는 짐들과는 따로 수도로 갈 때 심심하지 않을 책들도 몇 권 챙긴 후 잠자리에 누웠지만 막상 제법 오래 집을 나선다는 생각 탓인지 잠이 오지 않았다. 전생에 60년을 떠돌았던 자신이 이런 짧은 여행길에 잠도 잘 이루지 못하는 것을 보면 확실히 자신이 집이라는 곳에 너무 안주했다는 생각이 새삼스럽게 들어 기분이 묘하기도 했다.

그렇게 잠을 설친 탓에 다른 때보다 조금 일찍 일어난 마린은 운기행공을 마치고, 1층의 거실로 내려갔다. 거실 옆에 있는 부엌에서는 다른 때와는 달리 이른 시간임에도 어머니가 분주히 아침 식사를 준비하고 있었다. 잠시 말없이 그런 어머니의 뒷모습을 쳐다보던 그는 이내 기척을 냈다.

기척에 놀라 돌아본 세일리어는 유난히 일찍 내려온 마린을 보며 문득 마음이 애절해졌다.

'애가 오늘 떠난다고 생각하니 흥분한 탓에 잠이 들지 못했구나.'

분명 언제나 똑똑하고 나이에 맞지 않게 침착한 자신의 아들이지만 그녀는 잠시 그런 생각이 들었던 탓인지 자신의 품에서 날아가는 아들이 걱정스럽기 그지없었다. 하나 세일리어는 떠나는 이를 그런 식으로 걱정하여 발목을 잡으면 떠나는 입장에서 마음이 불편해진다는 것을 알기에 애써 태연한 웃음을 지었다.

"호호, 잘 잤니? 오늘은 다른 때보다 일찍 일어났구나. 아마 처음 떠나는 여행길이라 들뜬 모양인가 본데?"

"네. 그러네요. 생각보다 긴장이 되었나 봐요. 그래도 어제는 오늘 있을 여행 중에 피로할까 봐 억지로나마 일찍 잤어요."

"그래, 잘했다. 환경이 변하면 쉽게 몸이 피곤해지거든. 그래도 네가 생각도 깊고 침착하니 밖에서도 어디 몸 상하지 않고 잘 지낼 거라 생각에 별 걱정이 들지 않는구나. 짐은 내가 예전의 기억을 떠올리면서 이것저것 챙겨놓았는데, 마린 너도 가져갈 것을 챙겨놨니?"

"네. 혹시 심심할지도 몰라서 책 몇 권을 챙겨놨어요."

"하긴 책 좋아하는 것을 누가 말리겠니. 그래, 처음 집을 나서는 너에겐 장거리 여행이기도 하니 책들도 챙겨두는 것이 좋겠지. 하나 학원에 들어가게 되면 너무 책에 빠지지 않았으면 좋겠구나. 책을 읽는다는 것은 좋기는 하지만 나는 네가 이곳과는 달리 많은 이들을 사귀었으면 좋겠단다. 물론 너도 나이가 되었으니 여자라도 생긴다면 그보다 더 좋을 것은 없고. 호호호."

"하하……. 여자는 힘들지 모르겠지만 어머니의 말씀대로 여러 이들을 사귀도록 노력하겠습니다."

"어머, 난 여자를 만나는 쪽이 더 좋은데. 호호. 흠, 자리에 앉거라. 과일이라도 깎아줄 터이니."

세일리어가 일부러 이런 말을 꺼낸 것은 그 연령에 맞지 않은 대인 관계 탓이었다. 너무 어렸을 때부터 철이 들었는지 장난기 많은 또래와는 접촉을 안 했고, 또 접촉한다 하더라도 친해지려는 기미가 보이지 않았다. 집에서야 자기와 한스가 있다지만 혹시 밖에 나가서 사람들을 사귀지 못해 외로워하면 어쩌지라는 걱정이 들기도 해 그런 말을 꺼낸 것이다.

사실 전생의 장류빈 시절 때도 그에겐 그다지 친구라 부를 이들이 없었다. 누구도 관심을 두지 않는 삼류무인이었던 이유도 있었고, 그 자신도 검을 수련하고 있으면 외롭다는 생각이 들지 않았던 탓이었다.

그렇게 검을 친구라 생각하며 살았던 마린이기에 현생의 삶에서도 사람들과의 접촉이 껄끄러웠던 것은 사실이었다. 또 사귀려 한다 해도 어린아이들과 사귀기에는 그의 정신 연령이 너무 높았던 닷도 있었고. 그래서인지 마을에서의 자기 또래들은 안면만 있을 뿐 친구라 불리기는 거리가 멀었다.

과일을 먹던 마린은 어머니한테 여행에 필요한 이야기를 듣던 중 '히히힝' 거리는 말 울음소리를 들었다. 창가를 열어보니 언제 일어났는지 아버지가 할리라 부르며 키우는 윤기가 잘잘 흐르는 말을 기둥에 묶고 씻기고 있었다.

잠시 후 한스가 웃음을 지으며 거실로 들어서며 마린에게 기분 좋은 웃음을 지었다.

"하하하. 마린아, 오늘 기분이 어떠냐? 길을 나선다니 설레지 않느냐? 상인들과 이야기를 해본 결과 점심쯤에 떠난다는구나. 아직 여유가 있으니 천천히 짐을 챙기도록 하여라."

"네, 확실히 집을 나선다니 마음이 설레네요. 짐은 알맞게 다 챙겨놨어요. 그런데 저 밖에 있는 말은 할리 아니에요? 저번에 한번 보고 오랜만에 보네요."

"하하, 사실 할리는 상점에서 쓰는 짐말의 용도로 산 게 아니다. 짐말로 쓰기에는 할리가 너무 아깝지. 처음 마 시장에서 저 녀석을 봤을 때 네가 오늘처럼 세상에 나설 때 말이 꼭 필요할 것 같아 사온 건데, 확실히 오늘 할리를 보니 잘 산 것 같은 생각이 드는구나. 역시 긴 여행을 하려면 할리만큼 좋은 말도 없다는 생각도 들고 말이야."

그 말에 마린은 언제나 자신을 생각하는 부모님께 깊은 애정을 느꼈다. 언제가 책에서 읽은 글이 생각났다.

사람은 태어나면서 두 명의 절대적인 아군을 지닌다. 그들은 아무도 관심을 가져 주지 않을 때 옆에서 지켜주며 힘을 주고, 그 누가 믿지 않는다 해도 자신을 믿어준다. 부모란 그런 이들이다.

문득 마린은 자신만을 생각하는 이 사랑하는 부모님을 떠난다 생각하니 살며시 가슴이 시려왔다.

부모님께 이런저런 여행의 유의점들을 들은 마린은 자신의 방으로 와 한동안 비워둬야 할 방을 청소한 후 책들과 검을 챙기고 나왔다. 책들과 여러 가지 짐들을 할리에게 싣고 가볍게 점심을 먹은 후 마린은 어머니가 준비해 두신 망토와 모자를 썼다. 아직 얼굴 곳곳에 어린 티가 났지만 그래도 제법 여행자답게 보였다. 어머니는 막상 떠나는 아들이 적잖게 걱정되고 아쉬운지 하지 말아야지 하면서도 걱정이 되어 충고를 했다.

"밖에 나가서는 어떤 일을 할 때 3번씩 꼭꼭 생각해야 된단다. 차가운 데서 자지 말고, 음식은 꼭 데워 먹도록 하고, 한상 귀를 열고 다녀서 다른 이가 하는 이야기를 소홀히 하지 말고, 그리고……."

"하하. 어머니, 알겠어요. 걱정하지 마세요. 제가 누구 아들인데요."

잠시 마린을 보던 세일리어의 눈에 눈물이 맺혔다. 반년 후 방학을 하면 보게 된다지만 그동안 자신의 품에 있던 아들이 이제 떠난다니 그 시간이 짧게 느껴지지 않았다. 마린도 어머니 눈에 눈물이 글썽이는 것을 보자 애써 달랜 마음이 아파왔다.

"이것 참. 여보, 애가 전쟁터에 나가는 것도 아닌데 뭐가 그리 아쉬운 거요? 걱정하지 마시오. 마린이 어련히 알아서 잘할까. 떠나는 아이한테 그런 모습을 보이는 것이 아니란 것은 당신도 알지 않소."

한스가 옆에서 세일리어를 달랬다. 그런 모습을 따뜻한 눈길로 지켜보던 마린은 밝은 얼굴로 할리에 올라탔다.

"그럼 어머니, 아버지, 여름에 뵐게요. 이만 떠날 테니. 멀리 나오지 마세요."

"간다. 너도 마음 놓고 다녀오거라. 길을 가다 궁금한 점이 있으면 같이 가는 이들에게 물어보고. 그럼 마린아, 여행의 신인 헤로티오스의 축복이 있기를 바란다."

"몸조심하거라, 아들아. 헤로티오스의 축복이 같이하기를."

"네. 두 분에게도 평화와 기다림의 신인 라리우스의 축복을 빌게요."

헤르티오스는 고대 신 중 하나로 모험심이 강한 여행의 신이다. 그는 지상에 강림한 태양신 아폴론의 딸 라리우스에게 첫눈에 반해 버렸고, 그 후 그녀를 신부로 맞이하기 위해 수많은 위험한 모험을 했다. 그후 태양신 아폴론에게 인정받아 라리우스를 아내로 맞이하여 여행의 신으로 자리 잡게 된 것이다. 지금까지도 그의 화려한 모험담이 내려와 사람들의 인기를 한 몸에 받고 있다.

따그닥따그닥.

마린을 태운 할리의 모습이 사라질 때까지 지켜보던 한스는 곧 감정이 복받쳐 우는 아내를 달래며 집으로 발길을 돌렸다.

마린이 이 상인 무리와 같이 떠난 지 벌써 2주일의 시간이 흘렀다. 그동안 몬스터들과의 접촉이 한 번도 없었던 탓에 심심하다 할 정도로 여행길은 순조로웠다. 사람들이 많이 지나다니는 길이니만큼 사람온기와 냄새가 배어 있었고, 그에 냄새를 맡고 덤비는 몬스터들은 용병들에 의해 많은 수가 죽임을 당한 탓에 본능적으로 이쪽 길을 피하기 때문이다.

덕분에 별 무리 없이 낮에 이동하고 저녁이 되면 도시에서 밤을 보낼 수 있었다.

그동안 마린은 용병들과 많이 친해지게 되었다. 처음에는 단순히 자신의 이름 때문이었다. 용병왕 마린이라 하면 민간인들에게도 신격화된 유명 인사였지만 용병에게는 그 의미가 더 컸다. 때문에 이름이 같다는 것에 용병들은 쉽게 마린을 받아들였다. 또 한스상점은 그 마을에서만도 큰 지점이 10여 곳이나 될 정도로 영향력이 적지 않은 곳이다. 그런 곳의 자녀들이 보이는 모습과는 달리 제법 털털하고 신중한 모습을 보여주었기에 마린에 대한 호감은 더해진 것이다. 마린도 그 자유로운 용병 모습에서 낭인들이 기억난 탓인지 자신에게 다가오는 그들에게 마음을 쉽게 열었다.

그러나 그렇게 친해짐과는 별도로 나이가 어리고 여행도 처음 나서는 마린을 은근히 무시한 면이 없지 않았다. 하지만 그것도 잠시 휴식을 취하다 마린이 맘에 든 용병단장 라듐이 한수 가르쳐 주겠다고 해서 한 대련의 모습을 본 뒤부터는 그러한 마음이 물 씻듯 사라져 버렸다.

대련에 앞서 연장자인만큼 처음 선공격을 양보한다는 라듐의 말에 놀라운 속도로 날아오는 마린의 날카로운 검은 보는 이들도 사늘하게 했다. 라듐도 검에 힘을 주는 게 조금이라도 늦었다면 자칫 검을 놓쳤을지도 모르는 일이었다.

그러나 용병단장은 아무나 하는 것이 아니라는 것을 보여주는 듯 라듐은 전해오는 힘을 자신의 힘과 합쳐 매서운 공격을 보여주었지만 마린도 그런 식의 공격은 익숙하다는 듯 검끝으로 물 흐리듯 힘을 흩뜨리며 다시 공격을 시도했다.

서로가 비슷한 실력이라 그럴까? 쉽게 그들의 승부 결과는 나오지 않았다.

중간중간 허초를 섞어내며 노련한 용병의 모습을 보이는 라듐이었지만 그런 것은 대수롭지 않다는 듯 간단히 파헤쳐

버리는 마린이었다.

결국 치고 받는 공방전의 시간이 길어지자 제 시간 안에 도시로 가지 못할 거라는 걱정 탓에 라듐은 무승부라고 알리며 대련은 이만 접자고 말하고는 오랜 시간 싸웠음에도 그다지 지친 기색이 없는 마린에게 다가와 어깨를 잡으며 네가 마음에 든다며 엄지손가락을 내밀었다.

"정말 멋진 실력이야, 마린 군. 어쩌면 대륙은 그토록 기다리던 마스터의 존재를 보게 될지도 모르겠어."

"과찬이십니다. 덕분에 많은 것을 배웠습니다."

물론 마린은 내공을 일체 쓰지 않은 채 아버지께 배운 검식으로 대련에 임했었다. 이미 마린은 '모난 돌은 정에 맞기 쉽다'는 강호에서의 경험으로 이 말을 뼛속까지 알았던 탓에 이 세상에서는 비상식적으로 강한 자신의 실력을 숨기는 것이 일상화가 되었다.

내공을 쓰지 않았음에도 놀라운 실력을 지닌 라듐 단장과 그런 맞대결을 한 것은 선생의 60년 동안의 많은 경험을 통해 10년이 넘는 세월 동안 단련된 육체만으로도 이미 일정 경지를 넘어선 탓이었다.

한동안 그런 마린의 실력을 보며 용병들은 놀란 탓인지 자신도 모르게 벌려진 입을 다물지 못했다. 그렇게 멍하게 있던 그들은 라듐 단장에게 한 소리를 들은 뒤에야 정신을 차린 듯 물품을 재정비하며 마린의 놀라운 검술 실력에 저마다 한 소리씩 했다.

"뭐야? 이거 정말 장난 아닌데? 어리다 생각하고 만만하게 봤는데 오늘 보니 그런 생각을 접어야겠군. 야. 요즘 애들은 다 이래?"

"설마… 마린 이놈이 상식을 벗어나는 것뿐이지. 당연한 것을 왜 묻냐. 그런 것보다 마린아, 우리 정말 친하게 지내자꾸나. 너의 실력이면 기사로서의 앞날이 보장될 터이니. 나이차가 좀 있지만 나를 형……. 아니아니, 그냥 친구라고 생각하고 맘 편하게."

"마린이 미쳤냐, 너 같은 놈과 친구 먹어서 뭐 득 볼 게 있다고. 그나저나 너 어린 나이임에도 소름 끼치도록 강하구나. 우리 라듐 단장님 하면 크로센 제국의 용병 중에서도 열 번째 손가락에 들어가는 강자이신데. 그런 분과 맞대결을 하여 무승부라 끝을 내다니. 정말 대단한데."

"정말이지. 세상은 공평하지 못해. 어떻게 저 나이에 저런 실력을 지닐 수 있지. 이것이 범인이 따라갈 수 없다는 천재의 존재란 말인가."

"이름값을 하는군. 정말 단장님 말대로 마스터의 존재를 볼지도 모르겠어."

용병들이 경악 어린 시선을 하고 칭찬을 아끼지 않자 마린은 조금 당황스러운 모습을 보였다. 그 반응이 맘에 들었는지 용병들은 마린을 칭찬을 하는지 놀리는 건지 모르는 말을 더 꺼내다 단장의 호령에 궁시렁거리며 짐을 챙긴다.

　그날 저녁 상인 일행은 다행히 성문이 닫히기 전 도시에 들어올 수 있었고, 마린은 용병들의 권유에 환생 이후 처음 술을 마셨다. 검은 안 되겠지만 술로써 위용을 펼치려 했던 용병들은 자신들보다 주량이 더 센 마린에 놀라며 먼저 취해 쓰러졌다. 그 모습에 어색한 미소를 짓던 마린은 주위 사람들의 도움으로 용병들을 하나둘씩 업고 침대에 눕힌 뒤 자신의 방으로 왔다.

　16년 만에 마시는 술임에도 마린에게 전혀 영향을 주지 못했다.

　검명의 끝에 다다른 마린의 몸이 자신도 모르는 사이에 들어오는 술독을 제거했기 때문이다.

　절정에 들어서게 되면 웬만한 독들은 몸이 알아서 치료하게 되는데 이제 절정의 경지 문 바로 앞에 있는 마린에게는 술독이란 것이 통하지 않는 것이다. 더구나 탈태환골한 것보다 막힌 세맥들이 없기에 디 디옥 그리했고.

　그날도 어김없이 운기행공을 하던 마린은 아직 자신의 입가에 남은 술 향을 느끼며 잠이 들었다.

　어제 독하게 용병들과 술을 마셨지만 여전히 아무렇지도 않은 듯 이른 새벽에 일어난 마린은 운기행공을 한 뒤 짐을 챙겨 들고 식사를 하러 식당으로 내려갔다. 여는 때처럼 상인들은 짐들을 다 챙긴 뒤 잘못된 것이 있는지 체크하고 있었고, 그 옆에도 다른 때와는 달리 보통 때면 곯아떨어졌을 용병들이 벌겋게 달아오른 얼굴을 한 채 건량과 음료수를 준비하고 있었다.

이들이 왜 이러는지 전날 따로 이야기를 듣지 못한 마린은 인상 좋게 생긴 상인에게 그 이유를 알 수 있었다.

"이제부터 1주일 동안 꼬박 말을 타고 가야 수도에 도착하게 되는데 중간에 쉴 곳이 없어서 그런다네. 그래서 저들도 그동안 먹을 건량과 마실 음료수들, 또 혹시나 모를 필요 용품을 재검사하는 것이고."

용병들은 아직도 숙취가 풀리지 않아 비틀거리는 자신들과는 달리 멀쩡한 마린을 보니 배알이 꼬여 다들 한소리씩 했다.

"이런 괴물 같은 놈. 역시 넌 그 정도 술 가지고는 끄덕도 하지 않는가 보구나. 도대체 너를 취하게 만들려면 얼마나 판을 벌려야 하는 거지?"

"그러게 말야. 술을 먹는 것에도 경지가 있다면 저놈은 벌써 마스터를 했을 거야. 질리는 놈 같으니."

"동감이야. 술이라면 나도 지지 않는다 생각했는데. 크흑. 꼭 이기기고 말리라. 아, 신은 어떻게 한 인간에게 저런 재능을 몰아주셨는지."

아침부터 별 희한한 이유로 질투심에 불타오른 용병들을

한심하다는 듯 쳐다보다 호령을 쳤다.

"이놈들아, 참새 새끼마냥 조잘대지 말고 빨리 짐이나 옮겨. 아침부터 비실비실해서 남자 구실하겠냐? 얼씨구! 동작 봐라. 한동안 기합 안 줬더니 이것들이 단체로 긴장이 풀렸나 보구나. 이번에 갈 말로틴 산맥에 몬스터들이 심심치 않게 나온다는 거 잘 아는 놈들이 왜 이래? 죽고 싶어! 무기 검사 끝났으면 어서어서 움직여!"

그 말에 용병들이 짐을 옮기는 속도는 빨라졌지만 입은 여전히 궁시렁거렸다.

"자기도 같이 마셔놓고는 왜 저런데."

"글쎄, 그러게 말이야. 그냥 우리처럼 솔직하게 말하면 좋을 것을."

"내 말이 그거야."

"나~ 원, 계급이 깡패라고. 쯧, 내가 참아야지. 아침부터 큰 소리는 왜 지른데? 머리 아프게시리."

"어쩌겠어. 성격 좋은 우리가 참아야지."

궁시렁 소리를 들은 라듐이 버럭 화를 내자 더 이상 건드리면 위험하단 판단한 용병들의 입은 조용히 다물어졌다. 그런 모습을 보며 웃음을 짓던 마린은 곧 점원에게 간단한 아침 식사와 1주일 동안 먹을 음식과 음료수를 준비해 달라고 했다. 가볍게 베이컨과 모카빵, 그리고 우유로 식사를 끝낸 마린은 준비된 음식과 음료수를 할리에게 실었다.

푸드득, 푸르릉. 이히히힝—

그동안의 여행에서 많이 친해진 것은 용병뿐만 아니라 아버지가 주신 할리 또한 그랬다. 그래서일까? 마린을 보자마자 할리는 반가웠는지 기분 좋은 콧바람을 뿜어댔다. 마린도 그런 할리의 목덜미를 쓸어주었다.

상인 일행과 마린은 도시를 떠난 지 얼마 지나지 않아 험하기로 유명한 말로틴 산맥을 들어서게 되었다.

확실히 말로틴 산맥은 악명 높아서인지 들어선 지 얼마 지나지 않아 몬스터들 중 가장 많은 숫자를 자랑하는 오크들의 습격을 받기 시작했다.

마린은 돼지가 두 발로 걸어 다니는 듯한 오크의 모습에 놀라워했고, 용병들은 한숨을 지으며 이제부터 고생 시작이구나 생각하며 준비된 그물과 무기를 꺼내 들었다.

거침없이 오크들을 일검에 하나씩 처리하던 라듐은 몬스터이기는 하나 처음으로 죽음과 대면할 마린이 걱정되어 돌아봤으나, 의외로 마린의 표정에서는 공포 같은 것이 보이지 않았다. 오히려 눈에 흥미로움만이 있을 뿐이었다.

'정말 소년이라 생각지 못하겠군. 아무리 용맹이 대단한이라 해도 몬스터와 맞서게 되면 두려움을 갖게 되기 마련. 저 소년은 그런 것이 없으니. 베루메르크에 간다고 했던가? 대륙은 저 소년으로 인해 다시 시끄러울지도 모르겠어.'

잠시 고개를 내젓던 그는 이내 다시 검을 휘둘러 자신에게 다가서는 오크의 목을 날렸다.

그렇게 첫날 오크 무리로 개시를 한 라듐 용병단은 제법 많은 숫자의 오크들임에도 누구 하나 다치지 않고 효율적으로 처리해 갔다. 5~60마리의 오크가 인해전술로 '퀘에엑 쿠에엑' 돼지 멱따는 소리를 지르며 몽둥이를 흔들며 덤볐지만 마차 주위를 둘러싼 용병들은 라듐을 제외하고 두 명씩 네 팀으로 짝을 지어 세 팀은 공격을, 한 팀은 그물을 던지며 움직임을 봉쇄해 오크들을 간단히 처리해 갔다.

많은 시간이 지날 필요 없이 곧 싸움은 끝이 났고 용병들은 오크들의 시체를 길 반대편으로 몰아넣은 뒤 다시 길을 떠났다. 용병들도 싸움이 끝나고 나서야 마린이 걱정되어 돌아보았지만 공포심은커녕 오히려 흥미로운 구경거리를 보았다는 듯한 표정을 짓는 마린을 보고 혀를 찼다.

"무슨 애가 저렇게 간이 커? 마린 저 녀석 정말 여행길이 처음인 거 맞긴 한 거야?"

"내가 말했잖아, 저놈 진짜 괴물이라고."

"술 마실 때부터 간이 큰 놈이란 건 알았지만 이 정도일 줄은. 어떻게 첫 경험인데도 저렇게 태연할 수 있는 거지?"

"그러게 말이야. 난 몇 달 동안 밥도 제대로 먹지 못했는데 말야."

"흠…….역시 내 생각대로군. 혹시나 했는데, 난 저 녀석의 정체를 대충 알 것 같군."

"마린의 정체? 왜, 저 녀석이 인간이 아니기라도 한다는 거냐?"

"역시! 넌 눈치가 빠르군. 내가 장담하지. 저놈은 분명히 조상 중에 오거가 있는 게 분명해. 그렇지 않고서야 어떻게 그 많은 술을 마시면서 안 취할 수 있지? 또 저 나이에 맞지 않는 녀석의 전투 감각은 어떻고? 아무리 생각해도 결론은 하나야. 저놈은 인간의 피보다 오우거의 피가 진한 놈이라는 거."

"……."

마린의 예상치 못한 능력과 심심하다는 이유로 마린을 소재로 이야기를 피우던 용병들은 그의 말에 투지로 달아올랐던 몸이 싹 가라앉으며 소름이 끼칠 정도의 추위가 몰려옴을 느껴야 했다.

곧 얘기를 꺼낸 용병은 왠지 어색해져 가는 분위기를 파악하고 소리없이 잽싸게 안전지대로 대피했다. 잠시 후 자신도 모르게 돋은 소름을 긁던 용병들은 하나둘 정신을 차릴 수 있었다.

"저놈은 다 좋은데 말야. 가끔 이럴 때마다 인연을 끊고 싶단 말야."

"인간이라면 저러면 안 되는 거야. 그럼. 그렇고말고."

"내 말이! 저 녀석이 가끔씩 저럴 때마다 설렁함을 넘어선 공포가 느껴진다. 으드득, 이놈 언제 한번 제대로 걸리기만 해봐라."

"나도 언젠가 날 잡히면 저놈 꼭 정신 차리게 해준다."

들려오는 용병들의 얘기에 마린은 피식 웃음을 지었다. 강한자만이 살아남는 강자지존으로 살인을 저지르든 강도 짓을 하든 강하기만 하면 어떤 죄를 물을 수 없는 그야말로 약육강식의 세상. 그런 무림의 밑바닥에서 60년 동안 오만 흉악한 짓을 구경할 수 있었고, 적잖게 사람도 죽여보기도 했다. 그런 길을 걸었던 마린에게 돼지 비슷한 짐승들의 죽음은 웃기지도 않았다. 다만 저런 특이한 돼지가 몽둥이를 들고 다니는 게 신기해서 잠시 흥미를 가졌을 뿐이었다.

그날은 오크 무리들의 서너 번의 습격 외에는 더 이상의 몬스터가 보이지 않았다. 이곳으로 넘어오고 처음으로 집이 아닌 밖에서 밤을 보내게 된 마린은 용병들의 배려로 불침번을 맨 처음으로 서게 되었다. 혹시나 모르는 마음에 경험 많은 라듐 단장도 마린과 함께 불침번을 섰다.

마린은 다오르는 모닥불 옆에서 책에 자세히 설명되지 않았던 몬스터들에 대한 이야기를 라듐에게서 들었다.

"그러니깐 오늘 보았던 오크들 개개인은 중무장한 성인 남자한테 지는 몬스터지만 가끔은 다른 몬스터들보다 훨씬 무서울 때가 있지. 그놈들은 다른 몬스터들과 달리 무리를 지어 사는 법을 알거든. 또 얼마나 번식력이 좋은지 진짜 돼지처럼 한 번에 6~8마리명씩 낳고 그래. 그것도 1년에 두 번씩 새끼를 낳는데 말야. 휴… 수백에서 수천의 오크들을 만나면 진짜 기사단들이 아니면 다 처리하지도 못하지. 그 비슷한 몬스터에는 코블린이라는 놈이 있는데 이놈들은 오크와 비슷한 체형과 무리를 지을 줄 알지만 오크만큼 빠른 번식을 하지 못하지. 하나 이놈 머리에 난 뿔에는 무시무시한 독이 있기 때문에 한 번 찔리면 상당히 고생하지. 재수없으면 죽을 정도의 독이거든. 그런 몬스터들보다 한 차원이 높은 트롤이라는 놈이 있는데, 이놈들은 얼마나 재생이 빠른지 한 번에 머리를 잘라내지 못하면 심하게 고생하지. 힘도 엄청나거든. 그리고 그보다 강한 몬스터 중에는 오우거라는 놈이 있지. 무시무시한 놈들이야. 이놈들은 트롤의 재생 속도에 무식하다 할 정도의 힘과 속도를 소유하고 있는 탓에 잘못해서 한 대라도 맞으면 그걸로 그 싸움은 끝이 나는 거지. 정말이지 기사가 아니고서는 오우거를 혼자서 상대하기란 거의 불가능에 가깝지. 뭐, 용병 중에도 가끔 혼자서 잡는 놈이 있다 하지만 그런 놈들은 극소수야. 흠흠."

밤의 찬 기운에 목이 말랐는지 그는 가져온 술을 한 모금 마시곤 이야기를 다시 시작했다.

"휴… 그 밖에 사막에도 지독스런 놈들이 있고, 우리가 사는 대륙 북쪽에 위치한 죽음의 대륙은 예전 마왕이 강림한 것이 사실인 듯 셀 수 없을 만큼 많은 종류의 몬스터들이 있다더군. 어떤 이들은 오우거도 거기에서는 장난 거리에 불과하다나."

"그렇군요."

이런저런 얘기를 더 하던 라듐은 시간이 되자 다음 불침번 용병을 깨우고는 마린에게 잘 자란 인사를 하고 누웠다.

마린도 잘 자라는 인사를 하고는 망토를 몸에 감고 누운 그 자세로 운기행공을 하고 잠이 들었다.

다음날 아침 일찍부터 길을 나선 상인 일행은 해가 중천에 올라서야 식사도 할 겸 작은 샘이 있는 곳 근처에 짐을 풀었다.

식사를 기다리며 나무에 기댄 채 집에서 가져온 책을 보던 마린은 갑자기 신경에 이질적인 무언가가 느껴졌다.

뭔지는 잘 모르지만 무언가 적대심을 가지고 이쪽으로 오는 것이 분명했다. 마린은 라듐 단장에게 말했고, 라듐 단장은 마린의 믿기지 않는 이야기에 고민하였으나 이내 헛소리를 할 녀석이 아니라 판단했다. 그리곤 상인들에게 말해 짐을 다시 묶게 하고 용병들을 시켜 마린이 말한 쪽을 향해 진을 쳤다.

곧 나무가 우거진 곳에서 들썩들썩 요란한 소리를 내며 마린을 껄끄럽게 하던 정체가 나타났다. 총 다섯으로 키가 3미터나 되고 녹색 피부를 가진 거대한 도끼를 든 몬스터였다.

나타난 그 몬스터를 보며 라듐 단장은 욕지거리를 내뱉으며 검을 꼬아 잡았다.

"망할. 트롤 무리군. 모두 세 명씩 팀을 짜서 세 마리를 상대하라. 한 마리는 내가 맡을 테니. 그리고 마린, 무리한 부탁일지 모르지만 내가 한 마리 처리하기 전까지 한 놈을 상대해 줄 수 있겠니?"

마린은 그 말에 별 거부 없이 고개를 끄덕이고 배낭 뒤에 같이 묶어둔 검을 꺼냈다. '챙' 하는 소리와 함께 푸른색의 날을 가진 검이 오랜만에 그 모습을 보였다. 2주 만에 꺼내는 검은 손에 착 달라붙는 느낌이었다.

곧 용병들을 향해 트롤들이 달려들었다. 라듐은 자신의 가장 우측에 있는 트롤을 향해 몸을 날려 목을 올려쳤지만 이 트롤은 인간과의 싸움에 익숙한지 기다렸다는 듯 자신이 지닌 거대한 도끼로 저지하였다.

속전속결한다는 마음으로 강하게 나간 자신의 첫 공격이 조금의 상처도 주지 못하고 끝나자 라듐은 욕지거리를 내 뱉으며 날아오는 트롤의 공격을 피해내고 검을 고쳐 잡으며 공방전을 시작했다. 다른 용병들도 두 명이 방어를 하고 한 명이 공격하는 형태로 싸움을 이끌어갔다.

마린도 어제 라듐 단장에게 들은 바가 있어 트롤에게 날렵하게 날아가 목을 찔렀지만 역시나 이 트롤도 예상했다는 듯 그 큰 도끼로 막았다. 내공을 배제한 공격이긴 했으나 생각보다 쉽게 막아낸 트롤에게 흥미가 생겨 잠시간의 공방을 펼치던 마린은 주위의 용병들이 썩 좋은 형편이 아님을 깨닫고는 곧 검에 내공을 불어넣었다.

찌르릉—

검명이 울리고 난 뒤 마린은 달라진 감각으로 큰 호선을 그리며 날아오는 도끼를 막는가 싶더니 어느새 트롤의 목이 날아갔다.

그 수법이 어찌나 자연스러웠는지 뒤에 있던 상인이 자신도 모르게 감탄 섞인 신음을 냈다.

손쉽게 한 마리를 날려 버린 마린은 상황을 보니 아제 썰렁한 농담을 하던 용병 팀 쪽이 가장 위험한 것을 보고 몸을 날렸다.

도끼에 찍힐 뻔한 용병은 때마침 달려온 마린이 검으로 막음으로써 목숨을 건졌다. 그때 아주 잠깐이었지만 마린의 예성치 못한 등장에 트롤의 방어가 허술해지자 그때를 노려 한 용병이 미끄러지듯 자세를 낮추어 땅을 끌 듯 검을 날리며 다리를 베어냈고, 한쪽으로 기울어가는 트롤의 목을 그 옆에 있던 용병이 큼직한 도끼로 사납게 날려 보냈다.

그 이후는 마린이 나서지 않아도 용병단장의 트롤을 다른 용병 두 명이 합세해 처리했고 이제 자신들이 불리해진 것을 안 남은 두 마리의 트롤은 주춤거리다 그대로 도망쳤다.

상황이 종료되자 용병들은 한 방울도 아깝다는 듯 들고 온 자루에 트롤의 피를 담았고, 비상용으로 가지고 온 성수를 다친 곳에 여기저기 발랐다. 성수가 발라진 부분을 중심으로 상처가 아무는 것을 본 용병들은 그때서야 마린에게 고맙다며 말을 했다.

"마린, 때마침 달려와 줘서 너무 고맙다. 휴~ 지금도 생각하면 아찔한 순간이었어."

"그러게 말이야. 그러고 보니 마린이 제일 먼저 트롤을 죽였구나. 이야, 이 녀석 알면 알수록 대단한 놈이라고 해야 하나? 아님 괴물 같은 놈이라고 해야 하나. 첫 몬스터와의 싸움에서 잡은 게 트롤이라… 이 녀석 정말 날 놈이구만."

"그러게 말이야. 상인들한테 물어보니 날아오는 도끼의 힘을 이용해서 날렸다는 것 같은데 솔직히 그게 말이 쉽지, 연습 때는 몰라도 실전에서 그런 것을 사용하려면 천부적인 감각이 없이는 못하지. 어쨌든 마린, 너무 고맙다."

용병대장인 라듐 또한 고마움에 마린의 손을 잡고 말했다.

"정말 고맙게 되었구나. 목숨 값에 비하면 약소하지만 여기 트롤에게 얻은 순이익을 주마. 별것 아닐지 몰라도 그렇게라도 해야지 마음이 편하겠구나. 너희도 찬성하지?"

"그렇죠, 뭐. 솔직히 마린 아니었으면 위험했을지도 모르는데."

"뭐 좀 아깝기는 하지만 저도 찬성합니다."

"나는 무조건 찬성이다. 마린 아니었으면 난 오늘 죽었을 테니깐. 으, 지금 생각해도 살 떨리는 순간이었어."

모두가 그렇게 하자고 찬성하는 가운데 트롤의 피는 고액으로 거래된다는 것을 알고 있는 마린은 손을 저으며 말했다.

"아니, 괜찮습니다. 다들 같이 고생하셨는데요. 어차피 저는 부모님께 받은 돈도 제법 있고, 그리고 베루메르크에 가면 거의 대부분을 국가에서 대준다고 들었기에 그다지 돈이 필요없습니다. 오히려 용병 여러분께서 더 필요하실 거라 생각이 드네요. 저는 받았다 생각할 테니 용병 여러분이 나눠 가지세요. 마음은 충분히 고맙게 받았습니다."

그 말이 내심 섭섭하게 들렸는지 용병들은 마린에게 항의하듯 말을 꺼냈다.

"어허! 받으라면 받아. 설마 무언가 더 큰 걸 바라는 게 아냐?"

"크윽~ 마린, 그렇게 안 보았는데 제법 실속있구나."

"그럼, 괜히 상인의 아들이겠냐."

"제발 받는다고 그래. 우리 정말 더 이상 큰 걸 줄 형편이 아니란다."

"그래, 더 이상 많은 것을 요구하지 말기를 바란다. 우린 정말 삶이 힘들단다."

거부한다는 말을 이상하게 받아들이자 마린은 잠시 당황스러웠지만 그들의 뜻이 확고하자 받겠다고 말했다.

"정 그러시면 받겠습니다, 그럼 목돈이 들어온 김에 수도에 도착하고 나면 제가 크게 한턱 쓰지요."

그 말에 용병들은 벌써부터 눈앞에 술이 있는 듯 야단이었다. 이번에는 꼭 마린을 보내 버리자, 역시 넌 괜찮은 놈이다라는 등 이런저런 얘기를 꺼냈고, 그런 이야기가 필요없이 길어지자 결국 용병들은 화가 난 라듐 단장에 의해 응징을 받아야 했다.

그 후로는 별다른 일이 없었다. 코볼트와 오크들이 가끔씩 나타나 긴장감을 주었지만 숫자가 많지 않았기에 그들만의 진으로 가볍게 처리를 했다. 그렇게 5일이 흘렀고 상인 일행은 목적지인 크로센의 수도인 베로나로 도착했다.

세상에서 가장 화려한 도시 베로나.

그곳은 수많은 전설의 이야기가 나온 유서 깊은 도시이기도 했다. 그리고 그 수많은 전설들 가운데에서도 세상 사람들이 모두가 아는 유명한 전설의 이야기는 바로 용사 아덴이 태어난 곳이라는 것을 부정하기 어려울 것이다.

마왕 바하모스를 무찌르기 위해 용사의 운명을 타고난 아덴이 태어난 곳, 그리고 그 아덴의 길고 긴 여행이 시작된 곳. 또 평화를 찾은 이 세상에서 이곳 크로센 제국의 초대 황제가 되었다는 동화 속 이야기가 펼쳐졌던 이곳은 2,000년이 지난 지금도 그 옛날 아덴이 살았던 흔적이 보이는 듯했다.

확실히 황제가 사는 곳답게 길거리에는 예술품같이 아름답게 꾸며진 분수대가 곳곳마다 자리 잡고 있었고, 길도 질 좋은 평평한 돌을 깔았는지 맨발로 걷는다 해도 불편함이 없을 정도였다. 하수 시설 또한 잘 설치되어 있어 길가에 피어진 향기로운 꽃 내음이 가득했다.

넓은 거리 사이로 화려한 사두마차들이 줄을 지으며 지나갔다. 그 밖에 평범해 보이는 건물도 하나하나 보니 예술품 같은 아름다움이 느껴졌다.

그렇게 마린은 용병들의 안내로 수도 베로나의 여기저기 구경하다 용병들이 권하는 주점으로 갔다. 겉모습부터 크고 화려한 색으로 칠해진 건물은 안에 들어가면 들어갈수록 더 화려했는데 이런 화려해 보이는 건물과는 달리 이곳의 음식들은 하나같이 맛이 담백하였고, 가격 역시 저렴해 많은 이들이 찾는 곳이기도 했다.

단장이 이곳 주인과 친한 사이였기에 아늑한 곳으로 자리를 차지할 수 있었다. 이날 마린은 이곳 베로나의 특산품이라 할 수 있는 독특한 술을 마시게 되었다. 레드 드래곤이라 불리는 술로 만들기가 까다로워 이곳같이 커다란 주점도 한 달에 세 통밖에 만들지 못한다고 한다.

그만큼 술을 좋아하는 이에게는 꿈에서라도 마시고 싶을 정도로 좋은 향기가 나며 독하기도 했다.

레드 드래곤을 처음 마신 유명한 애주가가 말하기를 '한 잔에 세상을 잃고, 두 잔에 천국을 맛보며, 세 잔에 세상만사를 맛본다' 며 그 맛에 경의를 보냈다는 것으로 유명했다.

또 이 술이 다른 술과 확연히 다른 점은 맛도 맛이거니와 아무리 마신다 해도 숙취에 고생하지 않는다는 것이다. 그만큼 맛있고 좋은 술이지만 미량으로 만들어진 탓에 그만큼 구하기도 어려웠다. 하지만 무슨 수를 썼는지 용병들은 하급이지만 레드 드래곤 술을 한 통이나 얻어오며 오늘 마린 보내 버리겠다고 큰소리쳤다. 하지만 이 레드 드래곤을 마셔도 마린이 조금의 변화가 보이지 않자 저건 진정한 마스터다. 진짜 오우거와도 같은 놈이다, 라는 등의 말을 늘여놓았다.

그렇게 거하게 쏜다고 했지만 막상 보니 마린이 트롤의 피를 판 돈의 십분의 일도 되지 않았다.

다음날 용병들은 점심쯤에 마린에게 이별을 얘기해야 했다. 사실 이번에 용병 본부로 가야 하는데 마침 그쪽으로 가는 상인이 있어 돈도 벌 겸 온 것이라고 했다, 또 못해도 오늘 떠나야 한다고 얘기도.

라듐 용병단은 평화와 기다림의 신인 라리우스의 축복이

있기를 바란다며 마린에게 이별을 고했다. 마린도 떠나는 그들에게 운명과 여행의 신인 헤로티오스의 축복이 있기를 바란다며 인사를 하고 헤어졌다.

한동안 가까이 있던 이들이라 아쉬운 기색이 있긴 했지만 곧 용병들은 익숙한 듯 미소를 지으며 떠났고, 마린도 그런 그들을 웃으며 보냈다.

막상 3주간 함께한 그들과 헤어지니 무언가 허전함을 숨길 수 없었다.

시험이라도 친다면 모르나 아직 베루메르크의 심사는 5일이 남아 있었고 그때까지 막상 무어라 할 일이 없었던 마린은 자신이 묵고 있는 여관 주인에게 물어 책을 구하러 서점으로 갔다.

확실히 수도인 곳이라 그런지 뭐든지 크고 화려했던 탓에 처음에는 이곳이 서점인지 몰라 지나칠 뻔할 정도로 서점 또한 저택이라도 되는 듯 거대한 곳이었다. 잠시 그 규모에 놀랐던 마린은 들어가 보니 확실히 세상의 책이 다 있는 듯 분야별로 빼곡히 꽂혀 있어 더욱 놀랐다. 어찌 원하는 책을 찾을까 난감해하던 마린은 각 층마다 도우미가 있어 자신이 바라는 책들을 쉽게 찾을 수 있었다.

고전문학 중 역사를 즐겨 읽었기에 마린은 역사문학으로 분류된 곳으로 갔다.

일반 서점에서는 구하기 힘든 책이라 내심 많았으면 하는 바람으로 발걸음을 옮기던 마린은 지금까지 살아오면서 자신이 본 책들보다 더 많은 책들이 꽂혀 있자 놀라움을 감출 수 없었다. 또한 책들 하나하나가 흥미로운 것뿐이라 몇 시간 동안이나 정신없이 책을 보던 마린은 해가 지려 할 때쯤에서야 마음에 드는 책을 몇 권 골라낼 수 있었다.

좋은 책을 구했다는 것에 조금 흥분한 탓인지 책을 가득 들고 오는 어떤 이와 부딪치게 되었다. 그에 많은 양의 책이 우르르 떨어지는 것을 본 마린은 능숙한 동작으로 떨어지는 책들을 자신이 들고 있는 책 위에 올렸다. 그리고 사과의 인사로도 할 겸 부딪친 이를 쳐다보니 그곳엔 백색의 원피스에 커다란 회색 망토를 걸친 금발 머리를 한 소녀가 쓰러져 있었다.

'현자 지망생인가 보군. 이번 베루메르크의 심사에 참가하려고 온 것인가?'

"죄송하게 되었군요. 오늘 제가 들뜬 마음에 실례를 했습니다."

자신을 쳐다보며 손을 내미는 마린에게 그녀는 이 상황이 부끄러운지 얼굴에 홍조를 띠며 내민 손을 살며시 잡고 일어났다.

"아니에요. 처음 이곳에 왔는데 생각보다 좋은 책들이 많아서 이것저것 책을 올리다 보니 제가 폐를 끼치게 되었네요."

"아닙니다. 오히려 흥겨운 마음에 방심했던 저의 탓이 더 크죠. 그보다 그쪽도 베루메르크에 지원하실 분인가 보죠?"

"아! 네. 이곳에서 현자의 문에 지원해 보려고요, 그쪽은 기사의 문에 지원하시려나 보군요."

"네, 이번에 지원하려 합니다."

"아, 그러세요. 사실 저는 걱정이 되기도 해요. 아직 미숙하다는 말을 많이 들어서 합격할 수 있을지."

"하하, 합격할 수 있을 것입니다. 이런, 일단 이걸 사실 거죠? 제가 들어드리죠."

"네. 아! 괜찮아요. 안 그러서도 괜찮아요."

"아닙니다. 힘든 일도 아니고, 때 마침 저도 나가려고 하던 참이니."

마린의 말에 그 금발의 소녀는 다시 얼굴이 붉어졌다.

"저~ 그럼 부탁드릴게요."

"네. 그럼."

그렇게 계산대까지 들어준 마린은 금발의 숙녀에게 물었다.

"혹시 어디까지 들고 가실 생각이죠? 제가 들어드리죠."

"아니, 괜찮아요. 문밖에 마차가 기다리고 있거든요."

그 소녀의 말대로 바깥에는 화려하기 그지없는 마차가 기다리고 있었다. 마차의 문에는 백작의 표시인 백색 장미가 수

놓아져 있었다.

'이런, 귀족 자녀인가 보군. 혼자 돌아다니기에 평민인 줄 알았는데.'

"백작가의 자제 분이신가 보군요."

그녀는 홍조를 띤 얼굴로 아무 말 없이 고개를 끄덕였다. 잠시 후 집사가 다가와 책을 받아 들어 마차의 짐칸에 넣어 두었고 그녀도 고맙다는 인사를 몇 번이나 하며 마차를 타고 떠났다.

마린이 여관에 도착했을 때는 해가 저물어가는 저녁이었다. 식사를 마치고 운기조식을 하던 마린은 오늘도 밀려오는 내공이 내부를 두드려 대자 이제 자신에게 무언가 계기가 생긴다면 자신이 절정의 경지로 넘어가게 된다는 것을 알 수 있었다.

그 때문일까? 절정의 경지라는 말은 마린을 알게 모르게 흥분시켰다. 그 두근거리는 가슴을 진정시킬 겸 마린은 오늘 서점에서 산 책들을 읽었다. 한참을 읽던 마린은 목이 아팠던 탓에 촛불에 울렁이는 천장을 바라보았다.

'음, 오늘 산 책들이 생각보다 만족스럽군. 역시 수도라서 그런지 좋은 책들이 많았어. 종종 이용해야겠는걸.'

다시 책을 읽으려던 마린은 문득 낮에 서점에서 만났던 여자 아이를 생각했다. 다른 이유가 있어서가 아니라 귀족임에도 오만하지도, 아집에 묻혀 있지도 않아 잠시 동안이

었지만 따뜻한 기운이 가득해 보이는 그 소녀에게 호감이
갔다.

　'그러고 보니 그 소녀 이름도 묻지 않았군. 뭐 어차피 합격
하게 된다면 만나게 되겠지.'

　어둑한 늦은 밤 베로나의 한 여관의 작은 방 창가에는 언제
들어왔는지 모르는 달빛이 살며시 한쪽 벽을 색칠했고, 그 옆
에 켜진 촛불은 가끔씩 넘어가는 책장 탓에 흔들렸다. 오랜만
에 경험하는 조용하기만 한 밤이었다.

Chapter 4
절정의 경지에 들어서다

그로부터 4일이 지났다.

지금 마린은 녹색 머리에 녹색 눈과 잘생긴 얼굴을 가진 소
년 때문에 피곤해하고 있었다. 그는 무엇이 그리 좋은지 연실
웃음과 수다를 벌이면서 자신의 옆에서 한시도 떨어지지 않았
다. 피곤하기도 했지만 이렇게 악의없이 다가오는 녀석에게
무어라 말하기도 뭐했다.

이 녀석을 만난 것은 이틀 전이었다. 이틀 동안이나 방에
가만히 틀어박혀 책만 보고 있자니 갑갑하기도 하고 이곳에
서 5년간 보내야 하니 지리도 알 겸 마린은 여기저기 돌아다
니고 있었다. 무슨 길이 이리 많은지 잠시 길을 잘못 들어간

탓에 한동안 돌아다니다 결국 사람들에게 길을 물어 여관으로 가는 도중 어떤 여인의 비명 소리를 듣게 되었다.

심상치 않은 소리에 간 마린이 도착한 곳은 어둑한 건물들 사이의 막다른 골목이다.

제법 험악하게 생긴 건장한 사내 여섯 명이 여자를 겁탈하려는 듯 여기저기에 옷이 널브러져 있었다. 그 여인은 정신을 잃은 상태였던지 아무 저항도 하지 못한 채 그들의 거친 손에 흔들릴 뿐이었다. 아니, 정신이 들었어도 사내들의 억센 힘 탓에 어쩌지 못했을 것이다.

그 모습을 보며 마린은 가슴 깊숙한 곳에 폭발하듯 감정이 치솟아올랐다.

장류빈 시절 때도 열혈적인 성격 탓에 의로운 일에 곧 죽어도 덤비던 그가 이런 장면을 목격하자 분노가 치밀어 오르는 것은 당연한 일인 것이다.

마린은 아무 말도 않고 무서운 기세로 그들을 향해 뛰어올라 이제 막 거친 숨소리를 내뱉으며 겁탈하려는 사내의 어깨를 밟고 그 탄력으로 뛰어올라 여자의 가슴을 우악스럽게 만지던 사내의 허리를 내려 찼다.

마린에 의해 날아간 사내들은 요란한 비명 소리를 내며 '우두둑' 하는 소름 끼치는 소리와 함께 저 구석까지 몸을 뒹굴었고, 주위에 있던 사내들은 황급히 뒤로 물러서며 곧 품 안에서 단검을 꺼내 들었다.

"크으윽. 젠장, 이건 또 뭐 하는 놈이야?"

"우~웩. 뼈가 부러진 모양이군. 젠장."

"나 원 참. 꼴을 보니 아직 젖살도 안 빠진 어린놈이잖아! 꼴에 기사 흉내 낸다고 설치는 모양이구만."

"그러고 보니 작년에도 이런 놈이 있었지. 뭐~ 가지고 놀다 죽어버려서 쓰레기통에 처박아놓았지만 말이야. 크크크."

"크하하하. 그래, 기억나는군. 그 녀석도 저 나이쯤의 녀석이었지. 멍청한 놈, 힘이 없으면 조용히 지나갈 것이지, 바보같이 엉겨 붙기는."

"뭐 하는 놈인지 몰라도 오늘 네 일진이……."

인간으로서의 심성을 버린 벌레와도 같은 이들이 왱왱대자 마린은 강하게 벽을 치며 그들의 입을 막았다. 자신도 모르게 내공이 돋워졌던지 벽은 1촌(3센티)가량 깊이로 갈라지며 먼지를 날렸다.

"시끄럽군. 그만 짓고 와라."

낮게 깔린 마린의 목소리는 지옥의 지승사자처럼 스산했다. 눈치가 빠르지 않던 이라도 눈앞의 존재가 심상치 않음을 알 것이다. 하나 그동안의 악행에 하늘도 벌을 내리는지 그들은 그런 걸 느끼지 못했다.

자신들의 일을 방해한 것뿐만 아니라 무시하는 말투를 내뱉자, 살의에 꿈틀거릴 뿐이었다. 또 마린이 친 벽이 붕괴되는 모습을 보았다지만 그들은 그보다 자신들의 실력과 수의 우세를 믿었다.

각자 날카로운 단검을 꺼낸 그들은 조직적으로 움직이며 마린에게 달려들었다. 그들의 살기에 마린이 순식간에 난도질당할 것 같았다. 그런 위급한 상황이었지만 그는 검을 꺼낼 생각을 하지 않았다.

"네놈들은 검도 아깝군."

낮게 말을 꺼낸 그는 앞쪽에서 찔러오는 사내의 단검에 손을 뻗는가 싶더니 어느새 팔꿈치 관절을 비튼 뒤 가슴을 박찼다. 그리고 그 반탄력으로 옆과 뒤에서 베어오는 검을 차내며 상대방에게 내리꽂게 했다. 그리고 위에서 베어오는 사내의 모습에 손을 뻗어 사량발천근의 묘로 그를 날리어 막았다.

이 말도 안 되는 상황을 보게 된 그들의 두목 격인 사내는 촉촉이 젖은 식은땀을 느끼며 도망치려 했다. 하나 마린이 돌 두 개를 발로 차 두 개의 관절 부위에 박아 넣었다.

순식간에 여섯 명의 거한의 사내가 뒹굴게 되었고 마린은 그런 그들에게 다가가 천천히 혈을 짚어갔다. 근맥을 상하게 하고, 아혈을 봉해 다시는 정상적인 사람 구실도 못하게 만든 그의 모습에 사내들은 악마를 마주친 듯했다.

겁에 질려 버린 그들의 모습이었지만 마린은 화가 아직 풀리지 않은 듯 또다시 손을 쓰려다 고개를 털었다.

"꼴도 보기 싫으니 눈앞에서 사라져라."

덜덜 떨던 그들은 악마의 스산한 말을 듣고는 기어가듯 골목을 벗어났다.

'참으로 인간이란……'

그들의 모습을 보고 한숨을 짓던 마린이 여자의 상태를 보러 가까이 갔을 때였다.

"잠깐! 거기서 떨어져라. 이 흉악한 놈. 어디 할 짓이 없어서 대낮부터 이런 짓을 하는 것이냐. 감히 황제 폐하가 있는 수도에서 이런 짓을 하다니 정녕 네놈이 미친 거로구나. 너에게 하늘을 대신해서 나 세리온스가 벌을 내려주마."

"……"

아직 변성기도 다 지나지 않은 소년의 목소리였다. 돌아보니 아름다운 소년이 자신에게 으르렁거리며 어설픈 살기를 뿜어내는 것이 아닌가? 마린은 이 상황이 어이없기도 해서 할 말을 잊었다. 아무 말이 없는 마린을 보고 역시 자신의 생각이 옳았다는 것으로 착각한 그 소년은 검을 뽑았다.

챙~

"역시 내 판단이 맞았군. 극악한 놈 같으니. 내놈을 용서하지 않으리라. 검을 뽑아라. 기사는 무기를 들지 않는 자에게 검을 쓰지 않는다. 아무리 흉악한 강간범인 네놈에게도 말이다!"

"아니, 지금 네가 오해를 하는 것……"

"이놈, 시끄럽다. 추악함 놈 같으니. 감히 기사가 될 이 몸에게 수작을 부리려 하는 것인가! 어서 검을 들어라."

말이 통하지 않는 상대였다. 또다시 한숨을 짓게 된 마린은 어쩔 수 없이 검을 뽑았다.

챙~

날카로운 예기가 깃든 검이 햇빛에 비쳐져 눈을 부시게 하였다. 의외로 강간범에게서 명검이 나오자 놀란 소년은 이내 입술을 깨물고 말했다.

"그래, 검 하나는 좋구나. 그런 명검이 주인 잘못 만난 탓에 빛을 바라보지 못하는 것이 안타깝구나. 좋다. 네놈도 검을 뽑았으니 너에게 아직 정의가 살아 있다는 것을 보여주마. 하압."

"……."

그 소년의 말에 답답하기까지 한 마린은 아무 말 없이 검을 들어 검을 내려쳐 오는 녀석을 상대해 주었다. 의외로 이 미소년은 제법 이름있는 가문에서 배운 듯 균형이 잘 잡혀 있었고 기초도 잘 다져져 있었다. 하지만 실력의 차이가 확실하게 나타났기에 마린은 몇 수도 두지 않고 소년의 검을 날려 버린 뒤 소년의 목에 검을 가져다 대며 싸움을 끝냈다. 그에 너무 쉽게 당한 탓에 소년은 허무했는지 아무 말도 하지 않고 서 있었다.

"휴~ 이제 진정해라. 사실 이 여인은……."

갑자기 소년이 털썩 무릎을 꿇으며 마린의 말을 끊었다. 그런 갑작스런 소년의 반응에 하마터면 찌를 뻔한 것을 겨우 면

한 마린은 무어라 말하려 했으나 상황은 더 당황스럽게 변해 갔다. 무릎을 꿇은 소년의 눈에서 눈물이 뚝뚝 떨어지기 시작한 것이다.

"흑… 내 나이 이제 16세. 일곱 살에 검을 처음 쥐고 열 살 때 기사가 되겠다고 결심했다. 그로부터 5년 동안 피나는 노력 끝에 스승님과 가문에 인정을 받아 드디어 베루메르크에 들어설 조건을 갖추어놓을 수 있었다. 그러나 아쉽게도 황제 폐하가 사시는 이곳 수도에서 숙녀를 구하기 위해 흉악한 강간범과 결투를 하였으나 나 자신의 부족함으로 인해 지고 말았다. 하나 나 세리온스, 비록 이 자리에서 강간범에게 죽으나 후회는 없다. 다만 아쉬운 점은 황제의 검이 되어 대륙을 지키지 못한 것이 아쉬울 뿐이다. 자! 어서 죽여라, 이 흉악한 강간범아. 비록 넌 흉악한 변태 놈이지만 너의 검은 훌륭했고, 난 너의 검에 패배했으니 죽어도 좋다."

어찌 보면 장엄하기까지 한 소년의 말에 마린은 할 말을 잃었다. 생각 같아서는 정말 베고 싶은 미움도 없지 않았지만 나쁜 마음으로 이러는 것이 아니고, 너무 열혈적이고 의로웠기에 저러는 것이지 생각하며 그 마음을 접었다. 마린은 이젠 뒤에서 떠들어대는 소년을 무시하고 쓰러져 있는 여인의 상세를 보았다. 다행히 놀라서 정신을 잃은 거였기에 내공을 이용해 기의 순환을 도와주었다. 그런 마린의 모습을 오해한 소년이 뒤에서 끝없이 무어라 떠들어댔지만 마린은 이제 상대하기 싫었기에 아무 말도 하지 않았다.

곧 마린의 기가 유도한 대로 여인은 피가 섞인 담을 토해내며 정신을 차렸다. 정신을 차리고 난 그 여인은 자신에게 별다른 통증이 느껴지지 않는 것을 보고 이 앞의 소년이 자신을 구해주었다는 것을 깨달았다. 곧 옷을 추스르며 몇 번이고 고맙다는 말을 남긴 여인은 골목을 나가다 한 소년이 꿇어앉아 있는 것을 보고 고개를 갸우뚱거리곤 자신의 집으로 걸음을 옮겼다.

마린 또한 이놈이 또 이상한 짓을 하여 또다시 이상한 상황으로 꼬일까 싶어 빠른 걸음으로 자리를 벗어났다.

여인이 자신이 흉악범이라 생각한 이에게 감사의 말을 올리는 모습을 보았을 때서야 세리온스는 상황이 어떻게 돌아가는지 파악했다. 잠시 무언가 생각을 하던 그 소년은 곧 얼굴을 뒤덮은 눈물자국들을 소매로 닦고, 마린에 의해 날아갔던 검을 주워 든 뒤 마린이 사라진 곳으로 뛰어가며 소리쳤다.

"어이, 거기 검 잘 쓰는 형씨, 어디 가시오? 미안하오. 오해했소이다. 잠깐 기다려 봐요. 어… 갑자기 왜 뛰어가는 것이오!"

마린은 더 이상 상대하기 싫은 녀석이 혹시나 부르기라도 할까 봐 더 빠른 걸음으로 옮기었는데, 아니나 다를까, 뒤에서 자신을 부르는 소년의 목소리를 듣고는 힘껏 전력질주를 했다. 그러자 뒤의 잘생긴 소년도 더 빠르게 뛰었다. 달리기가 주특기라도 되는지 엄청나게 빨랐다. 마린은 무림에서 경공에 왜 연이 없었는지에 대해 한탄을 하면서 있는 힘껏 발을 놀리었다.

결국 자신이 묵고 있는 여관에 도착한 뒤 뒤를 보니 소년이 보이지 않았다. 그제야 마린은 안심하고 점심을 먹기 위해 음식을 시키고 기다리는데 여관의 문이 열리며 곧 숨이 헉헉대는 그 소년이 들어왔다. 이리저리 돌아보며 숨을 고르던 소년은 곧 마린을 발견하고 마린 앞에 앉아 음료수를 시켰다.

"휴~ 형씨는 검만 잘 쓰는 게 아니라 뜀박질도 잘하는가 보우? 나도 우리 지방에서는 달리기로 나를 이기는 자가 없었는데 형씨에게는 못 당하겠소. 정말 대단하오이다. 어떻소? 이렇게 만난 것도 인연인데 형씨도 베루메르크에 들어갈 모양인데 친구하는 것이."

마린은 말이 끝나자마자 고개를 내저었으나 결국 이 소년의 임청난 끈질김에 손을 들고 말았다.

그렇게 어쩔 수 없이 고개를 끄덕이기는 했지만, 이건 정도가 지나쳤다. 소년은 자신이 묵고 있는 방 옆에 방을 잡더니 이제 심심하면 찾아오곤 했다. 밥을 먹으려 할 때는 물론, 책 좀 보려 하면 도시에 무슨 행사가 있다니 하면서 마린을 끌고 다니는 탓에 시험 날까지 조용하게 책을 보려던 마린의 계획은 물거품이 되고 말았다.

그동안 쉴 틈 없이 말을 해대는 이 녀석의 신상에 대해 알아낸 것은 수도나 도시같이 화려한 것과는 거리가 먼 지방의 남작 아들이라는 것, 또 어려서부터 무엇을 듣고 지냈는지 엄청나게 기사에 대한 환상을 품고 있다는 것이었다. 그 때문에 이 녀석은 여기저기 사고를 치며 다녔기에 마린은 수습하기 위해 고생을 해야 했다.

그렇게 과거를 회상하던 차에 이른 아침부터 상기된 얼굴을 한 세리온스가 방으로 들어오며 '아~ 어제 너무 흥분해서 잠을 자지 못하였다. 마린, 너는 지금 기분이 어떠냐. 나는 이 두근거리는 마음을 견딜 수가 없다. 드디어 내가 황제의 검인 기사가 되는데 한 걸음 나아가게 된다 생각하니' 라는 연극에서나 볼 수 있는 이상한 말투로 쉴 틈 없이 떠들어대며 마린을 피곤하게 했다.

재촉하는 그에 의해 이른 아침에도 불구하고 시험을 치기 위해 마린은 접수를 하는 곳으로 가게 되었다.

밖은 아직 어두워 아무도 없을 줄 알았던 마린의 생각과는 달리 많은 이들이 모여 있었다.

기사의 문에 신청하는 이들 중에는 소녀들도 몇몇 보였다.

여기사는 드물긴 하나 요즘 들어서는 많이 인정하는 실정이었다.

지원한 소녀들 중 한 소녀는 얼마나 수련을 하였기에 얼굴이 까무잡잡하였는데 이곳 또래 중에서도 손에 꼽힐 정도로 실력이 있어 보였다.

접수를 신청한 이들이 많아서인지 일주일 동안 시험을 보게 되었는데 첫날과 둘째 날에는 체력 측정을 하였고, 거기서 합격한 이들은 그 다음날부터 기사인 선생들이 손수 와서 가벼운 대련을 통해 2차 합격의 여부를 가졌다. 거기서도 합격한 이들은 마지막으로 면접을 본 뒤 합격 여부를 가리는 것이다.

첫날의 시험에서 마린은 별다른 어려움 없이 통과했다. 장거리 달리기를 마친 후 기본자세를 흐트러지지 않고 상, 중, 하단의 검을 각각 1,000여 번 정확히 휘두르는 것인데 조금이라도 검끝이 흐트러진 것은 횟수에 쳐 주지 않았기에 많은 이들이 이 첫 시험에 힘을 빼야 했다. 하나 이미 오랜 시간 동안의 경험을 살려 단련한 마린은 그런 시험을 가벼이 통과하였고, 세리온스도 조금은 고생하기는 했으나 그 지칠 줄 모르는 지구력으로 시험을 통과하였다.

눌째 날의 시험에서는 첫날과는 달리 여러 시험을 보았는데 그중 가장 어려웠던 것을 말하라면 대부분 민첩성을 알아보기 위해 만든 시험이었다. 짧은 거리를 내주어 그 거리를 이탈하지 않고 정확히 끝에서 끝까지 이동하는 것을 일정 시간 안에 200번 왕복하는 것이었다. 이 시험에서도 지구력이 범인을 상회한 마린과 세리온스는 통과할 수 있었으나 다른 이들에게는 그것을 다하기에는 너무도 짧은 시간이었기에 자신의 생각보다 못한 결과에 한숨을 내쉬곤 했다.

그 밖에도 여러 어려운 테스트를 걸쳤는데 시험 하나하나가 끝날 때마다 점수를 주었고 나중에 평균을 내어 평균 밑에 있는 이들은 모두 떨어졌다.

체력 측정을 통과한 마린과 세리온스는 넷째 날 2차 시험을 치르게 되었다.

스무 명의 선생이 대련을 했는데 마린이 시험을 치르게 된 곳은 눈가에부터 입가까지 검에 베인 흉터가 있는 콧수염이 멋진 중년 기사였다. 인상도 다른 기사들과는 달리 무언가 더 여유있어 보였고, 그래서인지 얼굴에 그런 흉측한 상처가 있음에도 온화해 보였다. 대련은 자신이 가지고 있는 검으로 했는데, 마린의 검을 보던 그 기사는 그의 검이 좋다며 칭찬을 아끼지 않았다.

"좋은 검이군. 그래, 날이 날카로이 서 있음에도 살기를 숨길 줄 아는 검이야."

"감사합니다. 그럼 시작하겠습니다."

대련에 앞서 호기있게 말하는 마린의 모습에 그는 고개를 끄덕였다.

"좋아, 좋아. 그래, 오게나."

잠시 뒤 여유로 가득한 기사의 얼굴이 묘한 표정을 짓기 시작하기 시작했다.

'어디 한 군데 치우쳐지지 않은 잘 단련된 몸에 제법이라

생각했지만, 생각지 못할 정도로 뛰어난 소년이군. 이걸 믿어야 할지.'

마린의 검술 감각은 학생의 나이를 생각한다면 상식을 한참이나 벗어난 것이었다. 오죽하면 그는 대련 도중 동안의 기사가 장난을 치는 것이 아닌가? 라는 엉뚱한 생각이 들 정도였다.

그래도 그 중년 기사의 검술이 대단한 탓인지 마린은 방어하기 급급할 정도였다. 물론 매화이십사수검법을 펼쳤다면 그 반대의 현상이 벌어졌겠지만.

그렇게 한참 동안 이뤄진 대련을 끝낸 그 기사는 마린에게 놀란 마음에 다급히 말을 걸었다.

"도대체 그 검은 어디서 배운 것이냐. 너의 나이에 이 정도 실력을 기르려면 재능도 재능이지만 웬만한 가문이 아니고서는 불가능할 것인데?"

기사의 질문에 '전생에서 60년 동안 실전 경험으로 얻었었소' 라고 말할 수 없는 마린은 그저 아버지한테 배웠다고 했다. 확실히 방금 대결에 펼친 검술은 용병 검술이 맞기에.

그 말에 놀란 기사는 아버지가 누구냐고 물었다. 아마도 자신이 이름을 들어보았을 만한 실력자임에 틀림없다고 생각해서였다. 하나 마린에게서 나온 대답은 자신의 생각을 깨뜨렸다.

"아버지의 성함은 한스입니다. 지금은 상업에 종사하시지만 그전에는 용병이셨는데, 그 용병 시절 때 배웠던 검술을 저에게 가르쳐 주셨습니다."

그 말에 마린의 뛰어난 실력에 모여 있었던 기사들과 그는 경악을 금치 못했다. 못해도 최소 백작가 이상의 귀족 가문 사람인 줄 알았는데 평민이라니… 그것도 유명한 용병이라면 어떻게 이해를 하겠는데 생전 들어보지 못했던 사람이기에 더욱더 그랬다.

"하아~ 내 평생 이렇게 놀란 적이 없다, 그것도 연달아 두 번씩이나. 그래, 이름이 마린이라고 했느냐?"

"네. 그렇습니다."

"정말 그 옛날 대륙의 위기 때 혜성처럼 나타난 소드 마스터이신 마린님의 이름이 아깝지 않구나. 그러고 보니 여기 네가 작성한 문서를 보니 너의 고향도 마린님이 태어나신 고향과 같고. 이를 재미있다고 해야 할지… 어쩌면 오랜만에 대륙은 같은 이름의 소드 마스터를 볼 수 있을지도 모르겠구나. 하하하."

통쾌하다는 듯 호탕하게 웃으며 한 기사의 말에 근처의 기사들은 내심 깜짝 놀랐다. 마린과 대련을 했던 중년의 기사는 제국의 최고 실력자로 그 실력만큼이나 사람을 평가하는 데 짠 편이었다. 오죽하면 이 중년의 기사에게 합격받은 애들이 그동안에도 셋을 넘지 못하겠는가. 그런 분이 소드 마스터까지 들먹이며 저렇게 극찬을 하는 것은 처음 보았다.

그렇게 사람들의 수군거림 속에서 마린은 중년의 기사로부터 합격을 인정받았다. 대련이 끝났음에도 사람들의 그런 시선은 이어졌고, 마린은 그런 시선이 익숙하지 못했기에 빠른 걸음으로 자신이 묵고 있는 여관으로 향했다.

여관으로 돌아와 점심을 먹고 책을 보던 마린은 쿵쿵거리는 소리에 자신도 모르게 미간에 주름이 잡힌 채 책을 덮었다. 아니나 다를까, 세리온스가 방문을 열고 들이닥쳤다. 눈물을 뚝뚝 흘리는 세리온스는 마린에게 뛰어들며 자신이 합격해 드디어 기사에 한 걸음 다가가게 되었다며 울먹였다.

기사로서의 환상이 커서인지 여러 문제를 일으키기도 하지만 순박하고 누구보다 열혈적이고 의로운 일에 앞장선다. 그래서일까, 가끔 세리온스를 보면 실력은 없지만 오기와 젊음으로 무림 속의 시비에서 목숨 걸던 때가 생각나곤 했다.

한동안 아무 말 없이 울기만 하던 세리온스는 조금 진정되었는지 마린의 방에서 함께 저녁 식사를 하며 앞으로 베루메르크에서 펼쳐질 일들에 대해서 신나게 말을 했다. 하지만 이느 순간부터는 자신이 기사가 되어서 적을 무찌르고 몬스터를 제압하는 등 이런저런 일들이 있을 것 같다는 식으로 말이 새고 있었다.

'하~ 또 시작이군.'

처음에는 흥분한 세리온스의 말을 웃으며 들어주었지만, 점점 스케일이 커져 버리더니 나중에 마왕의 강림과 용사 일행 중에서 활약하는 기사 이야기가 되어버렸다. 그에 마린은 그래, 알겠으니까 오늘 피곤하니 내일 이야기하자며 억지로 문밖으로 세리온스를 쫓아냈다. 문을 탕탕 치며 조그만 더 얘기를 들어보라던 세리온스도 몸이 피곤했는지 얼마 안 가 자신의 방으로 갔다. 같이 있으면 언제나 주위를 시끌시끌하게 하는 세리온스를 생각하며 한숨을 짓던 마린은 창문을 열고 운기행공을 마친 뒤 세리온스 덕에 5일이 지난 지금도 다 읽지 못한 책을 보다 잠이 들었다.

이틀 뒤.

그날은 이른 아침부터 흥분한 탓에 시끌시끌한 세리온스와 함께 아침 식사를 마친 뒤 마린은 며칠 전에 봐두었던 베루메르크로 가게 되었다. 그곳은 말로만 들었던 것보다 훨씬 더 크고 화려했다. 마치 자신이 전생에 보았던 무림에 거대한 영향을 미치는 오대세가에 온 것 같이 느껴졌다. 끝이 어딘지 모를 넓은 학원가 안에는 시냇물이 흐르고 여기저기 높은 건물들과 그 주위의 수많은 연무장 옆에는 분수대들이 콸콸 물을 뿜어대는 모습에 마린은 마교와의 싸움 때문에 외곽 쪽이지만 제갈세가 안에서 보았던 모습이 연상되었다.

또 들어가는 입구부터 시작해 길게 쭉 펼쳐진 길가에는 수십 종의 아름다운 꽃들과 나무가 심어져 있어 학원에 들어오는 이들의 눈을 즐겁게 해주었다.

그렇게 학원 안을 구경하던 마린이 처음 도착한 건물에는 면접장으로 가는 거대한 지도가 보였는데 한눈에 봐도 잘 단련된 아이들이 모여 있었다. 마린과 세리온스도 그곳에서 지도를 보고 면접을 하는 건물을 찾아갔고, 곧 녹색 지붕인 5층 높이의 건물을 볼 수 있었다.

건물 안으로 들어가니 세 개의 면접실 앞에서 자신의 또래로 보이는 많은 학생들이 면접을 기다리고 있었다. 마린과 세리온스도 접수대에서 면접 신청을 한 뒤 자신의 차례가 오기를 대기실에서 기다리고 있다 세리온스가 우측에 있는 방에 먼저 불려 들어갔고 곧 마린도 중앙에 위치한 면접 방에 들어가게 되었다.

방에는 여섯 명의 사람이 기다란 탁자에서 마린을 기다리고 있었다. 그들은 하나같이 예사롭지 않은 실력을 겸비한 중년의 기사들이었다. 들어선 마린은 면접관들에게 인사를 한 뒤 중앙에 위치한 의자에 앉았다. 잠시 마린의 몸을 보던 그들은 자로 잰 듯 안정되고 균형적인 몸에 이색을 띠며 '역시'라는 듯 고개를 끄덕였다. 곧 제일 왼쪽에 앉은 이가 먼저 입을 열었다.

"자네가 이번 년도 최고의 성적으로 들어온 마린 군인가 보군. 역시 라리온 경의 말씀대로군. 정말 감탄이 저절로 나올 정도로 균형 잡힌 몸이고 기세 또한 고르군."

"흠, 제가 보기에도 그렇소. 저런 몸을 만들려면 노력만으로 되는 것이 아닌데 정말 타고난 무골이 아닐 수 없소."

"그뿐만이 아니라 라리온 경의 이야기를 들어보니 검술에 있어서 천부적인 감각이 넘친다는데, 그게 사실이라면 정말 검술을 위해 태어난 이군요."

그들은 마린의 안정적인 기세와 잘 잡혀진 몸이 마음에 들었는지 이런저런 이야기를 했다. 그렇게 잠시 수군거리던 사람들은 중심에 앉은 사람이 헛기침을 하자 곧 조용해졌다.

"크흠, 흠. 그래, 마린이라고 했지? 이 서류에 보면 부모님이 용병이셨고 지금은 상점을 운영하고 계시다 쓰여 있군. 맞나?"

"네, 맞습니다."

"음, 정말인가 보군. 사실 며칠 전 입학 시험장에 나갔다 오신 라리온 경께 자네에 대해 하신 말씀을 듣고 놀라움을 감출 수 없었네. 우리 크로센 왕국의 영웅이신 마린 공작님 이후로 나타난 검의 천재라며 자네에 대한 칭찬이 끊이지 않고 하시더군. 하하하. 사실 라리온 경은 평소에 허튼소리가 없음은 물론 칭찬에 대해서도 상당히 인색하신 분인데, 그렇게 칭찬을 하는 것을 그분 곁에 10년 동안 있었음에도 난 처음 보았거든. 그런 분의 이야기를 듣고 긴가민가했지만 겉으로나마 이렇게 자네를 보니 그 말씀을 인정할 수밖에 없군."

그 말에 마린은 왜 시험장에서 학생들만이 아니라 기사들까지도 자신을 신기하다는 듯 쳐다봤는지 알 수 있었다.

"그렇게 말씀해 주셔서 감사합니다."

"하하. 사실을 말했을 뿐인데 뭘 그러나. 사실 이번에 자네와 대련하신 라리온 경께서 자네의 재능을 높이 사 기사 후계자로 임명하고 싶다는데, 자네는 그걸 받아들일 의사가 있는가?"

그 말에 마린은 깜짝 놀랐다. 그저 가벼운 제자라면 모르겠지만 기사 후계자라면 이야기가 달라진다. 기사가 되면 후계자를 둘 이상 둘 수 있는데, 이렇게 후계자를 공식적으로 임명하게 되면 그에게 여러 혜택이 주어지기 때문이다.

그런 파격적인 제안에 마린은 다소 놀란 표정으로 방금 말을 꺼낸 기사를 쳐다보았다. 설마 자신을 놀리는 게 아닌가 해서이다. 하나 그 말을 꺼낸 기사는 그럴 줄 알았다는 듯 웃음을 지으며 다시 마린에게 말을 꺼냈다.

"하하하. 그래, 그렇게 놀랄 만도 하겠지. 귀족의 자제가 아니고서는 이런 일은 거의 없다고 봐도 무방하니 말이야. 사실 리리온 경은 아들이 한 명뿐이라네. 요즘 여기사도 많아졌다지만 딸들은 검보다는 현자로의 길이 더 좋은가 보더군. 그래서 한 명 더 후계자를 선정하여 키우라고 황실에서 말이 많았지만 라리온 경은 실력만큼이나 눈이 보통 높으신게 아니었네. 마음에 드는 녀석이 보이지 않는다고 그저 거절하기 바빴지. 아니, 오히려 자신의 눈에 찰 정도의 재능을 가진 이를 데리고 오면 당장 그러마 대답하겠다고 말했기에 여러 시도를 해본 황실에서도 손을 놓고 있지. 그러나 어찌 된 일인지, 자네와 대결을 하고 난 뒤에는 그분이 두 번째 후계자를 임명하겠다 하시는군. 내가 보았을 땐 자네의 검의 재능에 반해 지금은 주위에서 말린다 해도 자네를 후계자로 삼으실 분위기야. 하하하."

"그래, 나도 라리온 경께서 하신 두 번째 기사 후계자를 찾았다는 말씀에 많이 놀랐지. 껄껄껄."

"하하, 어떤가? 아니, 고민할 필요 없지. 어서 받아들이게나. 라리온 경 같은 스승은 두 번 다시 찾을 수 없어. 몇십 년 전부터 천재 기사로 불리며 나라에 많은 공을 세운 분이라네. 물론 지금도 그렇고. 들리는 바로는 크로센 제국에서 제일 마스터에 가깝다고 불리는 분이시라고도 하더군."

"그래, 그렇게 멀뚱히 있지만 말고 어서 받아들이겠다고 하게나. 이건 자네 인생의 큰 전환점이 될 수 있는 기회야."

권유하는 시험관들의 말에 마린은 확실히 지금 시험관들이 자신을 놀리는 게 아닌 진담이라는 것을 깨달았고 뒤늦게야 면접관에게 사과의 인사를 했다.

"아! 죄송합니다. 너무나 갑작스러운 말씀에 놀리는 줄 알았습니다. 저야 그렇게 해주신다는데 영광스럽게 받아들여야지요."

"그래, 그래야지. 잘 선택한 것일세. 하하하."

마린의 말에 웃음을 지으며 잘 선택했다 말하던 면접관들은 그 밖에 이것저것 마린의 개인 신상을 물어본 뒤 모레 들어올 기숙사 방 주소를 적어주었다.

"그럼 이만 나가보겠습니다. 다음에 뵐 때는 스승의 예로 뵙겠습니다."

기숙사 주소를 적은 메모지를 받은 마린은 인사를 한 뒤 방에서 나섰다. 한참 동안 자신에게 온 이 뜻하지 않은 기회에 입가에 웃음이 걷히질 않았다. 평민으로서 이런 자격을 얻는다는 것이 얼마나 힘든 일인지 잘 아는 탓이었다.

잠시 후 얼굴도 식히고 정신도 차릴 겸 밖으로 나와 바람을 쐬며 마음을 가라앉히던 마린은 곧 뒤에서 자신을 부르는 소리에 뒤를 돌아보았다. 세리온스가 저 복도 끝에서 녹색 머리를 휘날리며 자신에게 달려오고 있었다. 금세 마린 앞에 온 세리온스는 숨을 고르고 마린에게 궁금한 듯 말했다.

"무슨 면접을 그렇게 오래 하냐? 벌써 얘들이 면접실로 두 번이나 들어갔다 나왔다. 그래, 면접에서 뭐라고 물어보디? 화는 안 내? 난 면접관이 무시워시 죽는 줄 알았다. 뭐기 불만인지 나한테 계속 화만 내더라고. 너무 경망스럽다, 말이 너무 많다니 뭐니 하면서 말야. 휴, 어찌나 피곤하던지."

그 말에 마린은 면접관의 심정을 이해할 수 있었지만 그저 알겠다는 듯 멋쩍은 웃음을 지으며 늦은 이유에 대해 말했다.

"하하……. 사실 늦은 건 다름이 아니라 면접관한테 받은 제의 때문이야. 2차 시험 때 나랑 대결하신 분께서 나를 후계자로 삼겠다 하셨다고 말야. 그 때문에 면접이 좀 길어졌지."

"뭐! 정말 그게 사실이야, 입학하자마자 기사 후계자가 된다니! 이야, 마린 좋겠는데? 오늘 한턱 내야겠는걸. 그래, 그 기사 분이 누구시지?"

"글쎄……. 나는 그런 쪽은 모르지만 시험관들 말로는 유명하신 분인 것 같더군. 라리온 경이라고 하시던데."

"하하, 그래, 라리온 경……. 뭐! 라리온 경께서!"

크게 웃음을 지으며 축하의 말을 하려던 세리온스가 놀란 듯 갑자기 두 눈을 동그랗게 뜨며 자신을 쳐다보자 마린은 움찔했다.

'이놈이 또 무슨 말을 하려고 이러는 거지?'

"그래, 라리온 경. 왜 아는 분이시니?"

"…이런. 이 어이없는 녀석 같으니. 알고 말고가 어디 있어? 니가 그러고도 기사 지망생이냐? 라리온 경이라면 젊은 나이에 천재 기사로 불리며 지금도 수많은 몬스터들을 제압하며 전장에서 한 번도 지지 않는 불패의 용장이시잖아. 이젠 크로센 최고의 검이라 불리고 있고. 그분의 가문도 원래는 남작가였는데 그분 덕에 지금 후작가로 바뀔 정도로 정계에서도 그 능력이 뛰어나 황실에서도 입김이 엄청 센 분이신데. 네가 그분의 후계자로 뽑혔다니. 정말 그 말이 사실이란 말이야? 이야, 정말 너 오늘 거하게 사야겠구나."

그 말에 마린이 더 놀랐다. 무장으로 출세를 하는 이들은 많지만 그것도 남작이나 자작으로 그친다. 잘하면 백작으로 까지 올라가기도 하지만 말이다. 그러나 남작에서 후작으로 올라갔다는 것은 직급을 무려 세 단계나 올랐다는 것인데, 그건 평민이 백작이 되는 것과도 비슷한 일이었다. 확실히 저번 대련 때 보여준 실력이 심상치 않다 했더니, 이건 자신이 생각한 것보다 거물이었다.

그날 마린은 자신의 일처럼 기뻐해 주는 세리온스와 함께 용병들과 갔던 그 음식점에서 입학 축하와 기사 후계자 임명에 대한 축하를 하며 식사와 술을 마셨다. 하나 세리온스는 술에 대한 면연력이 없어서인지 몇 잔을 마시다 뻗어버려 여관으로 돌아올 때는 마린이 업어야만 했다.

세리온스를 방에 눕히고 자신의 방에 돌아온 마린은 조금 흥분한 마음으로 이 기쁜 사실을 부모님께 알리려 종이와 펜을 꺼냈다. 곧 사각사각 펜 굴러가는 소리만이 방 안을 가득 채웠다.

다음날.

어제 쓴 편지를 부친 마린은 서점으로 가 다 본 책들을 다시 팔고 책 두어 권을 샀다. 마린 뒤를 따라온 세리온스도 책을 몇 권 샀는데 그 모습이 의외라 생각한 마린이 무얼 샀는지 슬쩍 책 이름을 보니 '가슴에 핀 붉은 장미', '기사가 가는 길', '멋진 기사가 되는 101가지 방법' 등이었다. 그걸 본 마린은 내심 속으로 헛바람을 삼켰다.

'허~ 세리온스가 기사에 대한 허황된 꿈을 꾸는 이유를
알 것 같다.'

마린이 이렇게 생각하는 걸 모르는 세리온스는 마린에게
이런 종류의 책을 봤냐, 이걸 봐야 진정한 기사로서의 길을
걷게 된다며 권했지만 마린은 어색한 웃음과 함께 고개를 흔
들며 별로 생각없다고 했다. 내심 그 말이 섭섭했는지 세리온
스는 자신이 생각하는 이 책들의 장점을 마린에게 늘어놓았
지만 마린은 그 얘기를 들을수록 읽을 마음이 사라져 갔다.

서점에서 책을 고르고 점심 식사를 마친 마린은 방에서 책
을 보다 문득 오랜만에 자신의 주위가 조용해졌다는 것을 알
았다. 아마 세리온스가 그런 책이라도 보고 있는지라 바빠 자
신의 주위를 맴돌지 않은 탓일 것이다.

조용해진 주위가 마음에 들어 살며시 웃음을 짓던 마린은
보던 책을 덮고 오늘 산 책을 꺼내 보았다. 그것은 정령술사
를 친구로 둔 현자가 말년에 들어 쓴 2권짜리로 된 장편 철학
소설로 마음과 몸이 대화하는 내용을 주로 담은 책이었다. 시
장에서는 큰 호평을 받지 못한 책이지만 '내면 속의 대화'라
는 제목이 마음에 들어 그저 가벼운 마음으로 산 것이었다.
하나 읽으면 읽을수록 그 내용이 가슴에 와 닿은 탓인지 마린
은 어느새 독서삼매경에 빠져들었다.

해가 지기 때문일까? 책에 씌인 글자들이 안 보인 탓에 마

린은 촛불을 켜려다 아직도 조용한 것에 대해 의문이 생겨 저녁도 같이 먹을 겸 옆방으로 가니, 아니나 다를까, 세리온스가 책으로 얼굴을 덮은 채 자고 있는 것이다. 그 모습에 피식 웃음을 지으며 마린은 얼굴을 덮은 책을 침대 밑에 놔둔 뒤 조용히 방문을 닫고 저녁을 먹으러 내려갔다.

식사를 마친 마린은 침상에 올라 가부좌를 틀고 운기조식을 하던 중 보통 때와 달리 책에서 보던 내용이 머리 속에 맴돌아 운기조식이 다른 때보다 길어졌다. 보통 때면 한 시진이면 충분할 것을 두 시진이 다 되어가는 데도 끝날 기미가 보이지 않는 것이다. 물론 천지심법이니 도중에 중단시켜도 상관없지만 그러고 싶은 마음은 들지 않았다. 오히려 이런 상태에 벗어나고 싶지 않았다. 그렇게 끝없는 운기행공은 마린을 무아지경으로 빠져들게 했다. 자신을 곤란하게 한 깨질 듯 안 깨지던 그 벽을 향해 밀고 당기고를 수백 번 했을까, 갑작스럽게 귀에서 펑 하는 소리를 내며 벽이 산산이 부서져 갔다. 그와 동시에 마린의 몸에서 백색의 아지랑이가 끊임없이 피어오르나 했더니 '퐉' 하는 소리를 내며 강렬하게 마린을 중심으로 회전하는 듯 뒤덮었고 이내 언제 그랬냐는 듯 칠공으로 사라졌다.

그 일이 벌어지고 잠시 후 마린의 눈이 떠졌다.

그리고 마린은 보통 때보다 더욱더 예민해진 감각에 놀람을 감출 수 없었다. 귀를 기울이면 바깥에 돌아다니는 도둑고

양이 발자국 소리까지 들렸고, 머리는 청아할 정도로 맑아져 책에서 이해가 잘 안 되는 부분도 자연스레 이해가 되었다. 그 밖에도 냄새를 더욱더 잘 맡게 되었으며 어둑한 새벽임에도 촛불을 켜지 않고도 책을 볼 수 있을 정도로 좋아졌다.

또한 이유는 잘 모르나 검기를 뿜을 수 있을 듯한 느낌에 흥분함을 달래며 검에 내공을 주입해 보니 1촌가량의 백색의 아지랑이가 '쑤웅' 소리와 함께 나타났다. 진짜 검기가 나올 줄 몰랐던 마린은 검기에 의해 벽을 손상시키게 되었고 벽은 원래 그랬던 듯 매끈한 검 자국을 낸 채 모락모락 연기가 피어올랐다.

막상 자신이 검기를 쓰는 절정의 경지까지 이루자 마린은 그 충격에 숨 쉬는 것조차 잊을 뻔했다. 한동안 침묵만이 가득한 그의 방은 마린이 검기를 거둬들이는 소리에 깨졌다. 다른 이유가 있는 것이 아니었다. 검명과 달리 검기는 반 갑자에 달하는 내공을 모았다 해도 아직까지 오래 지속시키기는 힘든 탓이었다.

그러나 자신이 그런 경지에 들어선 것에 대해 믿기지 않은 마린은 혹시 꿈이 아닐까 생각하며 몇 번이고 검기를 뿜었다 거뒀다 했고 이 일의 반복은 다른 때보다 일찍 일어난 세리온스가 문을 두드리며 난리를 피울 때까지 계속되었다.

"어이, 아침부터 뭐 하는 거야? 어서 밥 먹고 기숙사로 들어가야지. 왜 이렇게 배가 고픈 거지?"

그제야 마린은 운기행공으로 밤을 새운 것을 깨달았다.

"아! 그래. 그래야지. 세리온스, 일찍 일어났구나?"

"어. 오늘은 나도 모르게 눈이 일찍 떠지더라고. 아마도 내 성격이 너무 예민한 탓일 거야. 오늘부터 기숙사로 들어간다 생각하니······."

'휴~ 그건 니가 초저녁부터 잠이 든 탓이지.'

잠시 속으로 헛바람을 내던 마린은 옷가지와 책을 보따리와 가방에 넣고 검을 차고 식당으로 내려갔다. 아침이라 하더라도 어제저녁을 먹지 못한 세리온스 탓에 조금 과하게 식사를 한 그들은 각자 데리고 온 말 등 위에 짐을 올린 후 지도가 그려진 종이를 보며 기숙사로 떠났다.

Chapter 5

베루메르크에서의 인연

기숙사는 베루메르크 학원 안에 있지 않았다.

학원과는 10여 분 거리에 위치해 있었는데 6층짜리의 거대한 건물 네 채가 붙어 세워진 거대 규모의 기숙사였다. 각 건물마다 번호가 붙어 있었다.

마린에게는 다행히도 세리온스와 전혀 다른 건물에 배정받을 수 있었다. '이럴 수가'를 연달아 외치는 세리온스를 뒤로한 채 마린은 할리를 마구간에 묶어두고 기숙사 입구에 있는 관리인에게 물어 자신의 방을 찾아갔다.

방문을 여니 새 가구들의 약품 냄새가 마린의 코를 스쳐 갔다.

크로센 제국이 많은 지원을 해준다는 말이 거짓은 아닌 듯 방은 마린의 생각보다 넓었고, 간단한 의자나 책상도 장인이 만든 것처럼 질이 좋아 보였다. 한쪽에 자리 잡은 벽난로는 이 추운 겨울을 따뜻하게 보내게 해줄 것 같았다.

'정말 괜찮은 곳이군.'

안락한 방을 이리저리 둘러보던 마린은 창가 옆의 책상에 자리 잡은 책들이 깨끗이 정리되어 있는 것을 보았다. 그 옆의 책상에 가지고 온 짐을 올리며 미리 정리된 책상의 책들을 보니 철학과 마법 책이 대부분이라 마린은 자신의 룸메이트가 현자 지망생인 걸 알 수 있었다.

짐을 풀어 옷장과 책상에 정리하던 마린은 해가 중천인 걸 보고 식당으로 갔다. 건물이 생각보다 커 찾기 어려웠지만 다행히 지나가던 학생에게 물어 식당으로 갈 수 있었다.

음식 맛이 자신의 입맛에 맞는 듯해 기분 좋게 식사를 하던 마린은 누군가 자신의 앞에 자리를 잡는 것을 보고는 고개를 들었다. 어깨까지 내려온 황금빛 머리에 푸른 눈을 한 소년이 반가워하며 인사를 해왔다.

"반갑다. 언제 한번 만나야지 생각했는데. 생각한 것보다 빨리 만났게 되었구나."

처음 본 인물이 틀림없는데 자신을 아는 듯해 사람을 잘못 본 게 아니냐는 듯 소년을 쳐다보자 소년은 뭔가 깨달은 듯 머리를 긁적이며 어색한 웃음을 지었다.

"하하하, 미안하다. 내가 앞말 다 잘라 버리고 인사를 했나 보군. 다시 인사하지. 로단이라고 해. 너는 모르겠지만 너 바로 옆에서 대련 시험을 봤던 학생이기도 하지. 그때 너의 대련을 보고 정말 진짜란 생각이 들었다. 나와 나이도 같은 애가 웬만한 기사만큼 검을 쓴다는 게 너무 신기했거든. 그래서 꼭 한 번 만나고 싶었는데, 처음 온 날부터 만나게 되었네. 내가 길게 끄는 것이 싫어 말하는 건데, 초면에 황당할지도 모르지만 나는 너와 친구가 되었으면 해. 네 생각은 어때?"

로단의 당당한 모습에 마린은 마음을 열었다.

"하하. 뭐 나야 나쁘지 않지. 혼자서 밥 먹기 적적했는데 잘됐군. 그래, 잘 지내보자. 난 마린이라고 한다."

"그건 알고 있어. 난 아까 소개한 대로 로단이라 해. 자, 일단 친구가 됐다는 기념으로 악수. 하하하."

웃음을 지을 때마다 번쩍거리는 치아를 보이는 소년이 손을 내밀어 악수를 청했다.

밝은 심성을 지닌 녀석이구나 생각하던 마린은 그 로단이라는 소년의 손을 잡은 순간 적지 않은 굳은살이 박인 것을 느끼고 나이에 걸맞지 않게 이 소년이 훈련을 많이 한 것을 알았다. 그러고 보니 조금은 어설프지만 기세도 제법 엿보였다.

'흠~ 무가의 자제인가 보군.'

그렇게 친구가 된 로단이라는 소년은 생각보다 더 유쾌한 이였다.

이야기를 하던 중 자신의 생각대로 백작가의 독자라고 자신을 소개하기도 했다. 가식없는 모습이라 적지 않은 호감을 느낀 마린은 그와 빠르게 친해졌다.

서로에게 궁금한 점들을 물어보며 즐기다 시간 가는 줄 모르던 그들은 로단이 오늘 오기로 한 친구를 만나러 가야 한다는 말에 서로의 방 번호를 가르쳐 주고 나중에 보자는 인사를 하고 헤어졌다.

방으로 돌아와 방문을 연 마린은 낯선 소년이 책상에서 책을 보고 있는 것을 보았다.

대륙에서 드문 검은 머리에 검은 눈을 한 소년이었는데, 오랜만에 보는 전생의 모습에 반가워 먼저 인사를 건넸다.

"반가워. 이번에 베루메르크에 기사의 문에 들어가게 된 1학년이야. 이름은 마린이라고 하지."

문소리에 책을 보던 소년은 고개를 돌리다 붉은 머리에 큰 입에 덩치 또한 큰 소년이 방문을 닫으며 자신에게 반갑게 인사를 청하자 그 또한 반갑게 받아들였다.

"아, 그래! 나도 반가워. 나도 이번 베루메르크에 현자의 문에 들어가게 된 1학년이야. 이름은 레이셴이라고 하고. 앞으로 잘 부탁해."

"나야말로… 아! 혹시 지금 공부하고 있었나. 너를 방해한 게 아닌지 모르겠구나."

"하하, 아냐. 그냥 할 일도 없어 보고 있었던 것뿐이야. 그보다 너 저 책 보는 거야? 저거 생각보다 어려운 책들인데, 기사 지망생이면서도 대단하구나."

"책 읽는 게 좋았어. 괜찮은 책이 있으면 권해줘."

"나도 그다지 많이 본 것은 없지만, 내가 괜찮다고 생각하는 책들을 권해줄게."

말은 그렇게 했지만 레이센도 현자 출신답게 많은 책을 알았고, 잠시 후 친해진 마린에게 지금까지 본 책들에 대해서 설명해 주며 비평했다. 마린도 책을 취미로 삼았지만 주위에 그런 이가 없었던 탓에 심심한 면이 없지는 않았는데 오늘 처음으로 같은 취미를 즐기는 사람을 만나자 반가움을 감출 수 없었다. 그렇게 날이 저물도록 책에 대한 비평을 한 그들은 문 두드리는 소리에 문을 열자 식당에서 만났던 로단의 모습을 보게 되었다.

그 옆에는 자신보다 덩치가 큰 소년이 옆에 있었는데 점심 때 만나러 가야 한다는 친구임을 마린은 알 수 있었다.

"이쪽은 하로인이라 하지. 나와 같은 백작가 출신이라 어렸을 때부터 자주 만나던 녀석이야. 식사를 하지 않았다면 같이 하러 가는 게 어때?"

"나야 나쁘지 않지. 그래. 이쪽은 레이센이라 하고 나의 룸메이트야. 레이센, 같이 식사를 하러 가는 게 어때? 서로 안면도 익히게 말이야."

"나야 좋지."

그렇게 같이 모여 내려가던 그들 중 하로인은 무언가 상당히 불만이라는 듯한 표정을 짓고 있었다. 그 모습에 마린은 그저 오늘 낯선 환경 탓에 기분이 좋지 않은가 보구나 생각하며 그다지 신경 쓰지 않았다.

식당은 점심때보다도 더 사람이 많았다. 제법 시간이 지난 뒤에야 그들은 그나마 식탁을 찾아 앉았다. 저녁 급식은 질좋은 소고기를 듬뿍 넣은 스튜와 방금 찐 듯 김이 모락모락 나는 모카빵과 채소 샐러드, 그리고 과일 즙을 짜서 만든 음료수로 그 하나하나가 훌륭한 맛이라 그들의 혀를 즐겁게 했다. 즐겁게 식사를 하던 그들은 친하게 지내자는 뜻으로 다시 한 번 자신을 소개했다. 자신의 차례가 된 마린은 소개를 간단히 하며 왠지 모르지만 자신에게 불만있는 듯한 하로인에게 악수를 청했다.

"하로인이라 했지, 만나서 반갑다. 나는 마린이라 한다."

하나 그에 더 참지 못하겠다는 듯 하로인은 마린의 손바닥을 세차게 쳐내고는 비웃음을 지으며 말했다.

"하~ 정말 더 이상 참지 못하겠군. 평민들이 무식한 것은 알지만 이 정도일 줄은 몰랐다. 정말이지 분수를 모르는 것들 같으니. 지금 이곳 학생이 되었다고 감히 백작가의 출신인 나에게 먼저 손을 내미는 것은 어디서 배웠는가? 마린이라고 했나? 너 지금 미치기라도 했나 보군. 감히 귀족에게 반말을 지껄이다니. 넌 이곳이 아니었으면 귀족 모욕죄로 목이 잘리고도 남았어. 알겠냐? 이 비천한 녀석 같으니."

하로인이 그렇게 말은 했지만 사실 이곳 베루메르크의 학생이 되면 그때부터 평민과 귀족을 따로 구분하지 않고 교육받게 된다. 이는 언제가 기사와 현자가 될 이들이라는 이유이기 때문인데, 기사나 현자가 되면 따로 준남작이라는 작위가 내려진다.

그렇게 되면 부모나 가문에 의해 후에는 몰라도 지금 당장은 개인적으로 같은 직위를 가지기 때문에 암묵적으로 내려오던 전통이었다. 하로인이 그것에 대한 불만을 가지고 있는 줄은 알았지만 이 정도일 줄은 몰랐던 로단은 당황스러워했다. 마린은 그런 로단을 보고 이해한다는 듯 고개를 끄덕이더니 자신을 비웃는 모습으로 쳐다보는 하로인에게 말을 꺼냈다.

"이런, 설마 이곳에서의 규칙도 모르는 줄 몰랐군. 여기서 귀족 따위는 없어. 오로지 자신의 능력으로 인정받는 곳이지. 그런 게 불만이면 계집애같이 나불거리지 말고 덤벼. 기사의 예로 상대해 주지."

그 말에 은근히 마린을 얕보고 있었던 하로인은 참으로 웃긴 놈을 본다는 눈으로 마린의 말에 대답했다.

"나 원. 미친놈이로군, 무가로 유명한 차로센 가문의 차남인 나 하로인에게 결투를 신청하다니. 다시는 그런 미친 짓을 못하도록 박살을 내주지."

"길고 짧은 건 대봐야 아는 법이지."

"으드득. 따라와라."

식사 도중 마린과 하로인이 밖으로 나가자 갑자기 변한 분위기에 당황스러워하던 로단과 레이센 또한 실내 연무장으로 갔다. 첫날이었고, 또한 저녁 식사 시간이라서인지 실내 연무장에는 사람이 없었다. 벽에 걸린 연습용 목검 두 개를 꺼낸 마린이 하로인에게 하나 던져 주었다.

던져진 검을 여유롭게 잡은 하로인은 로단에게 심판을 봐 달랬다.

목검이라지만 '켄디호'의 일종이라 단단하기 그지없어 잘못 맞으면 뼈가 으스러질지 몰랐다. 예측하지 못한 상황에 계속 당황스러워하던 로단은 마린이 고개를 끄덕이며 괜찮다는 표정을 짓자 결국엔 심판을 보기로 했다.

먼저 움직인 것은 하로인이었다. 큰 덩치가 느리다는 말을 부정하듯이 제비처럼 가벼운 몸놀림으로 빠르게 다가와 검을 휘둘렀다. 하나 마린은 그 검을 너무나 여유있게 피하며 다시 날아오는 방향으로 검을 들어 그 검을 접하였다.

갑자기 못으로 박기라도 했는지 아무리 이리저리 빼내려 해도 검이 마린의 검에 붙은 채 빠지지 않자 하로인은 당황스러워했다. 아무리 해도 검이 제 뜻대로 되지 않자 화가 난 하로인이 큰 기합을 지르며 자신이 가지고 있는 힘을 짜내어 밀어붙이려 하자 마린은 검을 스르륵 끌어올리더니 이내 살짝 돌려 위로 쳐올렸다.

그에 자신의 힘이 엉뚱한 곳으로 흘러가자 놀란 하로인이 황급히 검을 빼려 하였지만 마린이 가벼이 내려친 일검에 가로막히고 말았다. 아니, 사라지고 말았다. 무슨 일이 벌어진 건지 그 가볍게 휘두른 듯한 일검에 의해 하로인의 손에 잡혔던 검이 날아가게 된 것이다.

너무도 어이없게, 아니, 어떻게 된 건지 이해할 수 없는 하로인은 망연자실한 표정을 지은 채 서 있었다. 놀란 것은 하로인만이 아니지만 그중에서도 로단은 놀라움을 감출 수 없었다.

사실 로단은 내심 하로인의 힘이라면 그래도 어느 정도는 싸울 수 있지 않을까 생각했다. 하지만 백작가에서 타고난 무골에 집안에서 내려오는 비전 수련을 한 덕에 안법이 뛰어난 그도 겨우 어떤 원리로 졌는지를 짐작하고 감탄을 질렀다. 저런 것은 자신의 아버지도 하지 못할 것이라는 생각이 들었다.

그렇게 망연자실한 하로인을 보던 마린은 들고 있던 목검을 걸어놓으며 말했다.

"넌 아직 배우는 학생으로서도 나라를 운영할 귀족으로서도 형편없어. 그저 가문의 품에 묻혀 어떻게 어리광을 부릴지 궁리하는 어린아이같이 보이는군. 그런 녀석이 귀족 운운하면서 저 홀로 잘났다는 듯 설쳐 대는 모습, 참으로 역겹다. 너보다 높은 직위의 사람들도 이곳의 규율을 받아들이는 곳이야. 앞으로 이 학원에서 생활하고 싶으면 정신 똑바로 차리기 바란다."

그렇게 말을 마친 마린이 연무장을 벗어났고, 놀라워하던 레이센은 마린을 따라갔다. 그들이 사라지는 모습을 잠시 지켜보던 로단은 한숨을 내쉬다 아무 말도 없이 멍하게 서 있는 하로인에게 다가갔다.

하로인은 마린에게 들은 그 말이 너무 억울해서인지, 아니면 너무 부끄러워서인지, 아니면 둘 다여서인지 모르나 눈에서는 굵은 눈물이 뚝뚝 떨어졌다. 그런 모습을 말없이 옆에서 지켜보던 로단은 하로인의 어깨를 토닥이며 그와 함께 연무장을 나섰다.

그렇게 조용해진 실내 연무장에는 눈물의 흔적만이 식어 갔다.

사실 마린 또한 그렇게 대련이 끝이 날지 몰랐다.

내공을 배제하는 것은 물론이고 잠깐 동안만 상대를 해야 겠다, 라고 생각했기에 착을 응용하고 있었는데 갑자기 온 힘을 다해 하로인이 밀어붙이자 몸이 자연스레 움직여 버린 것이다. 뭐, 그 덕분에 하로인도 정신을 차린 듯했지만.

전생에 살았던 무림에서도 100여 명이 넘지 않을 거라던 절정고수. 마린은 그들에 대한 이야기를 심심찮게 들었다. 웬만한 중소문파는 저 혼자 하룻밤에 도륙낼 수 있으며, 한 달을 먹지도 자지도 않고 삶을 연맹할 수 있고, 또 추위와 더위도 잘 타지 않는 육체를 가진 진정 인간의 상식을 벗어난 이들.

정말 가끔가다가 우연이 겹치고 겹쳐서 삼류무인이 이류나 일류고수를 이길 때는 있어도 절대 일류고수가 절정고수를 이기는 일은 없다는 이야기가 있다. 그건 절정고수가 위험하다 생각하면 피하기 적합한 위치로 몸이 저절로 움직여 스스로 방어하고 공격하기 때문이다.

그렇기에 강호무림의 수도 없이 많은 살수들도 절대로 절정고수에 관한 의뢰는 받지 않았다. 또한 그런 이유가 있기에 절정고수끼리의 대결은 쉽게 볼 수가 없었다. 정말 같은 하늘 아래 살지 못하겠다는 결심이 아니면 그들끼리는 싸움을 하지 않는다.

낭인이었던 장류빈 시절에는 그런 경지에 대해 깜깜했었기에 막상 그런 이야기를 들을 때면 질징고수라도 허풍이 심하다고만 생각했었다.

하지만 자신이 무슨 복이 있기에 검명도 과분한 것을, 검기를 쓰는 절정의 경지까지 들어서다니…… . 정말 마린 자신의 성격이 침착하지 않았더라면, 아니, 심법이 삼류심법이라 경시하던 천지심법만 아니라면 뼛속까지 무인인 마린은 이 엄청난 기연에 흥분을 가라앉히지 못해 어쩌면 큰 내상을 입었을지도 모르는 일이었다.

정말이지 절정의 경지는 대단했다.

그때 그냥 막아야겠다, 라고 생각했지, 그렇게 지렛대의 힘을 이용한 일격을 가하려고 한 것은 아닌 이유였다. 새로운 세계를 접하는 듯한 묘한 흥분에 마린은 잠이 오지 않았다.

다음날 아침 밤새도록 이제 초입에 들어선 검기의 경지에 대해서 생각하던 마린은 이틀이나 잠을 자지 않았음에도 피곤해하지 않는 육체에 적지 않게 놀라움을 느꼈다. 역시 예전부터 느꼈지만 절정의 벽을 허문 뒤부터는 다시 새로 태어난 듯한 느낌이 든다.

운기행공을 하고 나니 그나마 정신적으로 피곤했던 것도 사라졌다. 운기행공을 마치고 난 후 언제 깨어났는지 마법서를 펼쳐 공부하는 레이센과 함께 식당으로 내려가 아침부터 책에 대한 이야기를 하며 아침 식사를 하던 마린은 로단과 하로인의 기파가 자신들이 있는 곳으로 오는 것을 느꼈다.

"저기 마린……."

"그래, 알고 있어."

레이센이 마린 뒤에서 하로인과 로단이 식당으로 들어서는 것을 보고 놀라 말해주려 하자 마린은 알고 있다며 고개를 끄덕였다. 곧 마린 옆에까지 도착한 이에 레이센은 더욱 놀랐으나 로단과 하로인이 곧 옆에 도착해 의문을 안으로 삼켰다. 로단과 하로인은 대뜸 마린에게 어제 있은 일에 대한 사과부터 했다.

"마린, 어제 일 미안하다. 그리고 하로인이 하고 싶은 말이 있다네."

"정말 미안하게 됐어. 어제 마린 너의 말을 듣고 생각하니 정말이지 나는 어설픈 검술 말고는 잘하는 게 없더군. 그렇게 생각을 하니 그동안 무시했던 이들에게 내가 한 짓이 후회되고 나 자신이 부끄러웠다. 진심으로 너에게 한 나의 행동 너무나 미안하게 생각하고, 또 너의 말 고맙게 생각한다, 내가 이렇게 생각하게 된 계기를 주어서."

로단이 사과할 것은 어느 정도 예상한 일이었지만 하로인이 이렇게까지 사과하니 마린은 예상 못한 일에 당황했다.

마린에게 들은 말 때문에 하로인은 어제 자신이 살아온 환경과 사고방식에 대해 다시 생각했다. 마린의 말대로 자신은 너무 가문의 힘에만 의존하려는 응석꾸러기였고, 검 말고는 내세울 것이 별로 없다 생각하니 부끄럽기 짝이 없었던 것이다.

그러나 하로인의 그 소년답지 않은 힘과 검 실력, 또 무가로 이름 높은 백작가의 신분은 그를 그렇게 사고하게 만들 수도 있는 일이기도 했다. 그저 어제 너무도, 그것도 자신이 비참하다 생각했던 평민에게 압도적으로 지고 난 것이 자신의 뒤를 돌아보게 된 계기가 된 것이다.

하로인은 그릇이 그 겉모습과도 같이 컸던 탓인지 생각보다 빨리 자신의 잘못을 순순히 인정했다. 조금은 예전의 모습이 보이긴 했으나 하루 만에 인간이 이렇게 바뀔 수 있다는 것은 그가 살아가면서 무엇이든 받아들일 수 있다는 말과 같았기에 마린은 속으로 감탄했다.

'이 녀석 정말 진심이구나! 대단하군, 이처럼 어린 나이에 이런 거대한 그릇을 지녔다니.'

하로인에게 진심을 느낀 마린은 하로인의 사과를 받아주었고, 다시 하로인에게 자신의 소개를 했다.

"하로인이라고 했지? 만나서 반갑군. 나는 마린이라 한다. 앞으로 잘 지내보자."

그 말에 잠시 머뭇거리던 하로인은 이내 커다란 웃음을 지으며 마린이 내민 손을 잡았다.

"크하하하, 나야말로 잘 부탁한다. 네 덕분에 깨달은 것도 많았다. 앞으로 종종 내가 바보짓을 하면 어제처럼 날려주길 바란다."

"하하하, 원한다면 얼마든지 그렇게 해주지."

혹시나 사과를 안 받아주면 어쩌지 고민했던 로단은 마린이 호쾌히 사과를 받아주자 기뻤다. 하로인도 오늘 보니 무엇인지는 잘 모르나 성숙해지는 듯해서 그 기쁨이 더했다. 혹시나 어제처럼 싸움이 날까 고민하던 레이센은 사과하고 악수를 하는 그들의 모습이 보기 좋아 자신도 모르게 기분 좋게 웃었다.

그렇게 악감정을 털어버리고 하로인을 친구로 받아들인 마린은 서로를 알아가며 신입생들을 위한 환영식이 있는 베루메르크로 갔다. 학원에 도착한 마린 일행은 기사의 문과 현자의 문은 따로 환영식을 하였기에 레이센과 도중에 헤어졌다. 이곳의 지리를 모르는 그들은 학교의 안내원들에게 물어가며 기사의 문 환영식이 있는 곳에 도착할 수 있었다.

환영식이 열리는 곳은 아주 커다란 실내 강당이라 이미 대략 300명이 넘는 신입생들이 와 있음에도 한적해 보일 정도였다. 실내에서는 여기저기 소년들이 친구를 사귀기 위해 서로 소개하거나 또는 긴장하는 마음에 신을 찾는 이들이 어렵지 않게 보였다.

그중에서도 멀리 있는 곳에서도 확실하게 눈에 뜨일 정도로 신을 찾는 아이도 보였는데 화려한 녹색 머리를 한 얼핏 보면 여인으로 착각할 만큼 아름다운 외모를 지닌 세리온스였다.

"오! 명예와 꿈을 찾는 이들의 길이 되어주시는 신 제로이 스님이시여, 앞으로 기사로의 길을 걸을 저 세리온스의 꿈을 이루도록 도와주십시오. 아무리 지쳐도 쓰러지지 않고 꿈을 향해 갈 수 있게 해주십시오. 당신의 종이 간곡히 비오니 ……."

하나 아쉽게도 그 외모와는 달리 정신 세계는 너무나 특이하였기에, 흥분한 탓에 홍조를 띤 얼굴로 외치는 신에 대한 그의 찬양은 엉뚱한 곳으로 흘러갔다. 갑자기 마왕과 마족들을 들먹이며 공주를 지킬 힘을 달라는 등 헛소리를 시작하자 그걸 본 마린은 절로 미간을 찌푸려졌다.

아마 함께 갔던 서점에서 산 책들 중에 요즘 유행하는 마왕의 손에서 공주를 지키는 기사 이야기가 있었던 모양이다. 그렇게 횡설수설하는 세리온스 곁에 있던 사람들은 처음 그 외모에 호감이 갔던 것이 어느새 사라져 두려운 듯 슬금슬금 피했고 어떤 이들은 경비원에게 신고하려 하기도 했다.

차마 더 이상 두고 볼 수 없어 세리온스를 말리러 가던 마린은 사람들 사이를 이리저리 바람처럼 스쳐 가는 한 여인에 인해 발을 멈추어야 했다. 세리온스와 같은 아름다운 녹색 머릿결을 하늘거리며 얼음처럼 차가운 표정을 한 채 그녀는 아무 말 없이 세리온스의 뒤통수를 세차게 쳤다.

퍽―

"크윽! 어떤 놈이냐. 마왕으로부터 공주를 지킬 기사가 될 분의 뒤를 치는 비겁한… 윽! 윽! 윽!"

갑자기 뒤를 당한 세리온스는 흥분하여 큰 소리를 치려 했으나 아무 말도 않은 채 또다시 뒤통수를 치는 그 여인에 의해 말을 멈추어야 했다. 그리고 무언가 익숙한 고통에 세리온스의 낯이 대뜸 얼는가 싶더니 천천히 고개가 돌려진다.

"누, 누나!"

화가 난 것인지 아님 원래 그런 것인지 얼음장처럼 차가운 외모를 지닌 그녀를 보던 세리온스는 어쩔 줄 몰라 하였다. 잠시 그런 세리온스의 모습을 아무 말 없이 살펴보던 그녀는 고개를 끄덕이더니 한숨을 내쉬었다.

"하~아……. 한참을 찾았어. 언니가 많이 걱정하고 있으니 시간이 나면 동아리에 들러."

"으, 응. 그, 그럴게."

옆에서 아무리 무어라 해도 자신만의 세계에 빠져들던 세리온스는 그 여인의 한마디에 꼼짝하지 못한 채, 고개를 끄덕일 뿐이었다. 그 모습에 살며시 고개를 끄덕이던 그녀는 여기에 나타났을 때처럼 사람들 사이를 바람처럼 스쳐 가며 사라졌다.

그 여인이 시야에서 사라진 지 한참이 지나서야 세리온스는 긴장을 풀며 한숨을 길게 내쉬었다.

"휴~우. 누나가 화가 많이 난 것 같네. 하긴……."

혼자 중얼거리던 세리온스는 좌우로 흔들며 고개를 들다 자신을 쳐다보는 마린을 발견하고는 손을 흔들며 불렀다.

"어이, 마린! 여기야, 여기!"

"……."

언제 침울했냐는 듯 활기찬 목소리로 소리를 지르며 자신을 불러대는 세리온스에게 마린은 어색한 웃음을 지으며 다가갔다.

"마린, 얘들은 누구야? 이번에 새로 사귄 친구들이야?"

"하하. 그래, 소개시켜 줄게. 여기 있는 이 친구는 로단이고, 여기 덩치 큰 친구는 하로인이라고 하지."

"오! 그래, 난 마린의 가장 친한 친구인 세리온스라고 하지. 만나서 반갑네."

두 손을 내밀어 로단과 하로인의 손을 힘차게 잡으며 반갑게 인사하는 세리온스의 모습에 호감이 일어난 그들은 웃음을 지으며 자신들을 소개했다.

"하하하. 그래, 잘 지내보자. 마린이 말했듯이 내 이름은 로단이야. 나도 만나서 반갑다. 앞으로 자주 만나자."

"반갑다. 내 이름은 하로인이고 앞으로 잘 부탁한다."

"오! 그래. 잘 지내보자. 그런데 누가 마린의 룸메이트지?"

그들 중 한 명이 룸메이트가 아닐까? 생각해 말한 세리온스의 말에 로단이 고개를 저었다.

"우린 마린의 룸메이트가 아니야. 마린의 룸메이트는 현자 지망생이라 지금 현자의 문에서 하는 환영식으로 갔어. 이 녀석과 내가 룸메이트고."

"어, 그래? 현자의 지망생이란 말이지? 내 룸메이트는 나와 같은 기사 지망생인데. 신경질을 좀 잘 내는 거 빼고는 괜찮은 놈이야. 나중에 소개시켜 줄게. 마린 너도 룸메이트를 소개시켜 줘. 내 고향은 현자가 잘 오지 않는 지역이라 현자들이 쓰는 마법이 어떤 것인지 궁금하거든."

세리온스가 호기심 가득한 눈으로 자신을 쳐다보자 마린

은 웃음을 지으며 알겠다고 고개를 끄덕였다. 그에 기뻐하는 그에게 로단이 궁금했던 바를 물었다.

"그런데 아까 너와 함께 있던 그 아름다운 숙녀 분은 누구지?"

"아! 우리 셋째 누님이야. 나를 제일 잘 챙겨주는 누님이지. 기사로서도 재능이 넘치시는 분이고. 감정 기복이 없는 게 좀 문제이긴 하지만. 오늘 아무래도 화가 많이 난 모양이야."

자신이 보았을 때 화가 난 건지 알 수 없었던 로단은 고개를 갸우뚱거리다 다시 물었다.

"그래. 그런데 셋째 누님이라니? 그럼 사남매야?"

"아니, 아니. 오남매. 누님 세 분 말고, 밑에 내 여동생이 하나 있거든. 내 동생 언젠가 한번 소개시켜 줄게. 어찌나 귀엽고 착한지. 내가 동생 돌보는 맛으로 살았는데. 흐흑."

"아! 그래. 그런데 너의 누나 너무나 아름다운 분이시구나. 내가 수도에서 지금까지 살았지만, 꾸미지도 않았는데 저렇게 아름다운 여인은 처음이야."

세리온스의 누나에게 한눈에 반해 버린 로단이었다.

"하하. 왜, 관심있어? 하지만 포기하는 게 좋아. 누나는 검과 관련된 것 외에는 별달리 관심을 가지지 않거든. 그래도 관심을 가진다면 강한 이라 할 수 있겠지."

"그래! 호~ 강한 것을 좋아하는 여인이라… 멋지군. 마치 여전사 같은 그림이 그려지는데. 마치 혼란스러운 전장에 핀 고고한 꽃과도 같이."

"…우엑. 너 좀 많이 느끼하다. 하여튼 누나가 생각하는 강한 이라면 늙고 지저분한 아저씨라 생각했는데."

세리온스가 말끝에 갑자기 마린을 보더니 웃음을 지었다. 마린은 왠지 그 웃음이 마음에 내키지 않았는데, 그런 마린의 맘을 모르는 듯 세리온스는 다시 말을 이었다.

"그런데 이 녀석 보고 엄청 놀랐지. 지금도 어떻게 된 건지 이해가 안 되지만. 검을 몇 번 부딪치지 않았는데 내 자신이 초라할 정도로 너무 압도적으로 졌거든. 그 후 딱 생각이 들더라. 이 녀석이면 우리 누나를 만족시키겠구나라고. 뭐 나이 차이야 좀 나지만 어때? 요즘 연상연하 커플도 많은데 말야. 그래서 하는 말인데……."

실실거리며 좋아하던 세리온스는 갑자기 진지하게 표정을 바꾸며 마린에게 절실하게 물었다.

"마린, 어떤가, 우리 셋째 누님? 내 누님이라서 하는 말이 아니라 얼굴도 아름답지만 몸매 또한 훌륭하지. 비록 감정 표현이 잘 없으시지만 사실 얼마나 정이 많은 분인데. 너의 검이라면 누님을 만족시킬 수 있다고 생각하네."

"……."

갑자기 자신의 누나와 이어주려는 세리온스의 말에 마린은 그 침착함이 사라지다 못해 황당함을 감출 수 없었다.

잠깐 동안 본 여인이었지만 그녀는 상당한 매력을 지닌 이였다. 가꾸지 않아도 섬세한 선과 크고 깊은 눈동자, 오뚝한 코, 붉게 물든 입술, 그리고 무언가 함부로 건들 수 없는 묘한 분위기를 지닌.

그 내재된 고고함만으로도 어떤 사내도 그녀를 거부할 수 없으리라.

하나 여인과의 연이 없어 일찌감치 포기한 채 검과 한평생을 살았던 장류빈 때의 경험 탓일까? 그러한 여인의 모습에도 마린은 덤덤하였다. 자신과 이어지는 것에는 일찌감치 포기한 탓이다.

그런데 세리온스이 갑자기 그런 여인과 엮으려 하자 그것이 마린의 평정심을 흔들어댔다. 애써 평소 때의 모습으로 바로 돌아온 마린이었으나 그런 것에는 눈치가 빠른 세리온스는 남몰래 씩 웃으며 끄덕였다.

'좋았어. 셋째 누님은 처리됐구나. 이제 한 명 남았다. 크크크. 그때가 되면 진정 나의 자유가……'

그가 그런 생각에 빠졌을 때, 로단은 안타까움을 금치 못하며 정말 부러워 죽겠다는 눈으로 마린을 바라본다.

잠시 후 신입생들의 인원을 체크하던 도우미 학생들이 다 온 것을 확인하자 환영식이 시작되었다. 행사는 문 앞에 써져 있던 차례표대로 진행되어 갔고, 마지막으로 기사의 문을 총관리하는 라리온 경의 연설을 끝으로 환영식을 끝마치게 되었다.

환영식이 끝나자 도우미 학생들은 앞에 준비된 제법 두꺼운 책자들을 풀어 신입생들에게 나눠 줬다.

그 책에는 스승님들의 이름과 수업 방식, 수업 내용이 자세히 적혀 있었고, 그에 대한 종류는 여러 가지의 예의범절과 전투 방법, 지략, 춤, 역사, 기사도 등이 있었다.

접수 기간은 이번 주까지였고, 한 번 정한 수업은 1학기 동안 들어야 했다. 그렇게 두 학기의 점수를 평균을 내어 일등을 하는 학생 한 명에게는 황제 폐하가 여는 파티에 들어설 수 있는 기회를 제공하는데 그 파티에 들어서게 되면 여러 귀족과 기사들의 눈에 띌 수 있게 된다.

하지만 그렇게 되기는 어렵다.

베루메르크의 과정은 총 다섯 학년으로 나누어지긴 하나 그건 형식적일 뿐, 수업은 전학년이 같이 들은 탓에 최고의 학생으로 뽑히는 게 1학년이 된다는 것은 불가능하다.

대강당을 나섰을 때는 이미 많은 시간이 지나 해가 중천에 떠 있었다. 마린과 친구들은 책자를 보다 출출하다는 세리온스의 성화에 그들은 웃음을 지으며 학원 내의 식당으로 발길을 옮겼다.

식당은 단층 건물이었지만 방금 전에 있었던 대강당만큼은 아니어도 과연 이곳이 식당인가 생각이 들 정도로 넓고 아늑했다. 실내 식당임에도 그 안에서는 분수대가 여러 곳에 물을 퍼뜨리고 있을 뿐 아니라 곳곳에 심어진 나무들과 꽃들이 커다란 창가를 통해 드러났다. 그 근처에 넓은 규모의 식탁이 있어 마린 일행같이 다수의 사람들도 자리를 잡기 편해 보였다. 식사 메뉴도 기숙사와는 다른 여러 정식이 있기에 마린 일행은 각자 자신이 원하는 정식을 사 분수대 옆에 있는 테이블 자리에 앉았다.

식사를 하며 서로에 대해 이야기를 하다 세리온스의 엉뚱한 행동에 웃음을 짓던 마린과 친구들은 식당으로 들어서는 레이센을 보며 손을 흔들었다. 레이센 역시 반갑다는 듯 손을 흔들다, 옆에 있는 현자 옷을 입은 이들과 소곤거리더니 곧 그들과 함께 마린과 친구들에게로 다가왔다.

레이센과 같이 온 친구들은 두 명의 소녀와 마린 또래의 검은 머리를 한 소년 한 명이었는데 마린이 그들 중에 한 소녀가 낯이 있어 자세히 보니 얼굴을 다소 가린 현자 옷 때문에 잘 보이지는 않았지만 이곳에 들어오기 전 서점에서 만났던 백삭가의 여식임을 알 수 있었다.

마린은 반갑다는 표정으로 살짝 고개를 끄덕였고, 백작가의 여식도 조심스레 고개를 끄덕였다. 레이센은 그걸 아는지 모르는지 자신의 일행을 마린 일행에게 소개했다.

"소개할게. 이번에 같이 현자의 문에 들어오게 되면서 알게 된 애들이야. 입학식장에서 줄을 쓰던 중 만난 이들인데 생각보다 말이 잘 통해서 친구가 되기로 했어. 여기 나와 같이 검은 머리를 한 친구의 이름은 레스오고, 이쪽의 갈색 머리를 묶은 작은 숙녀 분의 이름은 레리. 그리고 여기 금발 머리를 한 숙녀 분의 이름은 라디안이지."

마린 일행도 레이센에게 소개받은 이들에게 자신의 소개를 하며 인사를 나누고는 같이 식사를 하면서 이야기를 했다. 다들 밝은 성격들이라 마음이 잘 맞았다. 특히 세리온스는 그들에 대한 관심이 유독 커 처음 만나는 자리라 서먹서먹한 분위기가 있었음에도 그에 아랑곳하지 않고 그동안 현자에 대해 궁금했던 것을 물어보았다.

마법에 대한 것에 상당히 궁금한 눈치이자 레이센이 미숙한 솜씨지만 보여주겠다며 주문을 외워 간단한 빛 속성 마법인 알로를 펼쳤다. 손바닥에서 작지만 일렁거리는 하얀 빛이 치솟아오르자 세리온스는 신기해하며 놀람을 감추지 못하고 떠들어댔다.

"맙소사! 정말로 이런 신비한 형상이 나타나다니, 책으로만 보아왔던 마법이라는 것을 이렇게 직접 보게 되다니. 가슴이 아직도 두근두근하네."

세리온스 덕에 마린 또한 마법이라는 것을 처음 접하게 되었는데, 책에서만 보던 마법의 이론을 직접 눈으로 보니 그 신비로운 공부에 놀라움을 감출 수 없었다.

레이센의 주문에 따라 주위의 공간이 일렁이며 오행의 기 중 수와 화의 기가 모이는 듯하더니 곧 빛이 만들어지는 것이 아닌가? 물론 무림에서 가끔씩 단전에 모인 기가 아닌 외부의 기를 이용해 술법을 부리는 이들이 있다는 말은 들었지만 무림인들은 사술이거나 속임수에 불과하다 여겼고, 또 그 위력도 약했기에 천하게 여기곤 했다.

하나 이 세상 가득한 기의 분포 탓인지 술법과 비슷한 이곳에서는 마법이라 지칭하는 공부는 놀라운 위력을 보여주는 듯하자 감탄이 절로 나왔다. 간단한 오행의 기를 조합하여 움직인 것으로 밝은 빛을 발하니 말이다. 그것만으로도 마린은 이러한 방법이 몇 번이나 엮여 조합되면서 발휘하는 공격 마법이란 것이 어떤 위력을 보일지 알 수 있을 것 같았다.

식사를 마치고 식당을 나선 그들 중 레이센 일행은 수업 신청을 한다며 학원에 남고 마린 일행은 학교 근처의 명물들을 수도 베로나 출신인 로단이 안내해 준다 했기에 구경하러 가게 되었다.

먼저 희귀한 그림들이 전시되어 있거나 떠돌이 음유 시인들의 아름다운 노래가 가늘 퍼지는 예술의 거리를 구경한 뒤 2,000년 전 마왕 바하모스를 막아 지금은 전설이 되어 대륙의 모든 이들의 마음속에 자리 잡은 용사 아덴과 그의 동료들의 이야기를 표현한 그림이 전시된 박물관으로 향했다. 세세하면서도 아름다운 그림은 그들의 눈을 즐겁게 해주는 것은 물론 그 그림 옆에 작게 자리 잡은 설명들은 그 재미를 더해주었다. 박물관을 나온 그들은 그 밖에 로단이 안내해 주는 베로나의 명물 거리들을 돌아다니느라 어느새 그날 하루가 지났다.

다음날 절정에 들어선 지 이틀, 잠에서 깬 마린은 오랜만에 상쾌한 기분으로 아침을 맞이했다. 운기조식으로도 이런 비슷한 기분을 느끼긴 하나 안락함 잠에서 오는 상쾌한 기분과는 비교할 수 없는 탓이다.

아침의 운기조식을 끝낸 마린은 친구들과 아침을 먹으러 식당으로 가다 억지로 끌려온 듯 아직 잠이 덜 깨서 인상을 찡그리고 있는 세리온스의 룸메이트를 만날 수 있었다.

이름은 파니오고 마린과 같은 붉은 머리를 한 소년이었는데 덩치는 세리온스보다 작지만 몸의 순발력과 민첩성을 극도로 훈련했는지 그의 몸은 탄탄한 공처럼 탄력이 있어 보였다.

파니오는 잠이 많이 모자랐는지 비틀거리며 아침을 먹었다. 그래도 식사를 마치고 나니 잠을 다 깬 듯했다.

그렇게 잠에서 깨어난 파니오는 생각처럼 활발한 이는 아니었으나 검에 대해서 유달리 애정이 깊은 소년이었다. 검에 대한 애정이 깊은 만큼 서로 검에 대한 이야기니 파니오는 금세 친해졌다.

그렇게 한참 이야기하다 세리온스가 마린이 검에 대해서 상당히 뛰어나다는 말을 듣자 한번 대련을 해보자고 제안을 했다.

기분 좋은 아침을 맞은 마린은 그의 제안을 호쾌히 받아들였고, 그러자 세리온스와 로단, 그리고 내심 재대련하고 싶었던 하로인도 자신과 대련해 달라고 부탁했다. 자기보다 뛰어난 이와 대련을 하면 실력이 안정되는 것은 물론이고 가끔은 몇 달을 수련해야 얻는 것을 한 번에 얻는 탓이었다.

그렇지 않아도 이 세상에 물들어지지 않은 이 젊은 친구들에게 무언가 해주고 싶은 마음이 있던 그는 기분 좋은 웃음을 지으며 원한다면 얼마든지 대련해 주겠다고 대답했다.

마린이 싫은 기색을 보일까 고민하던 친구들은 호쾌히 받아들이는 그의 말을 듣고 기뻐하며 자신들의 방에서 간편한 옷으로 갈아입고는 기숙사 안의 실내 연무장으로 왔다.

저번에 왔을 때와는 달리 기숙사 내의 연무장은 사람은 많았지만 넓은 규모의 연무장이라 대련하기 좋은 공간을 확보할 수 있었다. 마린은 친구들 중 먼저 대련을 부탁한 파니오와 대련을 시작하였다.

수련용 검을 늘여 잡으며 그저 아무런 준비 자세를 취하지 않은 마린이 파니오에게 먼저 들어오라 권했다. 그런 허술한 자세에서 '한 수 가르쳐 주겠다' 라는 말을 하는 마린 자신을 무시하는 것 같아 기분이 꽉 상한 파니오는 한번 혼나보라는 듯 침착하게 검을 들고 탐색에 들어갔다.

시간이 흐를수록 파니오의 얼굴은 마린의 자세에 대한 궁금증과 의아함으로 가득해졌다. 분명히 슬쩍 보기에도 빈틈이 많은 자세임에도 불구하고 들어가기 상당히 꺼려지는 것이다.

그 탓에 한참 동안 대치 상태로 있던 파니오는 고개를 내저으며 그동안 연습해 온 자신의 리듬을 살리는 듯 통통 두어 번 뛰는 듯하더니 순식간에 검을 세워 마린의 가슴을 향해 찔렀다.

그 재빠른 모습에 옆에서 구경하고 있던 레이센은 자신도 모르게 신음을 냈지만 마린은 그런 신음이 나온 것이 무색하게 찔러오는 검을 향해 비스듬히 한 발짝 가더니 검의 손잡이로 찌르는 검의 방향을 살짝 바꿨다.

파니오는 자신의 힘의 이동이 엉뚱한 곳으로 가자 당황스러운 탓에 몸을 심하게 기우뚱거렸지만 여러 번 발을 차 아슬아슬하게 몸의 중심을 잡아낼 수 있었다.

너무 순식간에 일어난 일이라 감을 잡을 수 없던 친구들과 달리 가문의 수련 덕에 눈썰미가 좋은 로단만이 겨우 그 간단하면서도 따라 할 수 없는 기술을 보며 감탄 섞인 신음을 질렀다.

마치 환상에 사로잡힌 듯 방금 전 상황에 당황스러워하던 파니오는 숨소리를 다시 고르며 리듬을 살려 마린에게 잽싸게 검을 날렸다. 통통거리는 가벼운 발걸음을 내며 주위를 돌며 검을 찔러대던 파니오는 자신의 검이 다 막히자 이를 깨물며 오른쪽으로 몸의 무게 중심을 옮기고 미끄러지듯 낮은 자세로 마린을 베어 올렸다.

하지만 날카롭게 쳐 올라가는 파니오의 검은 마린이 가볍게 내려친 일검에 엉뚱한 곳으로 날아가 버렸다. 날아간 검탓에 무게 중심이 흩어진 파니오는 한쪽으로 세차게 넘어져 부상을 당할 수도 있었으나 알고 있었다는 듯 잡아준 마린 덕에 별다른 피해 없이 대련이 끝이 났다.

이번만은 마린이 어떻게 했는지 눈썰미가 좋은 로단도 알아보지 못해 한숨만 쉬었다. 당연히 대련을 펼친 파니오 또한 어떻게 된 것인지 알 수 없어 그저 강한 충격이 남아 짜릿한 자신의 손을 잡을 뿐이었다.

이런 현상이 벌어진 이유는 이론적으로는 간단했다. 아래에서 땅바닥을 끌 듯 힘껏 올려친 파니오의 검을 마린이 오히려 살짝 비틀어 내려친 것이다. 중심이 세차게 올라오는 상황이었으니 어마어마한 힘이 검에 깃들어 있었고, 그 검날 한쪽을 옆으로 흘려 내려치니 자연히 그 힘에 검이 손아귀에서 벗어나 엄청난 속도로 날아간 것이다.

진검이라면 손아귀가 힘을 견디다 못해 찢어졌을 수 있었으나 다행히 나무 검이었고 또 파니오의 손도 굳은살이 가득 박여 있었기에 불상사는 일어나지 않았다.

다음 상대는 이 대련을 보고 흥분한 세리온스였다. 그러나 그 또한 파니오와 마찬가지로 예전과는 그 경지가 달라진 마린 덕에 조심하였음에도 본인도 어떻게 되었는지 모르게 패하게 되었다.

고개를 갸웃거리던 세리온스는 떨어진 검을 줍더니 검지를 펴며 말했다.

"한 번만, 한 번만 더……."

평소의 장난기 넘치는 모습과는 달리 진진한 눈을 한 그의 모습에 마린은 미소를 지으며 고개를 끄덕인다.

'역시, 생각대로 세리온스는 검 실력도 나쁘지는 않지만 그보다 근성과 지구력이 멋지군. 대련이라도 이렇게 처참하게 지게 되면 보통은 마음이 꺾이기 마련인데.'

한동안 한 번만 더를 외치는 세리온스와 그의 검이 날아가는 일이 계속 이어졌다. 마린은 세리온스와 상대하면서 그의 타고난 승부력과 재능에 감탄하였다. 만약 산전수전을 다 겪은 자신이 아닌 다른 이라면 적지 않은 어려움을 겪었으리라.

결국 피곤에 지쳐 쓰러진 세리온스는 땀 하나 흘리지 않는 마린을 보고 역시 우리 누나와 정말 잘 어울릴 거라며 말을 꺼냈고, 그 덕에 그때까지 평온했던 마린의 얼굴에 땀방울이 송골송골 맺혔다.

마린이 다시 흐트러진 마음을 잡을 때쯤 하로인이 그의 앞에 나섰다. 그저 마린에게 너무도 쉽게 졌었기에 막상 자신이 원해서 시작하였지만 대련에 임해지자 섣불리 덤비지 못했다. 한참 동안이나 다가오지 않는 하로인의 모습에 마린이 고개를 저었다.

"하로인, 결과가 중요한 것이 아니야. 비록 같은 결과가 나올지라도 그 결과에 가는 동안 얼마나 발전하는지를 안다면 그 결과가 나쁠지라도 넌 이미 다른 결과에서 만족함을 느낄 거야. 내가 보기엔 넌 충분히 그런 마음을 지녔다 생각한다."

그의 말에 하로인은 시원스런 미소를 짓더니 고개를 끄덕였다.

하로인은 곧 상단치기 날카로운 공격을 퍼붓기 시작했다. 하나 이리저리 흘려보내는 마린의 검에 그의 공격은 생각대로 되지 않았다. 하나 이건 이미 각오를 한 일. 뒤로 크게 한 발짝 물러선 그는 바로 제일 자신있어하던 상단치기를 행했다. 발을 박차며 내려치는 상단치기의 힘은 너무나 매서워 그가 진검을 들었다면 성인 남자의 허리 두께만 한 나무토막도 순식간에 쪼개졌으리라.

그 덩치에서 나오는 힘과 빠른 속도에 하로인의 기세는 굉장했으나 마린은 그의 무세 중심이 흐드러져 있음을 한눈에 볼 수 있었다. 마린의 검이 상단치기로 내려오는 검에 부딪쳐 미끄러지듯 내려오다가 힘이 나무 검의 끝까지 쏠리자 그때서야 살짝 올라갔다.

교묘한 힘의 이동에 검에 실린 힘은 엉뚱한 곳으로 움직였다. 앞선 이들처럼 검이 날아가게 될 상황. 하나 그 검을 잡고 있던 하로인의 억센 손 힘 탓에 검은 그대로 부서졌다.

그렇게 검이 부서지며 하로인의 패로 대련은 끝이 났지만 마린은 하로인의 그 모습이 멋있었다며 엄지손가락을 내밀었다. 검이 부서질 정도로 놓지 않은 그 정신이 멋지다는 것을 이야기한 듯.

하로인 자신도 만족스러운지 다시 한 번 시원스러운 웃음을 지었다.

마지막 상대로 비무를 하기 위해 로단은 마린에게 다가갔다. 그는 가문의 비전에 발달된 눈을 지녔지만 정확히 그들이 어떻게 졌는지 알 수 없었다. 하나 그가 무슨 원리로 이긴 것인지는 알 수 있었다.

─상대의 힘을 이용해 이긴다.

말로 하면 간단하겠지만 유명 기사들도 쉽지 않은 일이다. 한데 이제 열여섯 살밖에 안 된 마린이 너무나 자연스럽게 펼치는 것을 보자 로단은 지켜보는 내내 온몸에 소름이 돋는 것을 느꼈다.

'기사가 된 후의 이 친구를 누가 검으로 막을 수 있을까? 지금도 놀라운 검술을 펼치는데… 어떤 가문이든 이 친구의 검을 막지 못할 것이야.'

그리고 마린과 적이 아닌 친구라는 것이 다행이라 생각한 로단은 자신의 리듬을 찾으며 검을 들어 자신의 집에서 배운 가문의 검식 중 안정되고 손에 익은 검식으로 마린을 상대하였다.

마린은 로단이 앞선 이들과는 달리 단순하지만 손에 익은, 그것도 속도에 조절이 가능할 정도로 완숙한 검을 펼치는 것을 보며 감탄했다.

확실히 어설프게 익힌 검식보다 이런 단순하지만 손에 익은 검이 실전에 쓰이는 것이 사실이다. 또한 검을 펼치는 중간중간 느리게 펼치다 다시 빠르게 날아오는 검은 다른 이라면 상당한 곤욕을 치를 게 분명했다. 실제로는 그렇지 않지만 검이 점점 빨라지는 착각을 느낄 수 있을 테니.

하나 절정에 들어서 오감이 범인과 비교할 수 없어진 마린에게는 그런 재주는 아무런 영향을 주지 못했다. 다시 천천히 펼치다 날카로이 뻗어오는 검의 궤적에 마린의 검끝이 살짝 부딪쳐 날아오는 방향으로 검을 기울이더니 힘의 절정 부분에서 손잡이로 검의 면을 내리찍었다.

쩌저적—

그에 로단의 검에 실린 힘과 중력의 법칙에 의해 검은 무서운 속도로 떨어져 내리찍은 나무 부분은 금방이라도 부서질 듯 금이 갔다. 그 모습에 예상은 했지만 역시 보는 것과 당하는 것은 다르다는 것을 알고 혀를 차며 졌다는 듯이 로단은 자신도 모르게 손을 들어올렸다.

마린과의 대련을 마친 일행은 마린에게 자신의 자세와 부족한 점을 가르쳐 달랬다.

마린은 졌음에도 기분 나빠하지 않고 오히려 배우려 하는

점이 좋아서 기쁜 마음이 되었다.

　사실 비슷한 실력에 졌으면 분해하거나 할 터이지만 이건 그게 아니고 아예 상대가 되지 않으니 기분 나빠할 것도 아니었다. 더구나 수천 명이나 몰려온 기사 지망생 중 올해 최고 성적으로 들어온 이가 아닌가. 그렇게 생각하면 졌다고 해도 그다지 억울한 것은 없었다.

　곧 마린은 가장 먼저 대련한 파니오에게 단점과 장점, 앞으로 나아가야 할 방향에 대해서 설명해 주었다.

　"대결한 순서대로 말해줄게. 다들 뛰어난 검식을 구사하지만 그중에서도 파니오는 몸에 탄력이 가장 좋아. 또 리듬 감각도 뛰어나 흐트러지는 몸 중심도 제법 잘 잡는 편이지. 하지만 반대로 너무 리듬감에 의존하기 때문에 조금만 리듬을 깨뜨리면 금세 중심이 무너져 제 실력을 발휘하지 못해. 여기에서 벗어나려면 두 가지 방법이 있지. 하나는 지금보다 리듬감을 빨리 하여 누구도 넘보지 못하게 하는 것이고, 다른 하나는 한동안 몸의 리듬에 의존하는 검을 중단하고 그보다 기본자세에 대한 연습 양을 늘리는 거지. 그렇게 되면 리듬이 무너져도 중심이 자연스레 잡히게 돼. 난 두 번째 방법을 추천하고 싶다. 빠름은 결국 더 빠름에, 강함은 더 강함에 지는 법. 네가 첫 번째 방법대로 계속하다 보면 처음에는 실력이 확 늘지도 몰라. 하나 나중에 일정 경지에 다다르게 되면 그 벽에 부딪쳐 상당히 고생하게 될 거야. 하지만 두 번째 방법은 처음에는 잘 못 느끼겠지만 필요없는 동작을 절제하게 되니 너의 몸과 검에 대한 이해도 늘어나게 되고, 나중에 네가 벽에 부딪친다고 해도 쉽게 넘어설 수 있을 거라 생각한다."

마린의 말에 잠시 동안 파니오는 고민하더니 조금은 불만과 걱정이 반반 섞인 얼굴로 마린에게 물었다.

"글쎄… 그러다 지금까지 했던 수련이 잘못되면 어떡하지?"

마린은 그 심정을 충분히 이해했다.

"걱정 마, 네가 우려하는 일은 벌어지지 않을 테니. 아마 한 달이 지난 뒤에는 조금씩이지만 실력이 느는 것을 알 수 있을 거야. 가득 찬 술통에는 더 이상 술을 부을 수 없는 법이지. 그러니 시간이 걸리더라도 더 크고 튼튼한 술통을 니가 만들면 기존의 술도 유지할 뿐만 아니라, 더 좋은 술을 발견하게 되면 그것도 문제없이 받을 수 있게 돼."

술과 술통으로 비유하며 설명해 준 마린의 말에 마음이 흔들리는지 파니오의 얼굴에는 어느새 불안함이 가시고 그저 고민만이 엿보였다. 그 후 파니오에게 말했던 것처럼 마린은 세리온스와 하로인, 그리고 로단에게 60년 동안 자신이 경험하고 느꼈던 점들을 떠올리며 하나하나 각각의 특징에 맞게 앞으로 어떻게 훈련을 하면 좋은가에 대해서 말했다.

그렇게 말한 것에 대해서 바로 그렇게 하겠다는 사람은 없었다. 힘들리라, 10년 가까운 세월 동안 얻은 길 말고 다른 길로 간다는 것이.

하지만 마린은 다들 자신이 생각하는 만큼 그릇이 크다면 자신이 내린 처방에 따르리라 생각했다, 검에 대해서는 진지하고 또한 애정이 있는 이들임을 알기에.

그렇게 마린과 친구들이 연무장을 나서니 벌써 해가 중천이었다.

겨울이 끝이 나려는 것인가?

요즘 부쩍 날씨가 많이 풀려 두꺼운 옷을 입은 이들은 온데간데없고 가벼운 옷차림을 한 이들이 거리를 활보한다.

덥지도 춥지도 않은 따뜻한 햇살로 인해 외출하기에 날씨가 참 좋았다. 하나 마린과 친구들은 함께 들어야 할 과목에 대해서 의논하기 위해 마린의 방에 모일 수밖에 없었다. 좋아진 날씨 탓에 놀기만 한 그들은 오늘이 접수 마지막 날임을 새삼 깨달았던 것이다. 먼저 접수를 마쳤던 레이센은 그들에게 어떻게 접수를 해야 하는지 가르쳐 주었다.

서로가 각자 원하는 수업에 듣게 되었는데, 마린은 역사와 문학에 관심 깊어 고전학의 이해라는 이름을 가진 수업을 비롯해 전술과 전략의 기초, 그리고 검술의 이해와 기본 교양인 기사도, 네 과목을 신청하기로 결정했다.

다른 이들은 가문에서 배운 바가 있었기에 전략과 전쟁은 중급을 듣기로 하였고, 고전학에 대해서는 평소에 많이 공부한 탓에 마린은 레이센과 같이 중급을 듣기로 하였다.

그렇게 앞으로 들어야 할 수업을 결정한 마린과 친구들은 수업 신청을 하러 갔지만 접수대가 한 곳뿐이라서인지 오랫동안 기다려야만 했다.

잠시 후 마린의 친구들이 하나둘씩 접수를 마치자 자기 차례가 된 마린은 접수대에서 자기 이름과 함께 학번을 불렀다. 이름과 번호를 들은 접수인은 눈에 이색을 띠더니 접수가 끝날 무렵 뒤돌아서는 마린을 불렀다.

"학생, 지금 학장실로 가보세요. 라리온 학장님이 학생이 오면 그쪽으로 와달라고 말씀하시더군요."

"아! 네. 감사합니다."

처음엔 왜인지 몰랐던 마린이지만 이내 저번에 이야기한 기사의 후계자 때문임을 알 수 있었다. 그에 마린은 친구들에게 그 사정에 대해 이야기하였고, 세리온스를 제외한 친구들은 깜짝 놀랐다.

"맙소사! 그것이 참말이더냐?"

"라리온 경이라면 설마 크로센 제국의 최고의 검을 밀하는 거야? 허~ 믿을 수가 없다."

"그게 진짜라면……. 하긴 네 실력이면 그러고도 남을 만하지만. 그래도……."

그런 친구들의 놀람에 화답이라도 하듯 세리온스가 나섰다.

"뭐야? 너희 몰랐던 거야? 아무렴. 참말이지. 나도 믿기 힘들었지만 너희가 생각하는 라리온 경이 맞아. 암, 솔직히 이 녀석 실력이면 그렇게 놀라운 일은 아니잖아."

그런 친구들의 반응에 머쓱해진 마린은 이만 가보겠다며 학장실로 향했다.

여러 사람에게 길을 물어 도착한 학장실에 노크를 하고 들어선 마린은 20대 초반으로 보이는 기사와 현자 지망생인 두 여인이 차를 마시며 라리온 경과 대화를 하고 있는 것을 볼 수 있었다.

마린을 향해 고개를 돌린 라리온 경은 본능적으로 기세가 달라진 마린을 보며 조금 놀란 듯하다 곧 눈에 이색을 띠며 반겨주었다.

"하하하. 아! 마침 잘됐군. 이쪽으로 오게나. 자, 인사해라. 이번에 내가 기사 후계자로 임명할 마린이라는 학생이다. 비록 귀족 출신이 아니지만 그렇다고 보기에는 믿기지 않는 검술을 지닌 정말 천부적인 재능을 지닌 학생이지."

라리온의 소개가 끝나자 마린을 향해 시원해 보이는 미소를 지으며 젊은 기사가 마린을 맞이해 주었다.

"이야! 이거 반가워. 네가 바로 아버지가 말씀하신 마린이라는 소년이구나. 흠, 나는 지금 왕국 기사단에서 기사로 활동 중인 케론이라 하지. 내가 네 선배가 되는 셈이 되는구나. 고집불통이던 아버지가 천재라며 극찬한 이답게 정말 기세부터가 확연히 다른데. 검술 또한 어느 정도인지 궁금한걸? 앞으로 잘해보자. 하하하."

"저야말로 앞으로 잘 부탁드리겠습니다."

시원스레 말하는 마린의 모습이 마음에 들었는지 밝은 미소를 짓던 그는 자신의 여동생들이라며 금발에 화려한 미모를 지닌 현자 차림새를 한 두 아가씨를 마린에게 인사시켜 주었다. 그녀들도 아버지가 극찬한 마린의 모습에 호감이 갔는지 재잘거렸고, 그렇게 앞으로 기사 후계자가 되면 어떻게 해야 하는지 가볍게 이야기를 나누었다.

어느새 점심때가 되자 라리온 경은 마린과 자녀들을 데리고 마차를 타고 귀족들이 애용하기로 유명한 식당으로 향했다. 거대한 규모의 건물은 겉부터가 화려한 저택같이 크고 세세한 화려함은 이 세상 귀족들의 취향인 듯했다.

그 건물 안 또한 바깥에서 본 것처럼 화려한 아름다움을 지녔다.

아름다운 음악 소리가 가득한 그 식당의 바닥에는 세세한 무늬로 장신된 각각의 장식품들과 나무 바닥이 아닌 질 좋은 재질로 된 화려한 요가 깔려 있었고, 중간에 위치한 아름다운 천사들이 하프를 켜며 춤을 추는 동상에서는 물이 흘러나왔으며, 길게 늘여 있는 식탁의 중앙에는 아름다운 꽃과 화려하게 장신된 촛불이 분위기를 더해줬다.

그뿐만 아니라 천장과 벽에는 신들이 세상을 만들며 인간을 비롯한 많은 생물을 탄생시키는 천지창조의 모습이 그려져 창문으로 빛이 들어와 비추자 그 화려함을 더했다. 처음으로 이런 곳으로 온 마린은 그 화려함에 질려 버렸다.

전생에 살았던 곳 또한 이 못지않은 화려한 문화가 있었으나 그런 문화에 접할 기회가 없었다. 그래서인지 이런 문화에 조금 익숙해졌다 생각한 마린도 이 화려한 귀족 문화에는 적응이 되지 않음은 당연한 일이었다.

라리온 기사와 자녀들과 즐겁게 이런저런 이야기를 하며 식사를 하던 케론 경은 마린을 보다 문득 아버지인 라리온 경에게 물었다.

"아버지, 제가 마린과 대련을 하게 된다면 어떻게 될 것 같습니까?"

그 말에 잠시 생각에 빠진 라리온 경은 곧 아들의 질문에 답하였다.

"저번에 대결했을 때의 마린이라면 아마도 네가 이겼을 거다. 하지만 오늘 마린을 보니 아마 너와의 승부에서 지지 않겠구나. 마린이 뛰어난 무재인 것을 알고 있었지만 오늘 보았을 때 적잖게 놀랐단다. 무언지 모르지만 기세 자체도 달라져 보였고, 분위기 역시 바뀐 거 같았다. 역시 대단하다고밖에 평가할 수 없겠구나."

그 말에 케론은 적지 않게 놀랐다. 자신이 누군가? 한때는 아버지의 후광에 절망하기도 했지만 아버지의 도움으로 자신의 한계를 뚫고 실력만으로 젊은 나이에 왕국 기사단 시험에

당당하게 합격한 실력자가 아닌가? 그때부터 스스로 실력에 자부심을 가지고 살았거늘. 그걸 누구보다 잘 아시는, 어쩌면 자기 실력을 자신보다 더 잘 아실 아버지께서 마린의 검 실력이 자신과 비슷할지도 모른다니. 자신은 몇 년 정도면 이 소년이 자신과 겨룰 수 있게 되겠냐고 돌려 물은 것인데 평소에 헛소리를 하지 않는 아버지가 하는 말씀에 케론은 당황스러워 손에 들고 있는 와인 잔을 떨어뜨릴 뻔했다.

마린도 검기의 경지에 와서야 라리온의 경지를 정확하게 알 수 있었는데, 놀랍게도 그는 외공의 수련만으로 검명의 경지의 중반을 벗어나 있었다. 확실히 전생에서 영기가 가득하다고 소문이 자자한 계곡이나 산에서 몇 번이나 죽을 위기를 넘기는 수련을 수십 년 동안 하면 가끔 삼류무인이 검명을 울릴 수 있다는 소문을 듣기는 했었다.

육체가 탈진할 때마다 진기를 채우기 위해 스스로 기를 요구하며 불러오는데 그때 운기를 하면 다른 때와 비교할 수 없이 몇 배나 빨리 기를 모을 수 있다고 한다. 자신도 그 이야기를 듣고 영기가 높은 산에서 수련을 했지만 재수가 없는지 그곳에 천마의 유물이 있다는 소문에 무인들이 몰려와 수련 장소에서 칼부림이 났다. 결국 곁에 있던 장류빈도 유물을 노리는 자로 몰려 도망치다 절벽에 떨어지게 되었다, 그 덕분에 장류빈은 다리 하나가 병신이 되어 더 이상의 수련에 진전이 없게 되었고.

그러한 방법이 있고, 또한 이곳의 기가 그런 산들보다 더 기의 흐름이 활발하고 풍족하다지만 내공심법도 없이 순수한 육체의 단련만으로 그렇게 되었다는 것은 정말 100년에 한 번 나올까 하는 무재에 끝없는 수련으로 죽음을 향해 자신을 몰아냈을 것이란 걸 마린은 알 수 있었다.

하나 검명에 들어선 정말 천재라 불릴 만한 라리온 경이었지만 자신보다 높은 경지인 마린의 검을 예측하지 못하고 무언가는 다르다고 느꼈을 뿐임은 당연한 것이다. 그저 자신을 놀라게 할 만한 천재이기에 그러려니 할 뿐이었다.

라리온의 말에 영애들은 당황스러움을 감추기 어려웠다. 비록 현자의 길을 걷기에 검에 대해 잘 모른다고는 하나 그래도 그녀들도 무가의 자녀들이기에 그것이 무엇을 의미하는지 알았던 것이다.

이제 열여섯 살밖에 안 된 소년이 벌써부터 아버지의 대를 이을 천재라고 하며 제국을 놀래킨 케론 오빠와 순수한 실력으로 맞상대를 할 수 있다니. 그 말이 사실이라면 정말 아버지 말씀대로 대륙에서 200년 만에 소드 마스터를 볼 수 있을지 몰랐다.

"정말이에요, 아버지? 저 소년이 케론 오빠와 상대를 할 수 있다는 게?"

"전 못 믿겠어요. 아무리 아버지가 극찬하던 천재지만 어떻게 그럴 수가 있는 거죠?"

"저도 이해가 안 갑니다. 아버지가 허튼 말씀을 안 하신다는 걸 알지만 믿을 수가 없군요."

그들의 말에 라리온은 그럴 줄 알았다는 표정으로 입가에 미소를 띠며 답했다.

"하하, 정 그러면 식사를 마치고 연무장에서 마린과 대결을 해보면 되지 않겠느냐. 오랜만에 케론 너의 실력도 확인하고, 이번에 새로운 검술에 눈을 뜬 마린의 실력도 볼 겸해서 말이야. 마린 군, 괜찮겠나?"

갑작스럽게 일어난 일에 당황스러워하던 마린은 라리온 기사의 말에 선뜻 승낙했다.

"아! 저야 물론 케론 기사님과의 대련에 감사할 따름입니다."

그렇게 되자 자신의 실력도 테스트할 겸, 아직 소년이지만 아버지가 극찬을 한 이제 두 번째 기사 후계자가 되는 마린의 실력도 보고 싶어 케론도 찬성했다.

"좋아! 그럼 대련 장소는 페오나르 가에서 하자꾸나. 어차피 후계자라면 우리 가문에 들를 일들이 많을 테니 마린에게 페오나르 가로 오는 길도 가르쳐 주고 말이야."

잠시 후 식사를 마친 그들은 라리온 경의 뜻에 따라 마차에 올라 페오나르 가로 떠났다.

수도 베로나에는 많은 귀족들이 살고 있었다.

물론 자신의 영지가 각각 있었지만 그런 것은 6개월에 한 번씩 내려가 재산 목록만을 체크할 뿐이었다. 그에 대한 전권은 집사나 믿을 만한 사람에게 맡겨 관리하게 했다. 후작인 페오나르 가도 마찬가지였는데, 현재는 부인의 동생이 관리하고 있다고 말했다.

수도에 있는 페오나르 가는 그 명성답게 크고 화려했다. 물론 학원만큼 크지는 않았지만 대문부터 여러 장식과 잘 정리된 나무들, 방금 전 갔던 식당에서 본 것에 못지않은 아름다운 동상이 여러 곳에서 위치해 분수대에서 물을 뿌리고 있었다. 그렇게 한참이나 아름다운 경치를 구경하자 거대한 저택이 보였다.

'역시 크로센 제국의 최고 검이 자리 잡고 있는 페오나르 가답구나. 저렇게 웅장하고 큰 건물들이라니… 새삼 놀랍군.'

마린은 중간중간 화려한 장식들과 저택 안에 위치한 실내 연무장의 모습에 적지 않게 감탄했다.

천장 곳곳이 뚫리거나 촛불에 싸여진 실내가 아니라 저쪽 세상에서도 이따금씩 볼 수 있었던 유리라 불리는 물건이 천장을 뒤덮은 실내 연무장의 모습은 참으로 대단하고 놀라운 것이었다.

장류빈 때도 유리라는 것을 처음 봤을 때 그 신기한 효능에 놀랐고, 또 그 엄청난 가격에 더 놀랐었다. 이 세상에서도 상당히 고가로 거래되는 유리를 이 넓은 지붕을 덮을 만큼 달아

두다니, 그 재력에 마린은 혀를 둘렀다.

그런 실내 연무장에서는 슬쩍 보기에도 잘 단련된 기사 수십 명이 맹훈련을 하고 있었다. 후작이 들어온 것을 보고 기사단장으로 보이는 중년 기사가 기사들의 훈련을 중지시키고 인사했다.

"페오나르 가의 기사단장인 보르센이 라리온 후작님께 인사드립니다."

"페오나르 가의 기사단이 라리온 후작님께 인사드립니다."

인사를 마친 보르센은 후작이 이 시간에 이곳에 있는 게 이해가 되지 않는지 말을 걸었다.

"라리온 후작님, 이 시간에 어쩐 일로 이곳에 방문했습니까? 그것도 자녀 분들까지. 지금은 베루메르크에 계실 줄 알았는데. 그리고 이 소년은?"

"하하, 이번에 내가 후계자를 둔다고 하지 않았나, 이 소년일세."

"아! 후작님이 혀를 내둘렀던 그 후계자 말씀이십니까. 과연 척 보기에도 잘 단련된 몸이군요. 반갑군요. 페오나르 가의 기사단장인 보르센이오. 잘 지내봅시다."

친근히 대하는 보르센 경의 말에 마린도 반갑게 답했다.

"네, 처음 뵙겠습니다. 이번에 라리온 기사님의 두 번째 기사 후계자가 될 마린이라고 합니다. 만나서 반갑습니다."

마린의 인사에 주위에 있던 기사들은 마린과 인사를 나누었고, 인사가 길어지려 하자 헛기침을 한 라리온 후작이 본론으로 들어갔다.

"크흠, 사실 이곳에 온 건 다름이 아니라, 나의 아들이자 첫번째 기사 후계자인 케론 경과 이번에 새로 우리 식구가 될 마린이 대련을 하기에 온 것일세. 아무래도 학원에서 그런 모습을 보이기에는 좀 그러니 말일세."

그 말에 기사단장인 보르센과 기사들은 황당한 표정을 지었다.

케론이 누구던가? 이제 이십대 초반의 나이로 라리온 후작의 뒤를 이을 자답다는 평을 받는 떠오르는 천재 기사가 아닌가. 기사단장인 보르센과 붙어도 쉽게 지지 않을 실력을 가진 케론 기사과 이제 갓 베루메르크에 입학한 마린이 대련을 한다니 이해가 되지 않았다.

물론 저 마린이라는 소년이 라리온 후작이 칭찬한 만큼 대단한 실력을 지녔겠지만 기사와 학생들의 실력의 갭은 마력석과는 별개로 전장에서의 죽음을 뛰어넘어야만 얻어지는 기세와 날카로운 감각이다. 그랬기에 보르센은 이 대련이 소년이 자만하지 않도록 하는 라리온 후작님의 생각일 거라고 예측했다.

당황스러워하는 기사들의 모습에 웃음을 터뜨린 라리온 후작은 일단 한번 보라며 자리를 만들어주라고 했다. 그 말에 기사들은 조금은 어이없어하는 표정을 지으며 수련용 검을 마린과 케론에게 나눠 주었다. 그 후에 라리온 후작이 그 앞에 섰다.

"판정은 내가 보마. 누군가 항복하는 것을 제외하곤, 내가 그만이라고 할 때까지 대련에 임한다. 대련 방식은 기본적인 기사도로 하고. 그럼 시작하거라."

마린도 기본적인 기사도 정도는 알기에 대련 전에 왼쪽 가슴을 두 번 치고 중검을 가슴에 붙여 들며 맹세했다.

"명예와 꿈을 찾는 이들의 길이 되어주시는 신 제로이스님께 베루메르크 소속의 저 마린은 정정당당한 대련을 맹세합니다."

"명예와 꿈을 찾는 이들의 길이 되어주시는 신 제로이스님께 왕국 기사단의 기사인 저 케론은 정정당당한 대련을 맹세합니다."

끝으로 다시 왼쪽 가슴을 두 번 친 그들은 본격적인 대련에 들어갔다. 대련에 늘어선 케론은 마린의 자세에 소금 의아한 얼굴을 했다. 빈틈이 많은 듯하면서도 동시에 없는 것 같기 때문이었다. 마린의 그 모습에 라리온 후작은 놀란 얼굴을 하다 곧 끄덕였다.

먼저 움직인 것은 마린이었다. 함께 몸의 체중을 실어 날카로운 기세로 케론을 대각선으로 베는 방어를 3으로 잡고 공격을 7로 잡는 공격을 주로 잡는 용병 검술이었다. 빠른 폭발력으로 몸 전체를 검으로 가져다 쓰는 검술인만큼 그만큼 파격력이 강했기에 한번 성공하면 웬만한 몬스터라도 많은 피해를 주는 장점이 있지만 처음의 공격이 실패할 경우 고생을 해야 하는 단점도 있었다.

날카롭게 검을 휘두르며 무섭게 날아오는 마린에 케론은 놀라며 검을 들어 비켜 흘리며 막았다. 확실히 보기와 같이 매서웠던 그 공격들은 비켜 흘렸음에도 힘의 여파가 아직 남아 몸 전체에 그 충격을 퍼졌다.

그래도 잘 단련된 케론의 몸은 충격을 흐트리며 바로 반격을 가하려 했지만 자신의 검을 튕겨내며 다시 검을 휘두르는 마린의 검에 다시 방어를 할 수밖에 없었다.

일검 일검이 예사롭지 않은 기세를 품긴 탓이다. 그 탓에 케론은 전쟁터에 나간 이처럼 바짝 긴장을 늦추지 않으며 마린의 검을 막아냈다.

그렇게 마린이 공격하면 케론이 방어를 하는 식으로 몇십 초가 순식간에 흘러갔다. 마린의 검은 막으면 막을수록 빨라지더니 눈으로 쫓을 수 없을 정도까지 왔고, 그때부터 케론은 그동안 전장에서 죽음을 넘으며 얻은 감각에 의존해 막았다. 케론은 정말 이 마린의 검에 대한 재능에 놀라 속으로 혀를 내둘렀다.

그래도 케론을 보고 천재 기사라는 말이 괜히 나온 게 아닌지 점점 마린의 공격 리듬과 패턴을 알아낸 케론은 다시금 내려치는 검을 막는 척하다 검이 부딪치는 타이밍에 살짝 검을 뒤로 빼며 마린의 힘을 이용해 크게 와선을 그리며 휘둘렀다.

하나 누구도 따라잡을 수 없을 죽음을 넘어서야 얻은 발달된 감각을 지닌 마린은 오른발을 박차고 뒤로 몸을 던져 딱 필요한 거리만큼 검을 피했다.

그 모습을 본 보르센 단장과 기사들은 적지 않게 놀랐고 라리온 후작은 역시나 하는 표정으로 고개를 끄덕였다.

다시 검이 부딪친다. 이번에는 케론이 전장에서 갈고닦은 페오나르 가의 기사 검식으로 검을 날렸다. 절제되어 있고 깨끗한 검식이었다. 효율적으로 인간이 약하게 반응하는 곳으로만 공격했다. 마린은 자신이 막기 힘든 부분에 날아오는 검을 자신의 검으로 비스듬하게 비켜나게 하면서 중간중간 검을 찌르고 베었다. 그런 공방전이 다시 수십 초를 흐르며 길어지려 하자 라리온 후작은 이내 이 대련을 멈추게 하였다.

"그만. 이제 충분히 너희의 실력을 보았다. 생각보다 많이 성장했구나, 케론. 그리고 마린, 그 검술은 지금 보니 페론 용병단의 용병 검술 같은데 그것만으로 우리 페오나르 가의 기사 검식을 상대하다니, 정말 감탄밖에 나오지 않는구나. 역시 대단하구나."

그런 대련을 펼쳤음에도 마린의 호흡이 별다르지 않다는 것을 발견한 라리온 후작은 마린의 그 믿기지 않는 체력에 놀라움을 애써 감추었다. 햇살이 좋으니 정원에서 차나 한잔하자는 라리온 후작의 말에 곧 마린과 케론은 페오나르 가의 기사들한테 이런저런 칭찬을 들으며 연무장을 떠났다.

정원은 화려한 꽃들로 이루어져 있었다. 마린이 그 꽃들로 치장된 정원을 정신없이 구경하는 사이 저녁이 되었다.

마린은 라리온의 권유로 저녁식사를 한 그는 집사가 준비한 마차를 타고 기숙사로 돌아갔다.

떠나는 마차의 뒷모습을 보며 케론이 아버지께 말한다.

"참 대단한 소년입니다. 정말 아버지 말씀대로 오랜만에 대륙은 소드 마스터의 존재를 볼 수 있을지 모르겠습니다."

"그렇지. 대단한 소년이지. 아마도 천재라 불릴 만한 이는 진실로 저 소년뿐일 거야."

"아닙니다, 아버지. 아버지도 젊은 날에 충분히 천재라는 소리를 듣던 분이잖습니까?"

라리온 경은 아들의 그 말이 재밌다는 듯 크게 웃음을 지으며 말했다.

"크하하하! 케론, 넌 천재가 무슨 말인지 알고 하는 말이더냐."

"……."

갑작스런 질문에 케론은 아무 말도 하지 못했다. 웃음을 그친 후작은 케론을 보며 말했다.

"천재라는 말은 말 그대로 하늘이 내려준 재능을 말한다. 단순히 어렸을 때부터 검을 조금 다룰 줄 안다거나 이해력이 빨라 책을 볼 줄 알아 신동 소리를 들으며 자란 기재들이 아니라, 정말 하늘이 무슨 일을 맡기기 위해 내려준 재능을 말하는 것이다. 그런 재능을 지닌 이들은 누가 옆에서 아무것도 가르쳐 주지 않아도 자신 스스로 깨달으며 스스로 필요한 것을 공부해 무섭게 실력이 늘지. 아마 하르미안 대륙의 오랜 역사에서도 저런 재능을 지닌 이들이 나타난 것은 몇 안 될 것이야. 케론, 너는 저 마린이라는 소년을 잘 지켜보아라. 저 소년이 나중에 어떤 위대한 일을 해내는지 말이다. 사실 난 진실로 두려움을 감출 수 없구나. 신이 무슨 이유로 저런 천재를 내렸는지 말이다. 그저 내가 감당할 수 있을 정도의 천재인 줄 알았더니 이건 보면 볼수록 내가 상상도 못할 거물이었어. 아마 10년도 채 지나지 않아 저 소년이 자신의 재능을 최고로 발휘하며 그때, 어쩌면 세상은 큰 혼란에 휩싸이게 될지도 모르겠구나."

"......!"

후작의 그 날에 케론은 아무 말도 않은 채 이제 잘 보이지도 않는 마차만을 바라볼 뿐이었다.

Chapter 6

어둠의 징조

　해가 중천에 가까워진다. 친구들과 대련을 마친 마린은 지쳤는지 호흡을 고르며 땀을 닦는 그들에게서 어제 자신이 말한 것에 대한 결심을 듣게 되었다.

　"휴~우. 어제 네가 가버린 이후 우리끼리 의논했어. 10년 가까이 해온 것을 그만둔다는 것은…… 그건 망설여지는 일이잖아."

　"하지만 생각해 보니, 너의 말도 일리가 있는 것 같아. 검의 길을 걷는다는 것만으로도 즐거운 일이지만, 기왕 걷는 거라면 좀 더 강해지는 것이 좋지 않겠어?"

　"옛날의 명사들도 어려우면 기본으로 돌아가라는 말도 했으니."

"그러니깐, 결론은 힘들겠지만 네가 말한 방식으로 수련을 하기로 했어. 대신 네가 한 말이니만큼 우리가 좀 다른 길로 어긋난다 생각이 들면 바로 고쳐 줘야 한다."

친구들의 결심에 마린은 다소 놀랐다. 이렇게 빨리 이들이 결심할지 몰랐던 것이다.

'못해도 3, 4일은 고민할 거라 생각했는데……'

버려야 얻는 법이다.

이는 인간들이 살아가면 절로 알게 되는 법칙이다. 하나 알고 있을지언정 그것을 따르기는 어려운 법이기에 마린은 친구들이 놀라운 것이다. 그리고 이 친구들의 순수한 검에 대한 열정이 다시금 느껴져 즐거워진 마린은 웃음을 지었다.

"하하하하. 정말 놀라운걸. 이렇게 빨리 결심을 할 줄은 몰랐어. 그래, 내가 한 말이니 책임을 질게."

그렇게 말한 마린은 어느 정도 쉬어 조금씩 체력을 회복한 친구들에게 훈련 방법에 대해 설명하며 미숙한 자세들을 잡아주었다. 친구들도 열성적으로 가르쳐 주는 마린에게 고마움을 느끼며 적극적으로 훈련에 임했다.

그렇게 시간이 흘러 어느새 시상식이 시작되었고, 훈련에 시간 가는 줄 몰랐던 그들은 간신히 맞춰 올 수 있었다.

시상식에선 매달 첫째 날에 뛰어난 학생들을 뽑아 상을 수여 한다.

마린은 이번 신입생 최우수 학생으로 뽑혔기에 1학년의 신분으로 시상식 단상에 올라가게 되었고, 그에 마린은 조금은 낯선 다른 이들의 부러움 섞인 시선을 받았다.

시상식은 기사의 문을 총관리하는 라리온 기사가 직접 했다. 마린 차례가 오자 라리온 경은 최우수에게 주는 상을 주고 검을 뽑았다. 그 모습에 아이들이 수군거리는 소리를 들으며 마린 또한 한쪽 무릎을 꿇었다.

"나 제국의 검인 라리온이 황제께 받은 기사의 권리로 그대를 기사 후계자로 임명한다. 그대에게 명하니 동료들에게는 예의로, 약자에게는 연민으로 대하고, 뒤를 물러서지 않는 정신과 황실에 대해 헌신할 것을 맹세하겠는가?"

"저 마린, 라리온 경의 후계자로 그 정신을 지킬 것을 명세하겠습니다."

마린의 확고한 답변을 들은 라리온 경은 마린의 어깨를 검으로 세 번 두드렸고 그렇게 기사 후계자의 임명식이 끝이 났다. 그리고 강당은 라리온 경이 1학년생인 마린을 기사 후계자로 임명하는 모습에 놀란 탓인지 조용하기만 했다.

그런 그들의 중심으로 라리온 경에게 예를 올린 마린은 어느새 내려갔고, 라리온 경은 마린의 뒷모습을 잠시 미소를 띠며 보다 이내 아침 시상식을 마쳤다.

시상식이 끝나자 마린은 친구들한테 잡혀야만 했다. 어제 이야기를 들었던 그들이지만 막상 오늘 라리온 경의 기사 후계자가 된 마린에게 질투심을 느낀 것이다.

"하아~ 부럽구나, 최고의 검의 후계자가 되다니. 정말 사람 놀라게 만드는구나."

"뭐~ 알고 있었지만 막상 그렇게 되니 정말 놀라운데? 그래, 어찌 되었든 기사 후계자로 임명된 것을 축하해."

"그래, 축하한다. 어쩌면 내가 미래의 크로센 제국의 최고의 검을 옆에서 보고 있는지도 모르겠구나."

"어이. 그런 당연한 이야기를 새삼스레. 마린, 한턱 내야 하는 거 알지?"

세리온스가 눈웃음을 지으며 하는 말에 마린은 기분 좋은 미소를 지으며 고개를 끄덕였고, 그에 친구들은 환호성을 지르며 마린을 이끌며 학원 근처의 주점으로 향했다.

'이곳으로 와 정말 많은 것을 얻는구나.'

친구들과 모여 술을 마시던 그는 새삼스레 그런 생각이 들었고, 이내 시끌시끌한 친구들의 농담 소리에 미소를 띤다.

학원 첫 수업의 시작은 기본 교양인 기사도였다.

이날 마린은 친구들과 같이 듣게 되었는데, 수업을 듣는 장소는 학원 중심에 자리 잡은 건물의 1층이다. 수백 명이 들어가도 될 커다란 교실로 실습과 필기가 유용하도록 둥글게 둘러싸인 의자들 중심에는 커다란 공간이 자리 잡고 있었다. 커다란 창가가 여러 곳에 있어 밖을 시원하게 보여주어 건물 안임에도 바깥에 나온 것같이 쾌적했다.

"오! 생각보다 교실이 근사한데."

"그래, 시원시원해 보인다."

"흠, 흠. 드디어 기사의 로망에 이제 한 걸음 다가가는구나."

"…아직 아이들이 없군. 창가 쪽에 자리 잡도록 하지."

그들이 창가에 앉은 얼마 뒤 들어온 학생들로 교실은 가득 찼다.

곧 편안한 복장과 인상을 주는 40줄에 들어서 있는 사내가 들어왔다. 칠판에 이름을 쓰며 앞으로 잘해보자는 말들을 하였고, 처음이니만큼 간단히 앞으로 어떻게 수업을 할지에 대해 이야기하며 첫날 수업을 마쳤다.

학원 안의 한 분수대. 하늘에 향해 퍼뜨려지는 물실에 무지개가 생겨났다. 예상보다 빨리 마친 수업 탓에 마린과 친구들은 그 밑에서 한가로이 무지개를 보고 있었는데 문득 세리온스가 벌떡 일어나 소리쳤다.

"이런! 깜빡하고 있었다. 동아리!"

"갑자기 왜 그래?"

"이 녀석이 또 무슨 짓을 하려고 이러는 거지?"

"헛소리할 생각이면 그냥 앉아 있어주길 바란다. 이제 지겹다 못해 피곤해."

"나도 얘들 말에 동감이야."

친구들의 그런 말에 고개를 흔들며 세리온스가 반발했다.

"그게 아니야. 저번 주에 누나한테 들른다고 한 게 생각나서 이러는 거란 말이야. 알지도 못하면서."

"허. 너 아직도 안 다녀온 거야?"

"나참. 그런 걸 잃어버리다니 너도 참 대단하다. 너의 뇌 구조는 도대체 어떻게 된 것이냐?"

"그래서 지금 가겠다고? 그 동아리에 사람이 없으면 어쩌려고? 아침인데 다들 수업에 들어가지 않았겠어? 미련한 놈 같으니."

"그래, 그냥 오후에 가."

반발하려 한 말에 오히려 자신을 더 몰아붙이자 울상을 짓던 세리온스는 '니네들 전부 미워'라고 하며 소리치며 뛰어가다 지나가는 한 인영에 의해 부딪쳐 튕겨지듯 뒤로 쓰러졌다.

부딪친 이는 이제 갓 스무 살 남짓해 보이는, 일반 성인들보다 얼굴 하나 더 큰 하로인보다 더한 거구의 사내였다. 그 거구에 맞게 그의 허리에 찬 검 또한 보통 사람들은 들 수조차 없을 것 같은 거대한 크기였다.

"아이고, 아이고. 이게 웬 날벼락이야!"

덩치와는 달리 순해 보이는 인상을 지닌 그는 머리를 긁적이다 이내 그 커다란 손으로 엄살을 떠는 세리온스를 바로 일으켜 주며 사과했다.

"미안하다. 잠시 생각하느라 앞을 못 보아서 그래…… 어! 많이 보던 얼굴인데. 음. 혹시 루아라가 너의 누나이냐?"

그 말에 세리온스가 놀란 듯 그 거구의 사내에게 물었다.

"그걸 어떻게 아셨지? 아저씨는 누구시기에 우리 누나를……. 설마… 안 돼. 이런 인간과 사귄다는 것은 말도 안 되는 일이야."

너무나 큰 충격에 빠졌다는 듯 입을 다물지 못하는 그를 향해 다가온 친구들 중 로단이 그를 흔들어 댔다.

"야, 야. 정신 차려. 이 녀석 갑자기 왜 이러는 거야?"

흔든 것이 효과가 있었는지 세리온스는 그 충격에 벗어날 수 있었고, 머쓱하게 그 모습을 바라보던 그 거구의 사내는 손을 저으며 부정했다.

"무슨. 난 루아라의 사우르 동아리 선배일 뿐이야. 그래, 반응을 보니 네가 그 이야기로만 듣던 세리온스인 것을 알 수 있겠구나. 잘되었네. 오늘 라리아 선배가 동아리에 있어. 같이 가자."

"휴~우. 다행이군. 그럼 그렇지, 우리 누님이 이런 무식하

어둠의 징조 199

게 큰 덩치에 바보 같은……. 읍읍."

"하하. 죄송해요. 이 녀석 말에 악의는 없어요."

세리온스가 흥분한 탓인지 막말을 하려 하자 황급히 그의 입을 막은 로단은 애써 웃음을 지었다. 하나 거구의 사내는 그런 거에는 신경을 쓰지 않는다는 듯 고개를 끄덕이다 마린을 보고 눈에 이색을 띠었다.

"아! 그리고 보니 네가 이번에 최우수로 들어온 마린이구나, 그 라리온 경의 기사 후계자가 되었다는. 반갑군. 난 찰스라고 하지. 안 그래도 널 찾아가려 했는데 잘됐군."

"네. 그런데 무슨 용건이 있으신지."

"다른 게 아니라… 음~ 그러고 보니 다들 실력이 괜찮은 것 같은데. 그래, 이럴 게 아니라 우리 사우르 동아리에 가면서 이야기하자. 아! 너희 지금 할 일이라도 있냐?"

"아뇨. 그런 건 없습니다."

"좋아. 사실 너희한테 우리 사우르 동아리에 들어오라고 권하려고. 자세한 이야기는 가면서 하지."

특별히 할 일이 없었던 그들은 찰스라고 말한 그를 따라 '사우르' 라 불리는 동아리로 갔다.

건물은 학원의 외각 쪽에 위치한 곳에 있었는데 생각한 것보다 작은 2층짜리 건물이었다. 하나 건물 앞에 수련을 하기 좋은 장소가 있어 그 단점을 충분히 메워줬다. 창고로 사용하는 1층을 지나 2층에 들어선 그들은 고대 문자로 된 '사우르'

라 써진 간판이 붙어 있는 방으로 들어갔다.

들어선 방에는 갈색 머리에 수련 복장을 한 성숙한 여인이 창문 밖을 보고 있었다. 바람에 불 때마다 살랑거리는 갈색 머리는 향긋한 꽃 내음을 풍겼다.

여인이 고개를 살며시 돌리자 자신도 모르게 킁킁거리며 코를 벌렁이던 몇몇 친구는 숨이 막히는 듯했다.

약간은 탄 듯 갈색 피부와 갈색 머리를 한 그녀의 아름다운 곡선과 살짝 엿보이는 그녀의 눈은 깊고도 슬퍼 보이는 것이 사내들의 가슴을 자극시킨 것이다.

잠시 멍하니 서 있던 이들은 누나 하며 소리치는 세리온스에 의해 정신을 차려야 했다. 자신에게 다가오는 세리온스를 살며시 품에 안은 그녀의 모습에 마린 등은 자신도 모르게 아, 아 하며 신음을 냈다.

'너무나 부럽다, 세리온스. 어떻게 저 녀석에게는 저렇게 아름다운 누님들만이 있는 것인가.'

'이때만큼은 세리온스 네 녀석이 부럽구나.'

'흠…….'

그들이 놀라 있을 동안 라리아는 품에 안은 세리온스를 살짝 떨어뜨리며 걱정 가득한 목소리로 말했다.

"도대체 무슨 생각으로 사니, 세리온스? 이 누나들이 얼마나 걱정했는 줄 알아? 너를 책임지고 데리고 오기로 한 루아라가 얼마나 너를 걱정하며 찾아 다녔는데."

"미안, 누나……."

"그래그래, 잘 지내고 있는 거니? 친구들은 많이 사귀었고, 몸은 아프지 않니?"

"그럼, 몸은 괜찮아. 그리고 여기 얘들이 내 친구들이야. 이 녀석은 마린이라고 검을 되게 잘 쓰는 녀석이야. 아마 누나도 깜짝 놀랄걸. 얘는 로단이야. 웃음이 멋진 녀석이지. 여기 이 덩치 큰 녀석은 하로인이고, 또 이 녀석은 조금 신경질은 잘 내는 파니오야. 내 룸메이트지. 또 이 자리에는 없지만 현자의 길을 걷는 레이센도 있어."

세리온스의 소개에 파니오와 마린을 제외한 다른 친구들은 조금은 기쁘다는 표정을 지었다. 어찌 되었든 미인에게 자신의 인상이 좋게 보이는데 싫어하는 남자는 없는 것이다. 그런 탓에 다른 친구들과 달리 파니오는 붉게 달아오른 얼굴로 소리쳤다.

"너 이 자식, 내가 화를 내는 게 내 탓이야, 네 탓이지? 네 녀석이 건들기 전에 언제 내가 화를 낸 적이 있어?!"

그런 파니오의 모습에 세리온스는 라리아를 쳐다보며 말했다.

"그래, 저런 모습이야. 크흠. 파니오, 고만 하지. 이럴 때 얼굴 붉혀서야 되나."

"아아아아……."

답답하다는 듯 소리치다 부르르 떨던 파니오는 미안하다

는 표정 가득한 얼굴로 말을 하는 라리아의 모습에 어느새 분노가 눈 녹듯 사라졌다.

"미안해. 파니오라고 했지? 우리 세리온스가 아직 철이 없어서 그래. 앞으로 잘 부탁해."

그 모습을 본 친구들은 저런 누나를 가진 세리온스가 다시금 부럽다는 생각이 드는 것을 막을 수 없었다.

'아! 부럽다. 왜 나에게 저런 누나가 없는 거지?'

'부럽군. 그래, 나이 차가 네 살이라. 하긴 저 정도 미모면 열 살 차이가 난다 할지라도 도전할 만하지.'

'다 큰 사내 녀석이 아직도 누나한테 안기다니. 흥! 음… 쓸쓸하다.'

'보기 좋구나. 나도 전생에 저런 누님이 있었지. 연달아 이어진 가뭄에 의한 배고픔에 견디다 못해 도망치긴 했지만 그 후 어떻게 되었는지… 한데 무슨 걱정거리가 있는 것인가? 안색이 좋지 않구나.'

공상에 빠진 채 서 있는 그들에게 세리온스가 소리쳤다.

"니들 뭐 해? 어서 우리 둘째 누나한테 인사해."

그 말에 친구들은 정신 차리고 라리아에게 인사했다.

"처음 뵙겠습니다. 저는 이름은 로단이라고 합니다. 아름다운 세리온스 누님을 만나게 되어 영광입니다."

"고마워. 난 라리아라고 해. 앞으로 우리 세리온스 잘 부탁해."

"처음 뵙습니다. 마린이라 합니다."

"아! 이번에 라리온 경의 기사 후계자라는? 꼭 우리 사우르 동아리에 들어왔으면 좋겠어. 다들 그랬으면 좋겠어."

잠시 서로에 대해 소개를 한 뒤 라리아와 프랭클린에게 사우르라는 동아리에 대해 이야기를 들었다. 그리고 잠시 후 수업이 있다는 프랭클린과 라리아의 말에 그들은 건물을 나섰다. 기숙사로 가던 도중 로단이 세리온스에게 살며시 다가와 작은 목소리로 물었다.

"세리온스, 라리아 누님 혹시 지금 누구 사귀고 있어?"

"아니. 그건 아니지만 전에 듣기로는 짝사랑하는 이는 있다던데."

"그래, 그렇단 말이지……."

말꼬리를 흐트리는 그의 모습에 세리온스는 어깨를 두드리며 고개를 저었다.

"포기해, 로단. 지금 몇 년째 이어진 짝사랑인데. 괜히 헛수고만 할 뿐이야."

"흠……."

고민하던 로단의 어깨를 다시금 두드리던 세리온스는 앞서 가는 친구들을 향해 다가갔고, 잠시 뒤 로단은 혼자 중얼거리며 걸음을 성큼성큼 옮겼다.

"방패 있다고 칼 안 들어가냐?"

마린은 학내 식당에서 친구들에게 낮에 들어야 하는 전략과 전술에 대해 아느냐고 물었다. 다행히 다들 귀족 출신이라 그에 대해서는 박식했는데 특히 하로인이 쉽고 간단하게 가르쳐 주었다.

"음… 전략은 전쟁 목적의 달성을 위하여 준비, 계획, 동원 조직 등에 대한 국가적인 방략. 즉, 그 전쟁의 목적을 위해 세우는 방법과 계략을 말해. 이런 것을 잘하려면 역사에 있는 전쟁들을 잘 알아야 하지. 실패한 전략이라도 어떻게 활용하느냐에 따라 기가 막히게 바뀔 수 있거든. 그리고 전술은 작전상의 수행 방법이나 기술, 진법 등을 어떻게 효율적으로 대치하는가를 말하고. 기사들이 돼야 할 우리에게 중요한 것은 그중에서도 전술이야. 전략도 중요하지만 실제 전쟁이 일어났을 때는 다시 전략을 펼칠 시간이 없거든."

전략과 전술에 대해 쉽게 가르쳐 주는 하로인의 말을 점점 흥미를 가지며 듣던 마린은 그 밖에 여러 가지를 물었고, 확실히 이쪽에 대해 살 안나는 말이 거짓이 아니라는 듯 하로인의 설명은 막힘없었다.

오늘도 변함없이 실내 연습장에서 수련을 하던 그들은 늦은 저녁이긴 해도 촛불이 곳곳에 켜져 있어 어둡다는 느낌이 들지 않았다. 오히려 약간 어두운 것이 수련에 집중을 더해주었다.

며칠 전 마린은 친구들에게 토납 수련법을 가르쳐 주었다.

토납 수련법은 심법처럼 단전에 기를 모으는 것은 아니지만 수련할수록 기감이 발달해 주위의 기를 쉽게 받아들일 수 있어 심법 수련을 할 때 꼭 필요한 것 중 하나였다. 인간은 살아가면서 자신도 모르게 기를 받아들이는데 이를 느끼지 못하는 이유는 그 받아들인 기의 양이 미량이라 구분이 안 가는 것도 있겠지만 그보다는 단전에 기가 모이지 않고 온몸의 세맥으로 퍼지는 탓이었다. 하나 그 양이 많아진다면 자신도 모르게 인간의 한계를 넘는 힘을 가지게 된다.

그러나 이 같은 기들의 분포가 높은 멋진 환경에서 한다면 어쩌면 이미 저번 라리온 경이 보여주었듯이 이런 외공 수련만으로도 검명에 들 수 있을지 모른다는 마린의 생각도 있었고.

훈련에 박차를 가한다면 이들 또한 토납 수련법에 의해 자신의 예상대로라면 10년 안팎으로 검명에 들어설 거라 마린은 생각했다.

그걸 아는지 모르는지 처음 이걸 가르쳐 주었을 때에는 힘든데 이걸 왜 하냐며 세리온스가 따졌고 다른 이들도 동조했지만, 마린은 유명한 기사들이 참선을 하는 것을 듣지 못했냐면서 이런 것을 하면 몸이 쉽게 피로해지지 않고 오랫동안 훈련할 수 있다고 자세히 가르쳐 주었다.

한동안 미심쩍어하는 친구들이었지만 1주일째 하자 왠지 몸이 좀 가벼워지는 것이 느껴지자 힘든 훈련 끝에는 꼭 토납 수련법을 했다. 마린도 그런 그들을 보며 기분 좋은 웃음을 띠며 함께 토납 수련법을 했다.

오후 늦게 시작되는 전략과 전술의 수업 시간.

교실은 저번에 들어간 곳보다는 작았지만 사람들이 적어 불편한 것은 없었다. 곧 수업을 진행할 선생님은 수업이 전략과 전술이니만큼 지적인 사람이라 생각을 하던 대다수 학생들의 생각을 벗어났다.

의외로 들어온 선생님은 타는 듯한 붉은 머리에 붉은 턱수염을 기르고 입고 있는 옷이 터질 듯한 근육의 상당히 흉악해 보이는 인상을 지닌 거구의 사내였다. 다행히도 눈에 끼어진 작은 안경이 그의 인상을 그나마 순하게 만들어주었다, 물론 그렇다고 해도 그 무시무시한 인상과 덩치가 어디 가는 것은 아니지만.

슬쩍 보기에도 영 문 쪽과는 관계가 없는 이처럼 보인다. 저 사람이 설마 선생은 아니겠지라고 학생들은 빌고 또 빌었으나 그는 들고 온 책을 책상에 놓으며 칠판에 이름을 쓴 뒤 인사를 했다.

"크흠……. 내 이름은 장기에프다. 앞으로 너희에게 전략과 전술에 대해서 가르쳐 줄 선생이지. 너희도 갓 들어온 신입생이겠지만 사실 나도 이번 년도에 국가의 인정을 받은 선생이라 우리 같은 신입생들이구나. 음, 일단 첫날이니 수업은 가볍게 하고 숙제를 내주마. 그리고 앞으로 수업을 잘 듣느냐 안 듣느냐에 대해서 무어라 말 안 하겠지만, 흐~읍. 내가 내준 숙제는 꼭 해야 한다. 알겠지?"

"네, 네!"

"네, 알겠습니다."

아이들은 엄청난 근육을 부풀리며 협박하는 듯 말하는 장기에프 선생의 박력 넘치는 말에 기가 질린 채 대답했다. 마린은 그 박력감 넘치는 근육에 질릴 듯했지만 전생에서도 저 못지않은 사람들을 꽤 보았기에 담담히 대답했다. 그런 마린의 모습에 이색을 띤 장기에프 선생님은 마린에게 물었다.

"학생, 이름이 뭐지?"

"마린이라 합니다."

"아, 마린! 이번에 라리온 경의 기사 후계자라는. 그래, 너에 대해서 라리온 경께 잘 들었다. 엄청난 검의 재능을 타고났다지? 하지만 나중에 기사로서 여러 가지 일들을 겪게 될 거야. 그때는 전략과 전술을 잘 알 필요가 있지. 전쟁은 일 대 일로 치러지는 것이 아니거든. 앞으로 좋은 성과 기대하겠다."

"네, 감사합니다."

"좋아, 그럼 오늘 전략과 전술에 대해서 간단히 요약해 주마."

장기에프 선생은 전략과 전술에 대해서 간단히 설명하며 앞으로 나아가야 할 수업 방법에 대해서 가르쳐 주고 수업을 마쳤다. 물론 얘기했던 대로 수업 마지막에는 첫 숙제를 내주고 말이다. 전략과 전술에 대해서 자신만의 생각을 적어 오라는 것이 숙제였는데 전략과 전술에 대해서 몰라 들어온 이들이 대다수인 탓에 그는 도서관의 위치를 가르쳐 주고 거기서 자료를 찾아 공부하라고 했다.

마지막으로 한 번 더 근육을 꿈틀거리며 그럼 다음 수업 때 보자며 장기에프 선생이 나가자 학생들은 질린다는 표정을 지으며 교실을 나섰다. 교실 문을 나선 마린은 전략과 전술에 대해 보다 자세히 알기 위해 장기에프 선생이 가르쳐 준 도서관으로 갔다.

마린이 도착한 도서관에는 책이 많은 만큼 사람도 많았다. 한동안 돌아다니며 고생하던 마린은 안내원에게 물어 전략과 전술에 대한 기초적인 책들을 몇 권 찾아 빌렸다.

그날도 친구들과 수련을 마친 뒤 밤새도록 그 책들을 읽으며 공부하던 마린은 절정의 경지에 들어서인지 생각보다 쉽게 이해가 되었다. 그리고 그 지식들을 밑바탕으로 그는 자신이 전생에서 60년 동안 겪었던 일들과 엮어 전략과 전술에 대한 자신의 생각을 써가기 시작했다.

사실 장기에프 선생이 이런 숙제를 내준 것은 이유가 있었다. 전략에는 천, 지, 인이 있고 각각 사람마다 뛰어난 것이다 다르기에 그에 맞는 분야별로 공부시키려 했기 때문이다.

천은 하늘이나 기후를 이용하는 것인데, 예를 들어 별다른 것이 없는 지형이라 할지라도 이곳이 예전부터 여름철에 폭우가 쏟아진다는 것을 안다면 그걸 생각해 함정을 파거나 준비를 해두는 것을 말한다.

지는 지형을 이용하는 전략이다. 주위의 환경을 최대한 살려 자신이 유리한 입장에서 싸우는 것이다.

인은 사람과의 심리를 이용한 전술이다.

마린은 인에 많은 공감과 이해가 되었다. 그건 아마도 전생의 치열한 삶을 경험했기에 자연스레 전쟁을 치를 때 인의 전술에 대해서 그 누구보다 몸으로 느끼고 있는 탓이었다.

또한 그는 전략에 대해 공부해 알게 된 사실이지만 이 세상과 전생의 전략이 많이 다르다는 것이었다. 전생의 세상에서는 다수의 전투에 중점을 두고 발전하였지만 이 세상에서는 소수의 전투가 많이 발달되어 있었다.

아마도 강한 몬스터들이나 소수로 오크 떼 같은 몬스터들을 효율적으로 상대하기 위해 발전한 것 같았다. 나라와 나라 사이에서도 최근 들어 이런 몬스터들을 퇴치하기 바빴기에 전쟁을 하려 해도 그럴 여유가 없었다.

그렇게 마린은 자신만의 전략과 전술의 기본적인 바탕을 만들어갔다.

다음날 오후 수업에 들어간 마린은 어제 자신이 밤새 정리하여 정의한 전략과 전술에 대한 과제물을 선생님 책상에 올려놓고 자리에 앉았다. 곧 장기에프 선생님이 들어와 역시나 근육을 박력 넘치게 부풀려 보인 후 수업에 들어갔다.

책상에 놓아진 과제물들을 하나하나씩 꼼꼼히 본 후 그 과제물을 낸 학생에게 질문을 하면 답하는 방식이었는데 끝나고 나면 뭔가를 과제물에 써놓았다. 곧 마린의 과제물을 본 장기에프 선생은 감탄을 하며 과제물들을 읽어나갔다. 과제물을 다 읽은 장기에프 선생은 마린에게 물었다.

"혹시 전에 전략과 전술에 대해서 전문적으로 배운 적이 있나?"

"아닙니다. 이번에 처음 배우는 것입니다. 그런 탓에 책으로 기본 지식들을 쌓았습니다."

그 말을 들은 장기에프 선생은 고개를 갸웃거리며 다시 마린의 말에 답했다.

"그럴 리가 없을 텐데, 자네가 쓴 과제물은 뭐라고 할까… 상당히 실용적으로 써져 있더군. 마치 죽음의 전장을 수십 번이나 겪은 그런 이의 전술 같단 말야. 크흠, 알겠네. 지금은 수업 중이니 나중에 따로 얘기하지, 길어질 듯하니. 그럼 다음은……."

그 말에 마린은 내심 찔렸다.

'쓴 글만으로 사람의 이런 것까지 판단하다니, 확실히 겉모습으로 판단할 수 없는 게 사람이구나.'

수업을 마치고 장기에프 선생은 마린과 전략과 전술에 대해 이야기하며 마음속으로 연신 감탄사를 내뱉었다. 이런 나이에 이렇게 인의 전술에 깊은 이해가 있다는 것이 신기했기에.

그날 밤 마린에게 많이 놀랐던 장기에프 경은 학장의 방에 문을 두드리고 들어갔다. 장기에프 경은 라리온 후작의 앞좌석에 앉은 채 무언가 하고 싶은 말이 많은 듯 조금은 안절부절못한 모습을 보였다. 그런 장기에프 경을 바라보던 라리온 후작은 얼굴에 웃음을 띠며 장기에프 경에게 먼저 말을 걸었다.

"그래, 어떤가? 마린이라는 학생 말이세."

그 말에 기다렸다는 듯이 장기에프 경은 라리온 후작의 말이 끝나자마자 쏜살같이 자신의 마음속에 담아두었던 말을 꺼내었다.

"처음 그 소년이 쓴 글을 보고 상당히 놀랐습니다. 분명 평민이니만큼 전술에 대해서 따로 공부하지 않았을 터인데, 마치 죽음과 대면을 수십 번이나 거친 듯이 유연하면서도 공격적인 전술을 가졌더군요. 그 학생은 인의 전술에 타고난 재능을 지니고 있습니다. 상대방이 어디를 찌르면 골치 아파하고, 어디를 찌르면 방심하는지 알고 있더군요. 이런 것은 책으로만 익히기는 불가능한 것인데… 솔직히 두렵습니다. 아마 이렇게 계속 앞으로 커간다면, 휴~ 제가 예측하지 못할 곳까지 갈 소년이더군요. 아마 그의 적이 되는 자들은 많이 골치 아파질 것입니다."

"전략과 전술에 천재라고 불리는 장기에프 경이 그렇게까지 말할 정도라면 마린 군이 전술에 대해 제법 재능을 가지고 있다는 것이군. 흠, 좋은 일이야. 힘만 센 기사는 언제나 이용당하거나 제대로 실력을 발휘하지 못하게 되는 법이거든."

그 말에 장기에프 경은 답답하다는 듯 자신의 우람한 가슴을 쾅쾅 치며 말했다.

"제법 정도가 아닙니다. 저 소년에 비교하면 저는 천재가 아니라 그저 다른 이에 비해 전술의 활용이 뛰어난 자에 불과합니다. 도대체 어떻게 저런 소년이 솟아났는지. 휴~ 제 심정을 말로 다 표현할 수 없겠군요."

"하하하! 아니, 나도 자네의 심정은 알고 있네. 나도 볼 때마다 변하는 마린에게 한두 번 놀란 것이 아니니 말이야. 하지만 그 정도는 되어야지. 대륙의 빛이 될 한 사람일지도 모르는데 말이야."

갑작스런 이야기에 장기에프 경은 의아해했다. 그런 모습을 잠시 지켜보던 라리온 후작은 신중한 표정으로 주위의 기척을 살피고는 곧 안심한 듯 말을 꺼냈다.

"이건 제국에서도 몇 명밖에 모르는 말이지만 말이야. 자네도 알아두어야 할 것 같군. 며칠 전이야. 하르미안 대륙의 창조신 중 한 분인 이시스님을 모시는 신전의 대신관이 신언을 전해 듣고 몇 마디를 끝으로 죽었다고 하더군."

그 신관이 말했던 몇 마디 말의 무게를 다시 떠올리던 후작은 마른 입술을 적시며 말했다.

"대신관이 했던 그 말은 이러하네. '평화를 끝내는 어둠이 일어난다. 빛을 찾아라' 였네. 휴~ 그 말의 뜻이 무엇인지 알겠는가?'

겉보기와는 다르게 머리 회전이 빠른 장기에프 경은 곧 그 말의 의미를 깨달았다. 그의 이마에는 식은땀이 흐르고 두려움의 기색이 일어나기 시작했다. 그걸 아는지 모르는지 바싹 마른 입술을 적시던 라리온 경이 말한다.

"물론 어떻게 해석하느냐에 다르겠지……. 하지만 많은 대륙의 현자들이 말하기를, 2,000년 전의 마왕의 강림이 다시 재현할지 모른다고 하더군. 역사학자들은 그때도 마왕이 출현하기 전에 예언했던 것이 지금과 비슷하다고 주장하고. 하하……. 아니, 지금이 더 안 좋다고 하지. 그때의 예언은 '평화 속에 어둠이 몰려온다. 그를 막을 빛을 도와라' 였지. 휴~ 그 때문에 지금 대륙의 다른 왕국과 제국의 고위층들은 그 빛을 찾기 위해 은밀하게 사람들을 풀고 있어. 물론 우리 크로센 제국도 그러고 있고. 2,000년 전에는 우리 크로센의 제국의 수호신이자 대륙의 영웅인 아덴님과 같이 혜성처럼 나타난 대현자 푸시스님, 권왕 심볼린님, 그리고 최초의 소드 마스터이자 최강의 검사로 불리는 검왕인 후리텐님이 나타났지만 이번에는 더 안 좋아. 예언에는 빛을 찾아라라고 되어 있어. 그 말이 무슨 말인지 알겠나? 지금 대륙의 어둠을 막을 그 빛들이 모종의 이유로 없어질지도 모른다는 것을!"

처음에는 조용히 말을 꺼냈지만 마지막에는 두려움이 섞여 격앙된 어조로 말을 끝냈다.

그 말에 생각했던 것보다 더 좋지 못한 상황인 것을 깨닫자 장기에프 경은 충격에 아무 말도 못했다.

곧 진정이 된 라리온 경은 다시 말했다.

"하지만 다행히도 난 하나의 빛을 찾았지. 바로 마린 군 말일세. 서음에 그 뛰어난 검술에 혹시 검왕이신 후리텐님의 자손이나 후계자가 아닐까 생각했네. 하지만 뒷조사를 하니 아니었어. 그의 부모는 물론, 그 윗대까지 사방에 물어보며 조사를 했지만 전혀 그런 일이 없다더군. 다만 어렸을 때부터 그 뛰어난 검의 재능에 부모들과 주위 사람들이 놀랐다고만 할 뿐. 그리고 그의 실력을 테스트하기 위해 나의 아들과 대련을 시켜보았지. 그 대련을 보고 확실히 하르미안 대륙의 빛일 거라 생각했네."

잠시 그때의 기억을 떠올리던 그는 자신의 손에 쥐어진 잔을 들어 목을 축이고는 말을 이었다.

"아니, 이 소년이 아니면 대륙의 빛은 없을 거라고 단언했네. 사실 그때 나의 아들 케론과 겨루었을 때 뭔지 잘 모르지만 그 소년이 케론을 봐주고 있다는 느낌이 들었네. 그래서 더 이상 볼 필요도 없다고 생각한 난 그 대련을 끝냈지."

그 말에 장기에프 경은 또다시 혼란에 빠졌다. 케론과 대련했다는 것은 몇몇 기사만 알고 있었다. 그리고 대등하게 싸웠다고 하지만 그저 말이 와전되어 과장된 것이라 치부했다. 아니, 천재라 불리는 케론과 잠시 동안이나마 대련을 했다는 것만으로도 믿기지 않는 사실인 것이다.

그러나 검 말고도 헛말을 하지 않기로도 유명한 라리온 경의 말을 믿지 않을 수도 없었다. 소년의 정체와 재능에 의문을 가지며 당황스러워하는 장기에프 경을 보며 라리온 경은 자신의 기사 후계자가 자랑스럽다는 듯 말했다.

"하하, 그렇게 놀랄 필요 없네. 그 소년은 대륙의 빛이 될 천재이니 우리 같은 범인으로서는 그 소년이 하는 일이나 재능에 너무 의문을 가질 필요가 없네. 괜히 마음에 심화만 올 뿐이야. 그저 우리 같은 범인들은 그가 어떻게 성장하는지 뒤에서 받쳐 주기만 하면 되네. 그래, 천재들은 그런 이들이지.

하하하."

　장기에프 경은 아직도 충격에서 벗어나지 못한 듯 아무 말 하지 못했다.

　여기저기 켜진 촛불만이 라리온 경의 웃음에 흔들릴 뿐이었다.

Chapter 7

과거로의 인연

　이곳 하르미안 대륙의 계절은 여름과 겨울, 둘로만 나뉘어
진다. 여름에는 7월부터 8월까지가 가장 더웠기에 학원 내에
서도 방학이라는 것을 만들어 집에서 쉬게 했다. 겨울에도 12
월부터 2월까지 방학을 했는데 이 기간 동안 학원에서는 신
입생들을 맞이하기 위해 바빴다.

　날씨가 요즘 더워진다는 생각을 가졌던 마린과 친구들은
레이셴에게 거리에서 여름 축제를 시작한다는 말을 듣게 되
었다. 그의 말에 로단이 작년 축제가 생각났는지 웃음을 띠며
말했다.

　"그러고 보니 작년에 재미났었지. 무엇보다 서커스 구경은

특히 좋았어. 이번에도 오려나?"

"그래. 재미나긴 했지."

"무어라? 서커스가 열렸다고? 드디어 이야기로만 들었던 서커스를 구경할 수도 있겠구나. 음하하하. 친구들, 어서 가자꾸나."

"음, 그럴까? 하긴 나도 그렇고, 마린 너도 못 봤겠지? 오늘은 그만 수련하고 쉬지. 쉬는 것도 훈련만큼이나 중요한 거니."

"좋았어, 파니오. 그런 마음 자세로 가는 거야. 녀석, 오늘만큼만 말을 잘 들으면 좀 좋니."

베로나의 넓은 길거리는 여름 축제라는 것을 확인시키는 듯 피에로나 예술인들이 장기를 부리며 사람들한테 환호와 돈을 받았고, 한쪽에서는 코를 자극하는 먹거리들이 줄을 이었다.

여기저기 활기 넘치는 축제를 구경하던 마린과 친구들은 오늘부터 문을 열었다는 소리에 서커스단을 찾았지만 그 끝이 보이지 않는 긴 줄을 보고 기겁을 하였다.

아마 보려면 오랜 시간을 기다려야 할 것 같아 포기하려 했으나 아직 한 번도 서커스단을 구경하지 못했다며 칭얼거리는 세리온스의 보챔에 결국 그 끝없는 줄을 쓰기로 결심했다.

그렇게 몇 시간 동안 기다린 끝에 서커스 천막에 들어간 마린과 친구들은 중앙을 중심으로 화려하게 자리가 만들어진 것을 보고 밖에서 본 것보다 더 화려하며 커다란 서커스의 모습에 감탄했다.

곧 북 소리가 들리며 우스꽝스럽게 분장한 곰이 커다란 공을 굴리며 들어왔다. 그 뒤로 원숭이가 목에 건 북을 치며 들어왔다. 그 신기한 모습에 관객들은 수군수군거리며 웃음을 띠었다.

무대 주위를 한 바퀴 빙 돌던 곰이 커다란 공에서 뒤뚱거리며 내리더니 둥근 테이블 위에 올라갔다. 원숭이도 북을 치던 것을 그만두고 등 뒤에 있는 피리를 있는 힘껏 불자 테이블 위에 가만히 있던 곰이 춤을 추었다.

그 모습이 너무 귀엽기도 하고 신기한 관객들의 환호와 박수가 끊이지 않았다. 재롱을 피우던 동물들이 들어가고 그 뒤에 아름다운 장식을 한 여인들이 춤을 추며 무대에 등장했다.

꽤 높은 줄 위에 달린 그네에 몸을 맡겨 이리저리 옮겨 다니는 모습은 보는 이의 가슴을 철렁거리게 했다. 그 밖에 대단한 근육을 지닌 사람들이 나와 여러 가지의 엉터리 차력을 보여주다 단장에게 혼이 나는 코믹한 모습을 보여주어 사람들을 즐겁게 했다.

마린 친구들도 즐거워하기는 했지만 아직 한 번도 보지 못했다는 세리온스가 너무 지나치게 웃고 울며 걱정하자 다른 사람들로부터 오는 눈초리에 빨리 공연이 끝났으면 하는 바람도 적지 않았다.

여러 가지 공연으로 사람들의 마음을 즐겁게 만들던 서커스의 막이 내리며 끝이 났다.

서커스 천막을 나선 마린 일행은 밝은 달을 볼 수 있었다. 여름 축제 밤의 뜨거운 열기 사이로 구경을 하던 그들은 축제의 꽃이라 할 수 있는 불꽃을 보았다.

유성처럼 날아오른 불꽃이 공중에서 '펑' 하고 터지며 아름답게 하늘을 수놓았다.

아름답게 수놓는 하늘의 모습에 무어라 표현할 수 없는 감동을 준다. 축제를 구경하러 온 사람들은 수놓인 하늘을 바라보며 와자지껄했다.

즐거운 여름 축제 속에서 화려한 불꽃을 바라보던 마린은 무엇 때문인지 마음이 찡해지며 자신도 모르게 눈가에 눈물이 그렁이는 것을 느꼈다.

불꽃쇼가 끝난 뒤에도 그 설레면서도 아픈 마음은 여전했다.

그날 마린은 전생의 꿈을 꾸었다. 생각을 하면 너무 가슴이 아파서 묻어두었던 기억을…….

장류빈이 이제 막 강호라는 곳에 발을 디뎠을 때이다.

웬만한 불량배 정도는 4~5명도 문제없는 장류빈은 자신의 실력으로는 강호의 천시를 받는 삼류무인한테도 통하지 않는다는 것을 알게 되었다. 하나 그래도 그때는 젊음과 열정적인 마음, 그리고 협사로서의 의기가 살아 있었기에 실력도 없지만 어디를 가든 옳지 않은 일에 몸을 날리는 것을 아끼지 않았다. 하지만 언제나 그가 나선 일의 결과는 최악이었기에 주위의 사람들로부터 오히려 비판을 받곤 했다.

그렇게 몸도 마음도 지쳐 가는 그 시절.

그럴 때마다 오던 소주의 소호에서 장류빈은 뱃놀이를 하는 아름다운 여인에게 한눈에 반해 버렸다. 너무 아름다워 마치 하늘에서 내려온 선녀 같은 여인을 보기 위해 그녀의 주위를 맴돌았다.

여인 쪽의 호위무인도 장류빈이 근처를 맴도는 것을 알았지만 겨우 삼류무인 턱걸이하는 수준인 것을 안 뒤부터는 별로 상관하지 않았다. 삼류무인이 아무리 수작을 부린다 한들 일류무인의 일검을 막을 수 없기 때문이다.

그렇게 1주일이 흘렀다.

그리고 장류빈은 그 아름나운 여인이 강호에서 삼룡사봉 중의 하나인 남궁가의 여식 남궁화련이라는 것을 알고 절망했다.

삼룡사봉이라 하면 강호에서 알아주는 후기지수로 그 뛰어난 위용은 물론 무공에 있어서도 일류고수만큼 뛰어난 실력을 가진 이라 하였다. 거기에 가문의 힘도 대단하여 그 위세가 지금은 많이 약해졌다 하나 아직 오대세가에 들어서 있는 남궁가의 여식임을 들은 후 자신과 그녀의 신분은 하늘과 땅 차이였다.

그걸 안 뒤 장류빈은 언제나 그녀를 보러 갔던 소호도 가지 않고 독하고 쓰기만 한 백건아를 밤새도록 마시고 길거리에서 잤다.

그날도 그렇게 백건아를 마시다 돈이 없다는 소리에 점소이에게 매를 실컷 맞고 쫓겨난 장류빈은 길거리에서 누워 있었다. 몸이 피곤해서인지 그렇게 대낮까지 잠을 잔 장류빈은 사람들의 시끄러운 소리에 깨어났고 잠시 후 누군가 자신에게로 다가오는 것을 보았다.

다가온 이는 영웅건을 이마에 두르고 화려한 용이 그려진 옷이 잘 어울리는, 남자가 보아도 멋있다는 생각이 들 정도로 잘생긴 사내였는데 그는 곁에 있는 소저들에게 잠시만 기다려 달라는 말을 하고 장류빈에게 은 한 돈을 주며 말했다.

"이런, 너무 상처가 깊은 것 같소. 이 돈으로 의원에게나 가보구려. 너무 지나친 술은 몸을 아프게만 할 뿐이오."

"……."

친절을 베풀던 그 사내는 곧 같이 온 소저들과 웃음을 지으며 자신의 갈 길로 갔다. 그렇게 떠나는 그를 바라보던 장류빈은 곧 눈에 이색을 띠었다. 그 옆에 있는 아름다운 소저들 중 유난히 유독 뛰어난 미모를 지닌 여인은 자신이 그토록 사랑하는 남궁화련이었다.

그리고 장류빈은 알 수 있었다, 방금 전 자신한테 친절을 베푼 그가 요즘 남궁화련한테 구애하고 있다는 삼룡 중 하나인 북궁세가의 장남인 북궁단야였다는 것을.

언제나 가문의 상징인 청룡으로 수놓아진 옷을 입고 다닌다는 것을 들었던 장류빈은 그가 확실히 북궁단야임을 알고 분노했다. 그자가 자신을 이용해서 그녀의 관심을 끌려 하는 것임을 깨달았던 것이다.

"으아아아아……."

분노를 이기지 못한 장류빈은 가슴의 울화를 터뜨렸다. 그리고 그는 그 자리에서 은돈을 길가에 세차게 던지며 당장 술을 끊고 산에서 약초를 뽑아 간단한 금창약을 만들었다.

그걸 여기저기 멍이 든 곳에 바르고 아직 봄이라 차가웠지만 냇가에서 몸을 깨끗이 씻은 후 도움도 안 되는 천지심법을 운기하며 일주일을 보냈다. 몸과 마음이 깨끗해지자 장류빈은 소호로 걸음을 옮기었다. 근 한 달 만에 보는 그녀는 여전히 아름나운 모습이었다. 다만 그 근처에서 계속 말을 걸며 그녀를 귀찮게 하는 북궁단야만이 자신의 눈에 거슬릴 뿐이었다.

장류빈은 남궁세가 근처에서 그녀가 들어간 저녁때부터 다음날 아침까지 그녀가 세가에서 나오기를 기다렸다. 자신이 비록 아무것도 가진 게 없으며 잘생기지도 않았지만 언제였던가? 지금은 죽은 어떤 삼류무인이 한 말이 생각났기 때문이다. 용감한 자만이 미인을 얻는다고. 그런 미인에게는 죽어도 좋다고.

결국 그놈은 미인 타령을 하다 정말 미인의 손에 죽었다, 소수마후로 불리는 악명 높은 미인한테.

어쩌면 자신도 그 녀석처럼 될지 모른다. 하나 지금의 장류빈에게는 아무것도 두렵지 않았다.

'그녀에게 내 마음을 말해야 한다.'

그때는 그저 그거 하나만을 하는 것이 자신이 태어나 할 일의 전부인 것 같았다.

그렇게 해가 중천에 올라서야 북궁단야와 근처에 재잘거리는 소저들과 함께 남궁화련이 나왔다. 장류빈은 흥분한 마음으로 옆에 다른 사람이 있든지 말든지 상관하지 않고 그녀에게 다가가 고백하려 했다.

하나 막상 그녀의 눈부신 미모를 보자 용기가 없어졌다. 그는 용기를 억지로 짜내고 짜내서 그녀에게 다가가 고백했다. 당당하게 보여줘야 한다며 자신에게 최면을 걸며……

"전 무림을 떠도는 장류빈이라 하는 무인입니다. 이렇게 그대에게 말하는 것이 실례인 줄 아나 이 말을 하지 못하면 평생 한이 될 것 같아 이렇게 고백합니다. 남궁 소저, 처음 본 순간부터 그대를 사랑했습니다."

짧지만 자신의 마음을 담은 말을 내뱉은 장류빈은 그와 동시에 마음속에 있던 큰 덩어리가 사라진 듯했다. 그 다음에는 잘 들리지도 않았고, 잘 보이지도 않았지만 그저 기억나는 것은 무표정한 그 고운 얼굴의 아미가 찡그러지며 무어라 입술을 움직이다 이내 다시 세가로 들어가는 그녀의 뒷모습이었다.

그 뒤에는 북궁단야한테 맞았는지, 아님 그녀의 호위무인한테 맞았는지 잘 기억나지 않았다. 몸이 맞는 것 따위는 아프다고 느껴지지 않았다. 그보다 자신의 마음이 찢어지는 듯 몇 번이나 죽을 것같이 아팠다. 그렇게 맞는 중에도 장류빈의 눈만은 그녀가 들어간 남궁세가의 문을 쳐다볼 뿐이었다.

개 맞듯이 맞다 어느 산 중턱에 버려진 장류빈은 금방 죽을 것같이 보였다. 하나 그의 지독함이 악운을 이겼던 것인지 그날 장류빈은 일생에서 보통 사람이라면 경험할 수 없는 두 가지를 경험하게 되었다.

하나는 남궁세가의 정파제일화라 불리는 남궁화련에게 삼류무인으로서 감히 최초로 사랑한다며 말을 한 것이고, 두 번째는 사람들이 평생 한 번이라도 만난나면 정말 운이 좋다고 말하는 의성신수에게서 끊어지려 하는 목숨을 구함받은 것이다.

그 후 장류빈은 새로운 마음가짐으로 꼭 일류고수가 되어 검명을 울려 다시 말하겠다고 다짐했다. 그러나 일류고수가 될 수 있다는 것은 다 해보았지만 그럴 때일수록 몸은 점점 지치고 다쳤다.

그 후 5년의 세월이 흘렀다.

마교가 남궁세가를 친다는 말을 듣고 냉큼 달려간 장류빈은 세가의 앞에서 마교의 침입을 막으려 했지만 일류고수도 아닌 이류무인의 한 수에 기절해 한참 동안 그들의 조롱 섞인 웃음거리가 되고 말았다. 하나 그런 식으로라도 시간을 끌었던 탓인가? 잠시 후 늦게 도착한 북궁세가의 고수들에 의해 남궁세가는 구함을 받았다.

결국 남궁세가에서는 그 보답으로 남궁화련을 북궁단야의 둘째 첩으로 보냈다는 소문을 뒤늦게 접한 장류빈은 삼 일 밤낮을 울었다. 자신의 사나운 팔자에 대해서도 울고, 어쩔 수 없이 처도 아닌 두 번째 첩으로 들어간 남궁화련이 불쌍해서도 울었다. 장류빈은 결국 울다 울다 탈진해 기절했다.

정신을 차린 뒤 하늘을 보니 불꽃놀이를 하며 사람들이 웃고 박수치고 있었다. 그러나 장류빈은 왠지 그 모습이 흐릿하게만 보였고, 그 불꽃이 슬프게만 보였다. 그렇게 그의 일생에 한 번뿐인 사랑은 불꽃놀이처럼 활활 타오르며 날아가 펑하는 소리처럼 아름답지만 다시 볼 수 없는… 그렇게 끝나고 말았다. 그 후에도 악운으로 생을 이은 장류빈은 모든 걸 잊고 검 수련만을 했지만 평생을 삼류무인으로서 살아갈 수밖에 없었다.

그날 밤 마린의 눈가에 한 서린 눈물이 끊이지 않았다.

새벽 무렵. 유난히 시린 마음을 지닌 그의 눈이 떠졌다. 촉촉이 적은 눈가를 쓱 닦은 그는 답답한 마음에 한숨을 내쉬었다. 그리고 쓰리고 답답한 마음을 바로잡으려는 듯 마린은 가부좌를 틀어 천지심법을 운기했다.

아침 해가 뜰 때쯤에서야 심법을 운기하던 그의 눈이 떠졌다. 확실히 심법을 운기하니 답답한 마음이 어느 정도 가시는 듯했다.

'이렇게까지 내 마음을 답답하게 하다니, 무슨 꿈을 꾸었던 것인가?

처음이자 마지막 사랑이었던 과거를 꿈꾼 마린이었으나 가슴에 사무치도록 슬펐던 그 기억을 그의 의식은 기억하는 것을 거부하고 있었다. 애써 답답한 마음에 꿈을 기억하려 했으나 그럴수록 흐릿한 부분적인 기억들마저 사라져 갔다.

아무리 생각을 해도 기억이 나지 않자 마린은 이내 미련을 접고, 책을 읽다 잠시 후 일어난 레이센과 함께 식당으로 내려갔다. 그곳에는 이미 친구들이 자리를 잡고 있었다. 곧 마린과 레이센은 음식을 받고 친구들 곁에 앉는다.

어제 있었던 축제의 여흥이 가시지 않았던 세리온스는 쉴 새 없이 말을 꺼냈다. 그런 세리온스의 모습을 웃으며 지켜보던 친구들은 장난기가 생겨나 어제 서커스단에서 세리온스가 울었던 것을 놀렸다. 그들의 놀림에 삐친 세리온스는 자신의 귀를 막은 채 고개를 연방 흔들다 뭐가 생각났던지 이내 소리쳤다.

"그만, 그만! 크흠. 일단 그건 제쳐 두고 너희 오늘 무슨 날인지 물론 알고 있겠지?"

"……?"

"……."

"……."

"무슨 날인데?"

세리온스는 자신의 말에 의아한 듯 자신을 바라보는 친구들을 보며 실망했다는 눈초리로 째려보며 말했다.

"오늘부터 동아리 신입생 행사가 있잖아. 저번에 사우르에 가겠다고 약속해 놓고서는 얼마나 되었다고 벌써 잊어버려? 도대체 너희의 머릿속에는 무얼 넣고 살기에 그러냐? 레이센은 당연히 몰랐다 치더라도 마린, 너 내가 우리 누님과 엮어 주려 했더니 이거 안 되겠네. 이렇게 흐리멍텅한 애들과 똑같다니, 원."

다른 이라면 몰라도 세리온스가 자신들을 비꼬며 말하자 그들은 왠지 참을 수 없는 모욕감이 느껴졌고, 그들 중 도저히 참을 수 없었던지 파니오는 식탁을 쾅 치며 일어나 세리온스에게 소리쳤다.

"야! 다른 이라면 몰라도 넌 그럼 안 되지. 너의 평소 행실을 생각해 봐!"

"그래, 솔직히 이번 건 내가 생각해도 기분 나빠. 어떻게 너한테 이런 소리를 들어야 하지?"

"별수있냐. 얘가 원래 저래 생겨먹은걸."

"그만 해. 기억 못한 우리 잘못도 있으니깐. 파니오, 그만
흥분 가라앉히고 자리에 앉아."

친구들에게 반발을 당해 당황스러워하던 세리온스의 모습
에 마린이 중재하며 나서자 곧 그들의 흥분은 가라앉혀졌다.

그 모습에 세리온스는 역시 마린은 미래에 매형이 될 만한
이라며 고개를 끄덕이며 소리쳤다.

"흑, 마린, 역시 너밖에 없다."

그러며 달라붙으려던 세리온스는 마린의 손이 원을 그리
며 그의 아랫배를 누르자 '어어?' 하며 다시 자신의 자리에
앉게 되었다. 잠시 놀랐던 세리온스는 내심 섭섭해졌는지 이
래저래 화가 난다며 궁시렁거리더니 애꿎은 접시만 다그락거
렸다.

늦은 오후. 수업을 마친 그들은 사우르 동아리 방으로 갔
다.

동아리에는 졸업반이라 시간이 많은 라리아가 접수를 하
고 있어 그녀와 잠시 동아리에 들어갈 것에 대해 이야기를 하
였다.

잠시 후 찰스가 오자 배고프다고 칭얼거리는 세리온스에
의해 그들은 식사를 하러 바깥으로 나갔다.

정문 밖을 나선 그들은 간편한 기사 복장에 검을 찬 케론 경을 보자 마린은 케론에게 인사를 하였다.

"케론 경 아니십니까? 반갑습니다. 오랜만에 뵙군요."

"아! 마린이구나. 오랜만에 보는구나. 반갑다. 지금 어디… 아! 그리고 보니 아는 얼굴도 있군. 졸업 이후 처음이구나, 라리아."

"아…… 네. 케론 오빠도 잘 지내셨어요? 오랜만에 뵙네요."

케론의 인사에 라리아의 얼굴에 홍조가 생겼다.

그 모습을 지켜보던 연애에 상당히 눈치 빠른 로단과 세리온스는 서로 다른 이유로 고개를 끄덕였다.

'음! 우리 누나가 사랑한다는 이가 케론 경이었나 보구나. 잘됐군. 이 참에 마린을 잘 이용해 먹으면.'

'케론 경이라… 상대가 너무 힘들……. 아니, 아니지. 뭐 어때? 미인을 얻으려면 이 정도는 어려워야지 재밌는 법이지.'

마린은 유명세를 타는 케론을 친구들에게 소개시켜 주다 같이 식사하는 것을 권했다.

"케론 경, 바쁘지 않으면 우리와 함께 식사를 하는 것이 어떻습니까?"

그 말에 케론은 웃음을 띠며 이내 고개를 끄덕였다.

"좋지. 그렇게 바쁜 일도 아니고, 오랜만에 라리아와 만났는데 이렇게 헤어지는 것도 아쉬우니 오늘은 내가 근사하게 사지. 그리고 마린, 너무 그렇게 딱딱하게 굴지 마. 같은 기사의 후계자인데 그냥 케론 형이라 불러."

"아, 네. 케론 형."

케론 경의 승낙에 로단과 세리온스는 속으로 외쳤다.

'잘했어, 마린! 역시 넌 나의 매형이 될 자격이 있구나. 드디어 자유의 몸에 한 발짝 걸어가는구나.'

'마린! 그게 무슨 짓이냐! 왜 넌 내 연애 사업에 방해만 하는 것이더냐.'

그들의 속마음을 아는지 모르는지 일행은 케론의 마차에 자리 잡았고, 케론은 그들을 그 화려한 식당으로 안내했다.

이곳에 와본 적 없는 세리온스와 파니오는 마린이 그랬던 것처럼 이 화려한 식당에 들떠 있었다. 특히나 흥분하며 이곳저곳을 쳐다보던 그런 세리온스에게 웃음을 짓던 마린이 케론에게 궁금한 것이 생각난 듯 물었다.

"그러고 보니 케론 형은 라리아 선배를 어떻게 알죠?"

그 말에 라리아는 깜짝 놀라며 손에 들고 있는 포크를 떨어뜨릴 뻔했다. 하나 그런 라리아의 모습을 보지 못했던지 케론은 즐거운 추억을 회상하듯 웃음을 띠며 이야기하였다.

"음, 그러니깐 언제였더라… 아마 내가 4학년 말이었을 거야. 그날 도서관에서 책을 찾고 있는데, 라리아가 속한 그 이름이 뭐더라… 에… 그래, '사우르' 라는 곳에서 찾아왔지.
지금도 그렇지만 그때 당시에도 우리 아버지는 크로센 제국
의 최고의 검이셨거든. 그래서 그 '사우르' 라는 동아리 쪽에
서 아버지가 평소에 어떻게 훈련하는지 궁금했었나 봐. '사
우르' 의 멤버들이 아버지한테 가서 알고 싶은 것을 묻기 힘
드니 나한테 부탁하러 왔지. 그때 처음 라리아를 알게 되었
어. 그때만 해도 이렇게 라리아가 아름답게 변할 줄 몰랐지.
그때는 라리아도 작고 귀여운 소녀였거든. 하하, 마지막에
헤어졌을 때 뭐가 그리 불만이 많았는지 얼굴이 새빨개져서
아무 말도 안 하고 그냥 도망쳐 버리더라구. 뭐 그때는 좀 섭
섭했지만 지금 생각하니 아쉬워서 그랬던 것 같아. 맞지, 라
리아?"

얘기를 들으면서도 볼이 장미꽃처럼 붉혀지던 라리아는
케론이 갑자기 부르자 겨우 고개를 끄덕였다.

"여전히 부끄럼이 많구나. 안 그래도 한번 찾아갈까 생각
했는데. 그래, 지금 5학년이지?"

"…네."

"그래, 흠~ 지금 보니 검 수련을 잘한 것 같구나. 이미 기
사라고 불려도 손색없을 것 같은데. 기왕이면 졸업 후 우리
후작가로 와라. 너 정도의 실력이면 충분할 거 같으니. 또 그
렇게 아름다우니 남자들이 대다수를 차지하는 험악한 우리
기사단에게 환기도 시키게. 하하하. 이건 농담이고, 그냥 빈

말이 아니니 나중에 한번 천천히 생각해 봐."

"…저야 좋죠. 최고의 무가 페오나르 가의 제의인데."

"하하. 그래, 그럼 꼭 오길 바라마."

계속 분위기가 케론과 라리아의 친목으로 흘러가자 로단은 눈썹을 찌푸리며 음식을 원수 대하듯 거칠게 씹어 먹었다.

질투에 불탄 로단을 빼고 화목한 분위기로 식사를 마치고 케론은 학부장실로 가야 한다며 나중에 한번 만나자고 하고는 마린 일행과 헤어졌다. 마린 일행도 곧 수업 시간이라 아직도 얼굴이 발그스름한 라리아에게 내일 꼭 동아리에 찾아가겠다는 말과 함께 헤어졌다.

저녁이 되어서야 수업을 마친 친구들은 어제 라리아 누나와 약속한 대로 사우르로 갔다. 그렇게 문을 열어본 그들은 여덟 명 중 다섯 명이 있음을 보았다. 그리고 그들은 '사우르'의 사람들은 다들 생각보다 상당히 개성이 강하다는 것을 알 수 있었다.

세리온스 누나들을 제외하고 여섯 명이 더 있었는데 그들마다 서로 각각 떨어져 행동하고 있었다. 방 한쪽 모서리의 어두운 곳에서 밝은 갈색의 머리를 묶은 소녀가 커다란 소파 두 개를 붙여놓은 곳에 누워 다리를 올린 채 우울해 보이는 표정을 짓고 있었다. 그 옆에서 같은 밝은 갈색 머리의 소년이 초콜릿이 듬뿍 발린 쿠키를 가져와 우울해하는 소녀의 기분 맞춰주려 하고 있지만 그 소녀는 귀찮다는 듯 손사래를 쳤다.

그 맞은편에 위치한 창가에서는 약간 곱슬거리는 갈색 머리를 한 사내가 무엇이 힘든지 내내 한숨을 쉬고 있었는데, 그의 곁에는 화려한 금발을 뒤로 넘기고 안경을 쓴, 어디 하나 흐트러지지 않아 냉정해 보이기까지 한 사내가 그의 이야기를 들어주며 고민을 상담해 주고 있었다.

방 중앙에는 이들과는 달리 엄청난 덩치를 자랑하는 찰스와 그 옆에 금발에 주근깨가 있는 소녀는 뭐가 그리 바쁜지 열심히 책을 뒤지고 있었다. 라리아 또한 그들이 하는 일을 도와주고 있었고, 다른 한쪽 창가 쪽에서는 휘날리는 머릿결을 쓰다듬으며 무표정한 표정을 한 루아라가 책을 읽고 있다.

가지각색의 색깔을 지닌 그들의 모습에 당황하던 마린 일행을 곧 찰스와 루아라가 반겼고, 곧 그들은 여기저기 흩어져 있는 사람들을 모아 마린과 친구들에게 인사시켰다.

먼저 소파에서 씩씩거리며 우울한 표정을 짓던 여자는 루시 반이라고 했고, 그 옆에서 달래던 소년은 그녀의 동생인 라이너스 반, 주근깨가 있는 소녀는 페퍼민트, 또 창가에서 한숨을 내쉬며 팔을 괴고 있던 남자는 프랭클린이라고 하며, 그 옆에서 그를 상담하던 남자는 슈로더라 했다.

그들의 소개에 이어 마린 일행도 자신의 소개를 했다. 마지막으로 마린이 자기소개를 했을 때에는 사람들의 반응은 가지각색이었다.

"아~ 네가 이번 시상식 때 화제로 떠오른 마린인가 보구나. 그래, 이번에 우리 '사우르'에 들어오길 바란다."

"그러고 보니 나도 들은 것 같아. 네가 들어오면 저번에 했던 라리온 경의 조사를 좀 더 자세히 할 수 있겠구나. 꼭 들어오길 바란다. 하하."

"휴~ 뛰어난 녀석이 들어오면 좋기는 하겠지만 좋은 일이 생기면 꼭 나쁜 일이 생기던데… 더 이상 나쁜 일이 생기는 것은 싫어."

"프랭클린, 나쁜 일도 좋은 일이 생겨야 생기는 거야. 반대로 좋은 일이 있으면 나쁜 일이 생기는 것처럼. 하나 그런 것은 사실 마음먹기에 달려 있다. 내가 너에게 이런 얘기를 몇 번이나 한 거지! 흠~ 마린이라 했지? 저번 회의 때 너에 대해 한번 얘기를 해보았는데, 찰스 말대로 들어오면 좋겠다. 물론 너희도. 흠~ 다들 실력이 세법 있어 보이는데."

"마린이라고? 그래서 뭐. 니가 잘난 줄 알아? 앙. 입만 툭 튀어나온 게. 이……."

"미안. 지금 우리 누나가 상당히 우울해서 그래. 평소에는 이러지 않는데. 일단 만나서 반갑고, 나도 마린뿐만 아니라 너희도 들어왔으면 좋겠다."

아니나 다를까, 각각의 반응에 그들은 혼란에 빠져들 것 같왔다.

잠시 후 루시 반은 소파로 들어가 우울한 표정을 지었고, 동생은 포기했다는 듯이 옆에서 쿠키를 먹으며 하늘을 바라보았다. 프랭클린이라 불린 사내는 조금은 고민이 해소된 듯 라이너스 반 옆에서 쿠키를 먹으며 간간이 라이너스 반과 이야기를 했다.

슈로더도 한시름 놨다는 표정을 지으며 접어두었던 책을 읽었다. 그 외 페퍼민트와 찰스는 마린 일행에게 지금까지 '사우르'에서 조사했던 흥미로운 이야기들을 간간이 가르쳐 주었는데 그중에서 마린과 이름이 같은 용병왕 마린에 대해서 알려주었다.

"그러니깐 이건 하르미안 대륙에서 나왔던 마지막 소드 마스터이신 마린님의 손자 분이 우연히 할아버지의 서재에서 발견한 일기지. 덕분에 이걸 책으로 팔아서 한때 마린 이후로 뛰어난 기사가 나오지 않아서 힘들었던 공작가의 재정을 극복했다고 해. 워낙 오래된 책이라 선배들이 상당히 고생하며 얻은 거야."

"아, 네. 그렇군요. 그런데 왜 소드 마스터까지 나온 집안에서 더 이상 뛰어난 기사가 나오지 않은 것이죠? 그들의 후손은 무슨 이유가 있었기에?"

하로인이 궁금하다는 듯 물었다. 그 말에 찰스가 대답해 주었다.

"글쎄… 그 이유는 아직까지는 아무도 밝히지 못했어. 다행히 자손들 중 한 분이 대단히 머리가 뛰어난 분이 있어 현자로서도 이름을 날려 다시 공작가의 위세를 세워줬지. 그리고 이건 너희가 알지 모르겠지만 역대 소드 마스터들은 용병왕 마린님만 빼고는 어디서 나타났는지 알 수가 없었어. 갑자기 나타나 대륙을 위험에서 벗어나게 해주고 다시 사라졌지. 그렇기에 현자들이나 역사학자들은 그들이 검왕 후리텐님의 후예가 아닐까, 하는 게 일반적인 추측이었다고 해. 하지만 용병왕 마린님이 나타나고선 그 예측을 많이 뒤엎어졌지. 그전까지 나타난 소드 마스터들은 과거도 알 수 없었고, 없어진 이후에도 찾을 수 없었던 반면 마린님은 태어나서 죽을 때까지 모든 이야기들을 알 수 있었어."

"그래서인지 우리 선배들이 처음 이 동아리를 만들면서 제일 처음 다룬 이이기도 해."

페퍼민트의 말에 고개를 끄넉이넌 찰스가 다시금 이야기를 이었다.

"그때 당시 마린님이 검왕 후리텐의 후계자가 아닐까 사람들은 예상했지만 절대 그건 아니라고 마린님이 그러셨다더군. 기사가 된 것도 이 책을 보면 알겠지만, 우연히 황제의 후계자를 구해서 소원을 빌어 얻었다고 하는데 그때 마린님의 자질은 일반인들보다 좋았지만 평민이 기사가 될 만큼 뛰어난 것은 아니었대. 하지만 밤에도 자지 않고 훈련한 덕에 웬만한 기사만큼의 실력을 얻었다 하지. 에~ 그리고 200년 전 몬스터들이 한참 난리 피웠던 적이 있었지? 그때 나라에서는 대수롭지 않게 생각하고 놔두었는데, 마린님만이 평민에서 기사까지 올라왔기에 평민들의 마음을 잘 알아 어떻게든 사람들을 구하기 위해 윗사람들에게 의견을 올리기도 했지. 하나 그 의견을 올리기 무섭게 오히려 비천한 출신이 설친다고 비난을 받았더라군. 여러 번 그 의견을 펼치다 결국에는 기사 직을 물러선 마린님은 대륙 역사에 남은 10여 년의 긴 여정을 끝으로 하나로 모여진 수없이 많은 몬스터 군대로부터 이 크로센 제국을 지켜냈지. 이 책은 그때 10년 동안의 행적을 마린님이 직접 쓴 일기야."

"……."

찰스가 말한 이야기 중에 일부는 마린도 알고 있었다.

10년 동안 용병을 끌어 모았던 용병왕 마린은 제국이 파죽지세로 몬스터 군대에게 당하고 있을 때 실전에서 갈고닦았던 실력으로 몇 년 동안이나 뛰어난 전술과 용기로 결국 몬스터들을 물리친 이야기를. 그건 마린이 태어난 곳에서는 아이들에게는 마왕을 물리치고 크로센 제국을 건설한 용사 아덴 이야기 다음으로 인기있는 이야기였다.

하지만 전투에 대한 동화 같은 이야기는 듣거나 보았어도, 10년 동안 대륙을 돌아다녔던 그때의 이야기가 책으로 나왔다는 이야기는 역사물 쪽의 책을 좋아하던 마린도 처음 듣는 말이었다.

마린의 관심있어하는 모습이 마음에 들었는지 이야기를 마친 찰스가 페퍼민트에게 손짓해 그 책을 가져오라 했다. 고개를 끄덕인 페퍼민트는 마린에게 '10년의 세월들' 이라는 책을 주었다.

"자, 이거 한번 봐봐. 이거는 선배들이 그 책을 힘들게 구하고 후배들을 위해 다시 쓴 책들이야. 네가 역사 쪽에 관심 있어하는 것 같아서 빌려주는 거야. 우리 '사우르' 에 들어오면 이런 쪽의 역사에 대해서는 박식해지지. 기왕이면 들어오는 쪽으로 생각해 봐."

"아, 네. 감사합니다. 깨끗이 읽고 돌려 드리겠습니다."

책을 챙겨 받던 마린은 어디선가 불어오는 바람에 고개를 들다 얼음같이 차가운 표정을 한 루아라와 시선이 얽히었다. 황금 가루가 뿌려지는 듯한 그녀의 푸른 눈빛을 쳐다보는 순간 마린은 얼빙에 걸린 이처럼 몸에 열이 나며 가슴 또한 두근거렸다.

휘익—

잠시 자신을 쳐다보던 그녀의 시선이 다시 책을 향하자 마린은 자신도 모르게 짙은 아쉬움에 한숨을 내쉬었다.

잠시 후 친구들과 함께 검우회를 나서던 마린은 알 수 없는 아쉬움에 다시 한 번 책을 읽는 루아라를 바라봤다.

'저 여인을 보면 왜 슬프다는 생각이 드는 것일까? 잘 알지도 못하는 여인인데.'

곧 하늘을 뒤덮는 붉은 석양이 그의 마음을 위로해 주는 듯했다.

Chapter 8

용병왕 마린

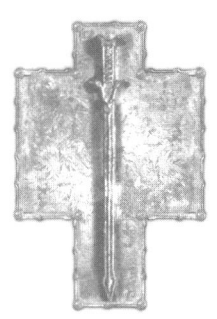

　그날 밤 마린은 밤을 새며 찰스가 준 책을 읽었다.

　천천히 읽어도 상관없으나 그러기엔 너무나 궁금한 것이 많았다. 도대체 어떻게 평범했던 사람이 후세에 용병왕이 되었고, 어떻게 내공 수련이라는 게 존재하지 않는 이 세상에서 절정의 경지까지 갔는지. 그것이 전설로 여겨지는 2,000년 전의 용사 아덴 일행이 아닌, 200년 전의 인물인 마린이기에 그의 의문점은 좀 더 현실적으로 다가왔다.

　책장을 넘기는 그의 손길에 환하게 밝히는 촛불이 힘없이 흔들렸다.

크로센 제국년 1740년 여름.

나는 결국 저 자만심과 아집에 뭉쳐 평민을 사람으로 취급도 안 하는 귀족들과 싸우다 기사 직을 박탈당하게 되었다. 나에게 는 아무것도 남겨진 게 없었다. 그동안 모은 돈 약간과 10년 동 안 밤낮없이 수련한 끝에 얻은 검 쓰는 법밖에 말이다.

그동안 부족한 재질을 메우기 위해 검 수련만 했는지라 여자 를 만나 결혼도 하지 못했으니 당연히 자식도 없었다. 어찌 보면 슬픈 일이지만 자유롭다는 말도 되었기에 그날 나는 대륙을 떠 도는 용병이 되기로 결심했다.

용병 일은 의외로 내 적성에 맞는 듯했다.

용병 일에는 크게 세 가지가 있었는데 크고 작은 상단의 안전 을 목적지까지 책임지는 일과 마을에 쳐들어오는 몬스터들과 싸 우고 대가를 받는 일, 마지막으로 귀족끼리의 싸움이었다. 기사 는 제국에서도 많지 않은 인재들이었기에 그런 귀족 싸움에서는 용병을 고용했다.

그 때문에 용병단끼리는 어쩔 수 없었다는 것을 알면서도 원 수가 생기고 그게 대를 이어지기도 했다. 나는 그런 사실이 안타 까웠다. 언제 죽을지도 모르는 이들끼리 서로의 힘을 합해야 하 건만.

다행히도 내가 들어갔던 페론 용병단은 운 좋게도 그런 것이 없는 몇 되지 않는 크로센 제국의 용병단이었다. 그렇기에 처음

임에도 용병의 일이 적성에 맞다 느꼈는지도 모른다.

그래도 용병은 세상사의 걱정을 잊은 채 자유로이 떠돌아다니는 나그네이니.

여름이 끝나가는 듯 시원한 날이었다.

그날도 상인들을 호위하던 우리는 깊은 산속에서 한 이름 모를 마을을 발견할 수 있었다. 의외의 곳에 마을이 있자 잠시 호기심과 물품 재정비를 위해 그 마을에 들렀는데 나중에 알고 보니 이곳은 화전민의 마을이었다. 그래서 그런지 처음에는 겁을 먹은 듯했지만 곧 적이 아님을 알고 순박한 인상을 보였다.

요즘같이 몬스터들이 미친 듯이 날뛰는 시기에 이런 곳에서 사는 것을 보고 과연 악독한 정치 활동은 몬스터의 위협도 뛰어넘는다는 사실에 조금은 슬펐다. 물품을 다 정비한 다른 이들은 그냥 가려 했으나 한때 기사로 남아 있었던 책임이 몸에 배었는지 나는 그들에게 먼저 가라고 했다.

단장도 이곳 근처에 몬스터가 많이 보이지 않았기에 순순히 허락을 해주어 난 이 마을의 촌장을 찾아가 말했다.

지금 대륙의 몬스터들이 말도 할 수 없을 만큼 포악해졌으니 힘들어도 대도시에 들어가 살라고.

몇 번이고 그렇게 말하니 촌장은 내 말이 진심으로 걱정해서 하는 말인 걸 알고 괜찮다 했다. 이곳은 신의 사자께서 지켜주는 곳이라 아직까지 한 번도 몬스터의 침입을 받은 적이 없다며.

그 말에 나는 어이가 없었다.

그게 무슨 뚱딴지같은 소리인가? 갑자기 신의 사자라는 말이
왜 나오는지 어이없어하는 나를 보며 촌장이 고개를 끄덕였다,
자신도 이해한다는 듯이. 그리고 자신을 따라오라고 했다.

그렇게 따라간 곳은 나무가 둘러싸인 공터였다. 그곳에는 마
을 아이들이 놀고 있었는데 그중 한 아이는 빛에 감싸여 있어 자
세히 보려고 가까이 가려 하자 촌장이 말렸다.

왠지 잘은 모르지만 신의 사자님은 자신들같이 성인들이 오
는 것을 많이 껄끄러워하신다고 했다.

그러면서 저분의 모습은 자신의 어렸을 때도 같았다는 이야
기도 같이 했다. 그 이전 할아버지 때도, 그 이전의 이전 할아버
지 때도, 아니, 이 마을이 생기기 훨씬 전부터 저 모습이었다고.
그리고 이 마을에서는 지금껏 몬스터들의 침입을 저 신의 사자
덕에 안 받는다고 했다. 무슨 이유인지는 잘은 모르지만 밤만 되
면 마을 곳곳을 돌아다니는 탓일지도 모른다며.

그렇게 아이를 바라보던 나는 그 아이가 갑자기 나를 향해 눈
웃음을 보이는 것을 보고 왠지 너무 평안해 보여 나도 모르게 미
소를 지었다. 잠시 나를 향해 웃음을 짓던 그 신비한 아이는 다
시 주위의 아이들과 놀기 시작했다.

그 신비로운 아이의 모습을 보며 잘은 모르나 이 마을이 안심
해도 된다 판단하고 말을 몰고 앞서간 동료들에게 달려갔다. 그
렇게 한참을 동료들에게로 갔던 나는 무엇인지 모르나 내 신경
에 거슬리는 것이 있어 왠지 불안한 마음에 더 재빨리 달려간 나

는 끔찍한 모습을 보아야 했다.

　방금 전까지 나와 웃으며 이야기했던 단장과 가끔 심술도 부리고 장난도 치던 친구들이 상인들과 함께 갈기갈기 찢겨 있었다. 어떤 것은 누가 파먹은 흔적도 보였다. 그 모습이 어이가 없고 믿기지 않아 한참을 가만히 있던 나는 곧 마을이 위험하다, 라는 생각이 문득 들었다. 더 이상 나랑 조금이라도 친분을 가진 사람들이 다치는 것을 보고 싶지 않았다. 말을 독촉했다. 말도 내 맘을 아는지 마을이 있는 곳까지 거친 숨소리를 내면서 달렸다.

　점점 마을이 가까워질수록 역겨운 피 냄새가 내 코를 자극했다. 마을에 도착한 나는 한 집 앞에서 마을 사람들이 몬스터에게 죽임을 당하는 것을 보아야 했다. 그 모습에 나는 미친 듯이 소리치며 달려가 검을 휘둘렀다.

　시간이 지남에 따라 힘이 빠지는 것을 느끼며 후회했다. 어이없게 기사의 자리에서 물러나게 되었을 때는 훈련만 하고 살아 아무것도 가지지 못했던 나 자신이 싫었는데, 그랬는데…… 조금만이라도 더 훈련했으면 좋았을 걸이라는 생각이 계속 들었다.

　그랬으면 사람들을 죽음으로 몰아놓은 몬스터들을 조금이라도 더 죽일 수 있을 텐데. 아니, 한 사람이라도 더 도망치게 할 수 있을 텐데. 그때 난 진실로 후회하고 또 후회했다.

　그리고 어느 순간부터는 잘 기억나지 않았다. 사람들 말로는 내가 미친 듯이 싸웠고 그 마을에 있던 사람들도 용기를 내어 결국 몬스터를 무찔렀다고, 그 후에 난 몬스터가 전멸이 된 것을 보고서야 쓰러졌다고 한다.

그리고 마을에서 놀던 그 이상한 빛을 뿜는 소년이 지쳐서 쓰러져 있는 나에게 자신의 몸에 붙어 있는 것을 주며 먹으라고 했다. 하나 나는 왠지 그게 그 소년한테 피해가 갈까 봐 싫다는 거부 의사를 하려 했지만 소년이 나의 얼굴에 던져 주자 그것은 나의 코와 귀와 피부에 자연스레 들어갔다. 그러고 나자 몸의 아픔이 사라지고 포만감을 느끼며 나는 꿈속에서까지 다시 정신을 잃었다.

마지막 문장을 읽은 마린의 심정이 유난히 흔들렸다.

'이게 무슨 말인가. 빛을 뿜어내는 소년의 모습이라니?

마린이 놀라움을 금치 못한 것은 다른 이유가 있어서가 아니었다.

장류빈 시절 한때는 삼류무인을 벗어나기 위해 여러 가지를 시도하다 결국 수련으로 안 되면 영약이라도 먹어 힘을 키우겠다고 결심했었다. 하나 그러한 영약을 얻으려면 일반인으로서는 상상도 못할 거금의 돈이 들기 마련.

돈이 없었던 그는 서점에서 신비이사가 쓰여진 책들이나 소문들을 캐어내며 가장 영약이 잘 나왔다는 지점에 가거나, 영악한 영수들과 싸우기도 하였다. 하나 그의 악운이 어딜 갈까? 결과는 언제나 허탕이었다. 영약이 많이 나왔다는 산에는 몇 달을 뒤져도 도라지 한 뿌리 구경하기 어려웠고, 운이 좋아 겨우 영수들을 힘들게 때려잡아도 내단은커녕 사리 조각도 없었다.

그렇게 칠여 년. 보통 이라면 포기를 했으련만, 삼류를 벗어나고 싶은 마음이 너무나 깊었던지 그는 끝까지 포기하지 않았다.

그러다 언젠지 잘은 기억나지 않지만 한 낡은 책을 얻게 되었다. 신비이사가 많이 적힌 책이었는데, 여태까지 구했던 다른 책들과 마찬가지로 그 책 또한 말도 안 되는 이야기가 많이 적혀 있었다.

그중 하나가 만년산삼, 다른 말로 동자삼이라 불리는 영초였다.

100년 묻은 산삼만 하더라도 일반인에게 무병장수를, 강호인들에게는 적지 않은 내공을 준다. 그런 산삼이 1,000년이 지나면 사람의 어린아이처럼 보여지는데 천년산심이라 하는 이 산삼은 다른 말로는 인형설삼이라고도 한다.

이게 발견되었다고 알려진 것은 무림역사상 두 번째 나왔던 우내오존 중 한 사람에 의해서이다. 절정의 경지에 머물렀던 그는 이걸 먹고 절정의 경지를 뛰어넘었고, 그 후 정말 우연히 하늘의 뜻을 알고 우주의 만물의 이치를 깨달아 초절정의 경지까지 갔다고 한다. 그렇게 인형설삼이 나타났다는 말은 기나긴 대륙의 역사에서도 몇 되지 않는다.

그런데 동자삼이라니……

그때 장류빈은 하도 어이가 없어 사기를 치려면 제대로 치라고 이 작자에게 속으로 외쳤다. 그 책에서 동자삼에 대한 설명이 적혀 있기를.

동자삼은 그 이름처럼 어린아이의 모습을 하고 있고, 또 약초라는 경계를 초월해 자유로이 돌아다니며, 그 영기에 의해 그의 근처에는 악의를 지닌 이는 접근하지 못한다. 또한 사심없는 이들을 좋아하는데 그래서인지 어린아이를 유독 좋아한다…….

그때는 이 작자가 너무 상상력이 뛰어나다고 생각했었는데 이 세상으로 와서 동자삼을 만났다는 이를 알게 되니 마린은 마음이 흔들리는 것을 막을 수 없었다. 잠시 동요된 마음을 추스른 마린은 냉정히 생각해 보니 모든 것이 이해가 되었다.

'어쩌면 당연한 일이다. 이곳은 전생에 살았던 곳보다 최소 다섯 배 이상의 기류가, 더구나 그 기운도 깊은 산골짜기 같이 맑은 기류가 흐르는 곳이니. 깨끗한 기류와 영기를 필요로 하는 산삼이기에 이 세상은 최상의 조건이리라. 또한 산삼이라는 것은 자라는 곳이 까다로운 만큼 깨끗하고 정기가 맑아 세상과 가장 많이 닮은 약초이다. 그래서 오래 묵을수록 독해지고 탁해지는 다른 약초와 달리 묵을수록 맑아지고 깨끗해져 그만큼 사람들 몸에 잘 맞는다. 만약 이 사람이 만년 산삼의 일부분이라도 얻었다면 그가 상승공부를 하지 않아도, 그 순수하고 강렬한 기운 덕에 절정의 경지에 들어선 것은 당연한 일.'

잠시 예상하지 못한 동자삼의 존재에 멈칫했던 마린은 다시 그 일기장을 읽어갔다.

크로센 제국년 1745년 겨울.

나는 그때 이후 몸이 가뿐해지고 기감이 발달한 것을 느꼈다. 그리고 밥을 먹지 않아도 언제나 배꼽 아랫부분에서 대단한 포만감을 느끼게 되었다. 그러던 어느 날이었다. 미친 듯이 몬스터를 베다 문득 나의 검이 울고 있다는 것을 알았다. 몇 번의 시행착오 끝에 나는 검을 울게 하는 방법을 알아냈다.

하지만 몬스터들은 점점 흉포해져만 갔고 혼자서는 힘들어진 난 앞으로 무슨 일이 있을지 몰라 용병단들을 모으고 또 모았다. 그래서 만들어진 용병단 이름이 '페론'이다.

그 이름을 붙인 이유는 다른 이유가 있어서가 아니었다. 그때의 죽임을 당했던 동료에게 내가 할 수 있는 최소한의 미안함의 표시였고, 나의 죄의식을 조금이나마 덜고자 한 것이었다.

그때부터 내가 이끄는 페론 용병단은 귀족 싸움에 참여하지 않았다. 그를 못마땅하게 여긴 어떤 귀족은 기사들까지 시켜 나를 죽이려고 했으나 나는 영지의 기사들에게 대련을 해서 끝내자 했고 영지의 기사들은 비웃으며 좋다고 했다. 그때마다 나는 검을 울리며 그 기사들과의 싸움에서 이겼다. 그때 진 기사들과 귀족들의 모습은 지금 생각해도 가관이었다. 마력검을 쓰지 않는 내가 마력검을 쓰는 기사들을 이겼으니 귀족들이 놀랄 만도 했다. 그 후 나는 이러한 싸움들을 보던 기사와 용병들로부터 팬텀이라고 불렸다. 내가 베고자 하면 베지 못한 것이 없었음으로.

그렇게 나의 페론 용병단은 크로센 제국의 첫째가는 용병단이 되었다. 하지만 나는 잠시도 쉴 틈이 없었다. 날이 갈수록 포악해지는 몬스터 때문에 점점 바빠가기만 했다. 그렇게…….

크로센 제국년 1778년 여름.

몇 달 전부터 갑자기 몬스터가 한곳으로 모이고 있다. 어떤 특정 지역에 모이던 몬스터들은 또 다른 곳의 몬스터 무리들과 합쳐지고 있었다.

어마어마한 몬스터 군단이 만들어지고 있는 것이다.

빠른 속도로 모여지고 합쳐지는 몬스터들을 볼 때마다 나는 공포와 절망감을 느꼈다. 지금에서야 제국과 다른 나라의 귀족들이 자신들도 위험해지는 것을 알고 움직이고 있지만 그런 귀족들을 보고 있노라니 답답한 마음에 왜 진작 움직이지 않았냐 따지고 싶기도 했다. 그러나 그런 것을 지금 말해봐야 소용없었다. 무엇보다 해결책을 찾아야만 했다.

우리 페론 용병단은 2년 전부터 크로센 제국의 모든 용병단들과 단합을 했다. 철저한 몬스터들과의 싸움을 시작한 것이다.

부족한 물자와 군량을 상인연합이 모든 것을 다 지원해 주었다. 몬스터 군단을 막지 못하면 장사는 물론 자기들마저 위험에 빠지는 것이라고. 상인연합의 회장인 비이츠는 현명했고 참으로 그릇이 아주 큰 이였다. 그는 대륙의 모든 정보를 그 어떤 귀족과 왕족들보다 더 자세히 알고 있었다. 그렇기에 지금 아주 위험하고, 대륙의 기사와 병사만으로 막기 힘들다는 것을 알았다. 물자와 군량의 부족함에 헐떡이는 우리 용병단들에게 먼저 다가와 우리의 고민을 해결해 주었다. 물론 여러 가지 조건이 있기야 했지만……

그렇게 힘과 재력이 생긴 우리 용병연합은 더 이상 모이기 전에 몬스터들을 삭개격파하며 싸웠다.

다행히 신이 우리 인간들을 버리지 않은 것인가. 우리 용병연합은 지지 않았다. 언제나 몬스터 군단과의 싸움에서 승리하였고, 그때마다 많은 용병들이 다치고 죽었지만 그럴수록 용병들의 투지와 용기는 점점 치솟아 하늘까지 닿을 것 같았다. 그렇게 끝이 보이지 않을 것 같은 싸움은 계속되어져만 갔다……

크로센 제국년 1779년 겨울.

오늘도 겨울의 끔찍스러운 추운 날씨가 시작되었지만 그보다 더 끔찍스러운 소식이 아침부터 들려왔다.

결국 어디선가 끊임없이 모이고 모이던 몬스터 군단들은 100만이라는 대군을 완성하여 크로센 제국을 침입하고 있다는 소식이었다. 다른 나라 또한 그만큼은 아니나 상대하기 힘들 만큼의 대군이 몰려왔단 소문과 함께.

하르미안 대륙에 혈향이 코를 찌르는 듯해졌다.

대륙의 모든 국가들은 기사와 병사들을 보내어 몬스터 군단들과 싸웠지만 그들의 수와 광기는 끝을 보이지 않는다.

제일 먼저 방어 첫선이 무너진 곳은 크로센 제국이었다.

가장 강한 군사력을 지닌 크로센 제국이었으나 100만의 몬스터에게는 통하지 않는 듯했다. 그에 왕국과 제국들에게 지원병들을 보내달라 요청했으나 그들 또한 자기 영역에 있는 몬스터를 막기에도 부족한 상황이었다.

그렇게 크로센 제국은 이차, 삼차 방어선까지 부서지기 시작했다. 파죽지세로 밀리는 군사들에 크로센 제국의 국민들과 귀족들은 경악을 그치 못했다.

크로센 제국년 1785년 여름.

대륙의 그 짙은 피바람이 끝이 났다.

6년 전 마지막 방어선인 사차 방어선까지 부서지려 할 때 겨우 우리 용병연합은 몬스터 군단이 있는 곳으로 도착했다. 뒤늦게 상인들에게 소식을 듣고 달려왔지만 몬스터 군단은 그 끊이지 않는 힘으로 이만큼이나 밀어붙였던 것이다. 도착한 우리 용병연합은 나라의 군대와 힘을 합쳐 몬스터 군단의 행진을 막아낼 수 있었다.

그 후 나는 그때 당시의 크로센 제국의 최고 검인 크루스 후작에게 자작의 작위를 받았고, 우리 용병단은 하나의 거대한 군단으로 자리 잡았다.

그리고 나는 귀족들과의 회의에서 그동안 몸으로 깨달은 몬스터들의 습성과 버릇 등을 고려하며 어떻게 싸워야 하는지를 설명해 주었고 전투에서 성과가 있자 나를 작전 참모 대장 겸 돌격 대장으로 삼았다.

몬스터들은 밤이 되면 더욱더 광폭해졌다.

현사들의 말로는 2,000년 선의 바하노스 마왕을 무찌른 후부터 달이 그전보다 십여 배는 커지며 붉어진 뒤의 일이라 했다.

그 후 남은 몬스터들은 밤이 되어 달이 뜰 때면 이성을 잃고 흥분하며 광폭해진다고 말했다. 그런 이유가 있어 나는 밤이 되면 몸이 재빠른 이들을 뽑아 이성을 잃은 몬스터들을 상대했다.

전투에 나서기에 앞서 이성을 잃은 상대방을 제압하는 것은 간단하다. 함정을 파고 그를 유인하면 되는 것이다. 물론 이는 세 살배기 어린애도 잘 속지 않는 것이지만 흥분한 이 몬스터들은 세 살배기 어린애보다 못하다. 다행히 몬스터들의 지능은 좋지 못했고 함정을 파 그들을 각개격파하며 그 끝없는 평원을 채운 몬스터들을 줄이기 시작했다. 그렇게 끝이 없을 것 같은 이 전쟁도 시간이 지나 전쟁을 시작한 지 2년이 지나자 결국 몬스터들과의 전쟁에서 크로센 제국은 승리했다.

그 후부터는 탄탄대로였다.

대륙의 고전하고 있던 나라들은 크로센 제국의 지원군들에 그 몬스터들을 무찔렀고 도움을 받은 나라들마다 크로센 제국을 크게 칭송했다. 그 후 나는 예전에는 황제의 후계자였던 황태자를 황제로서 또 한 번 대면할 수 있었다. 그는 황제가 죽고 난 후 뛰어난 머리와 덕으로 황제의 자리에 올라선 것이다.

그동안 크로센 제국에는 우리 페론 용병단을 모르는 이가 없었고 내 이름 또한 모르는 이가 없었다. 나중에 안 사실이지만 그때 당시의 상인연합에서 나를 신격화시키며 나와 닮은 동상들을 팔아치운 것이다. 그 이야기를 듣고 한동안 참으로 상인들의 머리는 어떤 구조였는지 궁금하기도 했다.

그렇게 황제와의 두 번째 대면이 시작했다.

"자네는 20년 전 짐을 구하였고 그 후 기사 직을 버린 후에도 우리 제국을 구하였으니 나는 자네에게 두 번의 목숨을 구원받았네. 그러한 이유로 내 20년 전과 같이 묻겠네. 자네의 소원이 무엇인가. 내 어떤 것이라도 들어줄 의향이 있네. 재물을 원하면 수십 대가 지나도 다 쓰지 못할 재물을 주겠고, 작위를 원하면 내 누구보다 높은 작위를 주겠네."

그 말에 주위의 귀족들도 끄덕이며 동감한다는 듯 고개를 끄덕였다. 아마 나와의 대면이 있기 전에 황제와 귀족들이 회의를 하였던 모양이다. 나는 조금도 망설이지 않고 황제에게 고했다.

"20년 전 황제 폐하를 구한 것은 저에게 행운이었고, 그 후 크로센 제국을 구한 것도 저에게는 행운이었습니다. 하나 황제 폐하께서 저에게 하나의 소원을 들어주신다면 감히 말하겠나이다. 황제 폐하, 이번 우리 하르미안 대륙이 몬스터 따위에게 파죽지세로 밀린 것은 인재의 등용이 뜸하였기 때문입니다. 귀족만이 기사와 현자가 될 수 있기에 충분히 능력이 되는 이들도 기사와 현자가 되지 못하고 그저 평민이기에 재능을 썩히며 농사를 짓거나 상업에 종사합니다. 황제 폐하, 감히 제가 하늘 같은 황제 폐하께 말을 올리니 우리 크로센 제국만이라도 평민들을 위한 등용문을 열어주십시오. 그러하면 앞으로 혹시나 몬스터 군단들이 일어난다 하더라도 황제 폐하의 큰 아량에 감동을 한 평민들은 누가 말하지 않아도 검을 들 것이며, 누군가 말린다고 해도 용감히 싸울 것입니다. 저 마린, 황제 폐하께 감히 소원을 빌었나이다."

황제와 주위의 귀족들은 예상치 못한 소원에 놀랐다. 그저 재물이나 작위, 또는 영지인 줄 알았거늘, 이런 이야기일 줄이야… 곧 황제는 고개를 끄덕이며 이렇게 좋은 일이 또 어디 있겠나는 듯 호탕하게 웃었다.

"하하하하! 내 그대의 나라에 대한 지극정성적인 생각에 감탄을 금할 수가 없구나. 내가 비록 검을 잘 쓰지도 못하고 머리 또한 뛰어나지 못해 나라에 전쟁이 일어났음에도 아무것도 하지 못한 무능한 황제임은 틀림없으나 내가 얘기를 한 것은 모든 것을 잃더라도 지키는 신념을 가진 사나이다. 내 그대의 소원을 꼭 들어주겠노라. 하하하하! 이렇게 유쾌한 기분은 처음인 것 같구나. 하하하!"

내가 말한 것은 신분제에 커다란 영향을 주기에 안 들어주실지도 모른다고 생각했었거늘, 예상을 상회한 황제의 그릇과 덕에 나는 놀라고 말았다. 곧 정신을 차린 나는 황제께 눈물을 흘리며 절을 했다.

"황제의 하늘 같은 덕에 소신은 놀랐나이다. 저의 과한 소원을 들어준 황제 폐하께 앞으로 목숨을 걸고 충성하겠나이다. 감사하나이다. 감사하나이다."

황제는 그런 나의 모습이 더욱 맘에 들었는지 더 크게 웃었다.

그 후 며칠이 지나지 않아 대륙의 다른 나라의 왕들과 신분이 높은 이들을 불러 회의를 했다. 새로운 신분 상승의 등용문에 다른 나라의 귀족과 왕들은 눈살을 찌푸렸지만 나라의 멸망에서 구해주었기에 조금의 반항을 뒤로한 채 모든 나라에 등용문으로서의 길을 열었다.

그 소식을 들은 나는 크로센 제국만이라는 말로써 소원을 빌었건만 과하게 소원을 들어준 황제 폐하의 아량에 눈물을 흘리며 다시 한 번 황제 폐하께 충성을 맹세했다.

크로센 제국년 1805년.

평안하다. 결혼을 하고 아이도 셋을 낳았다. 늦게나마 결혼을 한 난 현명한 아내 덕에 귀족으로서도 자리를 잡았고, 기사의 재능이 없기는 하지만 착하고 귀여운 나의 아이들은 아무런 말썽을 부리지 않고 잘 자랐다. 그렇게 결혼 후 20년째 되던 어느 날이었다.

나는 그 꿈인지 현실인지 구별이 안 가는 일이 있은 후 계속 몸속에 있는 이 기운을 움직이고 있었다. 10년 전부터 멈춘 나의 검술은 무언지 잘 모르는 커다란 벽에 부딪쳤다. 그날은 유난히 기운이 강하게 내 몸을 이리저리 치며 돌아다녔다. 그래서 그 기운을 안정시키려고 오랫동안 자리에 앉아 정신 수양을 해야 했다. 그러나 결국 나는 그 몸속의 기운을 이기지 못했고 말로 못할 심한 충격에 정신을 잃었다.

깨어난 나는 나의 오감이 말로 할 수 없을 만큼 뛰어난 것을 알았다. 마치 다시 태어난 듯했다. 검이 울릴 때도 이런 기분이 들긴 했지만 그때는 기감이, 그러니까 주위의 기를 느끼고 볼 수 있었던 것일 뿐이었다. 지금은 그 기감보다는 많이 약하나 미각, 후각, 촉각, 청각, 심지어 머리까지 맑아져 있어 예전에 이해가 안 되던 이야기와 책의 내용이 지금은 거짓말처럼 이해가 되었다.

그리고 마지막으로 그 앞에 것보다 더욱 놀란 것은 내가 소드 오러를 쓸 수 있게 된 것이다. 나는 진실로 놀랐다. 내가 소드 마스터라니? 검에 대한 재능도 없었던 내가 소드 마스터라니?

의문점이 내 머리 속을 맴돌았다. 그러다 난 그때의 그 소년의 꿈이…… 꿈이 아닌 것을 알게 되었고 진실로 그 신기한 소년이 신의 사자임을 알았다.

그 후 그 신의 사자를 모시기 위해 그 마을로 찾아갔지만 그 마을 사람들은 그때의 몬스터 습격 이후로 이사를 갔고, 20년 동안의 세월은 마을이 있었다는 흔적만 겨우 남아 있을 뿐이었다. 그 신의 사자를 다시는 만나지 못할 것임을 난 그 마을을 보며 느꼈다. 다시 영지로 발걸음을 되돌렸다. …(후략)…….

탁―

닫혀진 책 소리에 촛불이 일렁거린다.

마린은 자신과 같은 이름을 지녔던 전설의 용병왕 마린의 파란만장한 이야기를 읽고 나니 왠지 남 얘기같이 느껴지지 않았다.

그건 단순히 이름 때문이 아니라 마린도 전생에서는 말로 할 수 없는 파란만장한 일을 겪었기 때문일 것이다. 그가 이

자와 다른 것이 있다면 이 사람은 제국까지 지킨 나라의 영웅이지만 자신은 마지막까지 실패한 삼류무인이었다는 것.

'나도 이렇게 되고 싶었다. 사랑하는 여인과 행복한 가정을 꾸미고 싶었고, 세상이 위기에 처할 때 내 힘으로 세상을 구하고 싶었다. 그래서 이름을 후세 사람들에게 두고두고 기억하게 하고 싶었다……. 그런 내가 하늘도 예상 못한 평생의 기연을 얻게 되었다. 장류빈 때는 생각도 하지 못한 대단한 힘의 소유자가 되었고.'

그날 밤 마린은 마음속으로 하나의 결심을 했다, 제국이 힘들어하고 대륙에 어려운 일이 있을 때 그 누구보다도 앞장서서 싸우겠다고. 그리하여 나 마린은 이 세상에서 영원히 지워지지 않을 이름을 남기겠다고.

여름이 시작하는 늦은 밤…….

그 여름 어느 한밤에 한 사내의 마음속은 그 어떤 때의 여름보다 뜨거웠고, 그 어떤 때보다 타오르는 횃불보다 정열적이있다.

Chapter 9
절정의 길에 다시 한 걸음을 놓다

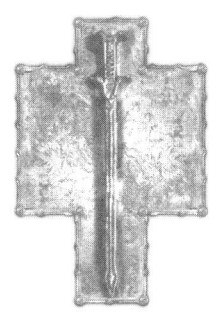

고요한 새벽.

한 인영이 새벽 안개를 가르며 기숙사를 나선다. 어디론가 걸어가는 그 인영을 붉은 달빛이 감싸자 얼굴이 드러났다.

붉은 머릿결에 큰 입, 한 자루의 검을 찬 사내 마린이었다.

하늘의 해도 눈을 뜨지 않은 껌껌한 새벽에 그는 어디를 그리 가는 것일까? 잠시 후 그가 도착한 곳은 커다란 문이 굳게 닫혀진 학원의 문 앞이었다.

잠시 고개를 여기저기 돌아보던 그는 곧 9미르나 되는 성벽을 향해 뛰어가더니 이내 다리에 힘을 줘 벽을 차올랐다.

퍽, 퍽, 퍽.

단 세 번의 발놀림에 그 높은 학원의 담을 넘어선 그는 고양이마냥 아무 소리도 내지 않은 채 착지했다.

학원 안에 들어선 그는 다시 한 번 근처를 확인하고는 어디론가 날 듯 뛰어갔다. 사람이라고 생각하기에 너무나 가볍고 재빠른 몸놀림. 절정에 들어선 그였기에 이룰 수 있는 일이었다.

학원의 뒷길에 위치한 작은 산.

그 꼭대기 근처에 반경 30여 미르의 평지가 있었으나 그 주위의 나무들이 유난히 크고 우거져 사람들에게 잘 알려지지 않은 장소였다. 그리고 그 장소를 향해 나무들을 박차며 마린이 들어섰다.

평지의 주위를 잠시 돌아보던 마린은 만족스러운 표정을 지으며 고개를 끄덕였다.

'생각보다 좋군. 사람들의 눈에 뜨이지 않고, 검법을 수련하기에는 더할 나위 없이 좋은 장소야.'

절정에 들어선 뒤 매화이십사수검법을 수련할 기회가 없었던 마린은 무언가 대책을 세워야 한다 생각했다. 혹시나 싶어 학원가에 오래 있었던 이에게 물었더니 예상했던 것보다 좋은 장소를 가르쳐 준 것이다.

스르릉—

거무틱틱한 허름한 검집에서 푸르스름한 날이 선 검이 그 모습을 드러냈다. 달빛에 비치며 광채를 뿜어내던 검은 자신

또한 마린 못지않게 답답했다는 듯 신명나게 울어댔다.

그렇게 울어대던 검에서 백색의 아지랑이가 피어오르며 3촌 가량의 검기가 튀어나왔다. 그리고 검을 쥔 그의 손이 움직이기 시작했다.

분명 하나의 검이 분명하건만 그의 손에 이끌리듯 움직이는 검은 하나가 아닌 듯하다. 그렇지 않고서야 어찌 저 아름다운 곡선을 유지한 채 검의 잔영이 뿌려질 수 있는 것일까? 하나 그 주위에 검을 쥔 손은 하나였으니 그것이 신기할 따름이다.

오감을 넘어선 육감이 마린의 검을 다른 경지에 올려놓게 했다. 마린 또한 자신에게서 무언가 변한 것을 느낄 수 있었으나 막상 이리 한층 날카롭고, 가벼우며, 또한 검이 끝을 맺을 때에 느껴지는 묵직함은 전과는 비교할 수조차 없었다.

한동안 검광을 뿜어내며 몸을 풀던 마린은 본격적으로 수련할 듯 허공에 가벼이 검을 내리 그었다. 잠시 후 호흡을 고른 그가 춤을 추듯 나릇한 몸놀림으로 매화이십사수검법을 펼쳤다.

매화노방(梅花路傍), 매화접무(梅花蝶舞), 매화토염(梅花吐艶), 매개이도(梅開利導), 매화낙섬(梅花落暹), 매화낙락(梅花落落), 매화빈분(梅花頻紛), 매화혈우(梅花血雨), 매화구변(梅花九變), 매화 만개(梅花滿開), 매화인동(梅花忍冬), 매화점개(梅花漸

開), 매화점점(梅花漸漸), 매화난만(梅花爛漫), 낙매분분(落梅紛紛), 매영조하(梅影造河), 매인설한(梅忍雪寒), 매향성류(梅香成流), 매향침골(梅香浸骨), 매향취접(梅香醉蝶), 매유청죽(梅遊靑竹), 매향성류(梅香成流), 매화만리향(梅花萬里香).

검기가 서린 그의 검에서 70년이 넘는 매화이십사수검법의 정화가 한꺼번에 분출되어 나온다. 검을 펼치는 그의 주위는 이미 범인이 생각할 수 없는 화려함과 기세로 가득 차 있다. 그가 펼치는 검은 조물주가 만든 세상을 축소한 것처럼 보이기도 하다.

분홍색의 매화꽃들이 쑥스러운 듯 펼쳐지며 봄을 알리자 나비들이 매화 사이를 노닐어간다. 매화 꽃잎들이 바람에 날아가며 이내 떨어진다. 그렇게 여름, 가을이 지나 날카로운 바람이 불어대는 겨울이 되니 주위의 풀들 또한 깨끗한 면적으로 잘리어지며 하늘 높이 오르다 떨어진다. 또한 주위의 나무들 또한 그의 무시무시한 기세에 흔들리며 잎을 떨궈내기 시작한다.

그리고 다시금 시작되는 봄.

매화 향이 그에게서 퍼져 나오며 순식간에 10여 장을 뒤덮었다. 그리고 하나의 검에 그의 모습이 지워진다. 아니, 분명 있건만 그의 기척이 느껴지지 않는다.

곧 평지 저 끝에서 4촌가량의 유난히 밝은 검기가 나타난다. 하나 무언가에 막힌 듯 그의 검은 움직이지 않고 그저 일렁거리기만 할 뿐이다.

잠시 후 산 일부를 뒤덮던 매화 향이 사라지며 마린이 거친 숨소리를 내다 검을 떨궜다.

그리고 동시에 그 또한 검과 함께 그 자리에 누운 그의 입에서 통쾌하다는 듯한 광소가 터져 나왔다.

"하하하! 크하하하!"

잠시 동안 쩌렁쩌렁한 웃음을 내던 마린의 눈가에 한줄기의 눈물이 흘러나와 볼 사이를 가로질렀다. 분명 강자의 자신감 넘치는 웃음이건만 그의 웃음에는 슬픈 느낌도 들었다. 그건 고독이었다.

그러리라.

아무리 꿈도 꾸지 못했던 절정에 들어서 이렇게 강해지면 무엇 할 것인가? 일류무인조차 보기 힘든 이 세상에서.

검명에 들어설 때만 하더라도 그는 마음 한구석에 이런 생각이 있었다, 이 세계에도 자신만 한 이들은 어딘가에 있을 것이라고. 한데 막상 절정에 들어서 신바람나게 검법을 펼치니 이건 너무나 지나쳤다.

이는 오랜 시간 동안 매화이십사수검법 하나를 연구하고 단련을 몇 번이나 한 이유였다. 절정에 들어서 그동안 대략 이럴 것이라 생각하던 초식의 위력을 보게 된 것이었다.

하나 이건 너무나 지나치다. 하긴 왜 검기에 들어선 이들을 절정에 들어선 무인이라 하겠는가? 다 그럴 만한 이유가 있었다.

'전생에 이 경지에 들어섰다면 마음껏 이 힘을 쓸 수 있었을 것인데. 이곳에서 이 힘은 너무나 과하다.'

한동안 웃음을 지어대던 그는 저 산 너머에서 해가 뜨는 것을 바라보다 이내 웃음을 그치고 일어섰다. 검집에 검을 꽂은 뒤 잠시 한숨을 내쉬다 산을 내려서는 그의 뒷모습은 아침 이슬에 젖어 있어서인지 쓸쓸해 보였다.

산을 내려서던 마린은 누군가 올라오는 기세에 걸음을 멈추고 나무 위로 몸을 숨겼다. 허락받지 않고 학원 안에 들어선 것에 대해 누군가 물어대는 귀찮은 일을 피하기 위해서였다.

잠시 후 누군가가 보였고, 마린은 그 모습에 신음성을 흘렸다.

그 인영은 한 여인이었다.

초록색 머리와 푸른색의 눈을 한 그녀. 매끄러운 곡선을 한 그녀의 모습은 그의 마음을 알게 모르게 흔들리게 한다.

'루아라가 이곳에 무슨 일로?'

산을 올라서는 그녀의 뒷모습을 바라보던 마린은 이내 발을 떼었다, 그녀가 가는 곳으로. 마치 알 수 없는 인연의 끈에 이끌리듯.

잠시 후 그녀가 도착한 곳은 마린이 방금 수련을 마치고 돌아온 곳이었다.

"이곳을 아는 이들이 몇 없다더니 그중에 하나가 그녀였던 가 보군."

도착한 그곳에서 가볍게 검을 휘두르며 몸을 푸는 그녀의 모습을 지켜보던 마린은 본격적으로 검을 수련하는 그녀의 모습에 넋을 놓았다.

하늘하늘거리며 마치 나비가 날갯짓을 하듯 가벼운 그녀의 발놀림과 함께 허공을 휘날리는 그녀의 매끄러운 머릿결. 그리고 꽃에 서린 이슬보다 아름다운 이마에 송골송골 맺힌 땀방울들. 그 순간순간이 한 폭의 그림을 보듯 머릿속에 맴돈다.

넋을 놓고 그 모습을 쳐다보던 마린은 그녀의 모습과 한 여인이 뱃놀이를 하는 환영이 스치자 정신을 차렸다.

마치 전에 이런 모습을 보았다는 듯이 생생했다.

'이상하군. 그녀를 이렇게 보는 것은 처음인데 어떻게 이 상황을 겪은 듯한 느낌이 드는 깃일까?'

왜 이런 현상이 나타났는지 이해할 수 없는 마린은 가슴이 답답하고 머리가 조금 어지러워졌다. 평상심을 잃은 자신의 모습에 마린은 그녀의 모습을 뒤로한 채 사라져 갔다.

그로부터 보름이 흘렀다.

그동안 마린과 친구들은 '사우르' 동아리에 가입하였고,

찰스와 라리아는 5학년이면 의무적으로 보는 시험에 의해 여행을 떠났다. 다행히도 그녀가 속한 팀은 케론 경이 이끌었는데, 그의 실력에 대해 믿음이 갔던 마린은 걱정하는 세리온스를 위로해 주었다. 물론 로단은 떠나가는 그들을 보며 가슴에 질투의 불을 지폈고.

캄캄한 밤, 공기를 가르며 검을 수련하던 마린은 자신의 수련 방식에서 문제가 생겼음을 느꼈다. 단순히 위력만으로 생각한다면 만족을 뛰어넘었다. 하나 그뿐 검기를 사용하여 검법을 펼칠 때면 오랜 시간을 유지하지 못하는 것이다.

물론 이 세계에 검기가 서린 자신의 일검을 막을 자가 없을 것이다라는 생각을 하는 마린이지만, 자신이 검을 펼치는 곳이 전쟁터라면 그 이야기가 달라진다. 인간의 상식을 뛰어넘는 육체와 기이한 능력들을 지닌 몬스터들과의 전쟁은 조심에 조심을 해야 했고, 또한 어쩔 수 없을 시 검기를 사용하게 되는 상황이 온다면 모르긴 몰라도 필사일 것이다, 전쟁이 반나절 만에 끝나는 것이 아니기에.

그렇기에 오늘도 검법을 펼치고 흐트러진 숨을 고르던 마린은 무언가 방법이 없을까 싶어 궁리하다 문득 장류빈 시절 때 객점에서 이야기꾼이 했던 이야기가 생각났다.

그러니깐 정사대전의 마지막 전투에서 장류빈은 그때 그

근처에서 어디 건수가 없나 한참을 돌아다니다 산속에서 우연히 도사 복장을 한 시신을 보았다.

혹시나 싶어 그의 품을 뒤져 보니 화산파의 기초 무공인 매화이십사수검법의 책자를 발견할 수 있었다. 강호인으로서 시체에 손을 쓴다는 것은 껄끄러운 것이지만 그때는 이제 막 강호에 발을 들인 강호초출이었고, 제대로 된 무공에 대한 욕심이 과했다.

또한 그것이 화산파의 기초 무공이라 할지라도 자신 같은 삼류무인에게는 기연이라 할 수 있었기에 누가 볼세라 장류빈은 그것을 들고 산으로 숨어들어 갔다.

그렇게 몇 년을 수련하고 나온 장류빈의 얼굴은 안색이 좋지 못했다. 자신의 능력으로는 초식을 펼칠 수는 있어도 그 책자에 적힌 위력은 나오지 않았기 때문이다. 그러나 전혀 성과가 없었던 것은 아니었다. 적어도 삼류무인이라면 서넛쯤은 상대할 수 있을 정도로 강해졌으니. 그러나 그래 봤사 그 실력은 삼류무인에게나 통할 뿐이었다, 평범한 사람들보다 훨씬 강하기는 하나 고수에게는 한 주먹도 안 되는.

그 삼류무인이라는 굴레에 벗어나지 못한 것이다.

몇 년간의 성과가 생각보다 별 볼일 없게 되자 산에서 잡은 멧돼지를 팔아 번 구리 50문으로 객점에서 싸기는 하나 독하고 맛이 없는 백건아를 돈 되는 대로 시켜 안주도 없이 하염

없이 마셨다. 백건아가 목을 타고 내려가며 몸 전체를 태우는 듯 후끈후끈했지만 장류빈은 술을 마시는 속도를 멈추지 않았다.

결국 취하여 객점의 탁자에 쓰러져 누웠는데 하필 객점의 한가운데 자리였다. 장사를 하는 데 거슬릴 만했으나 객점에서는 돈낸 것도 있고 검을 들고 있는 것을 보니 무인이라 생각해 어찌하지 못하고 술이 깰 때까지 내버려 두었다.

한참의 시간이 지나 저녁이 되어 모여든 사람들의 시끄러운 소리에 의해 장류빈이 조금씩 정신을 차릴 때였다. 어린 손녀와 한 늙은이가 객점 중앙에 자리 잡았다. 늙은이는 손녀가 가져다준 열후를 켜며 사람들의 시선을 모았다. 그 소리가 좋아 장류빈도 자연히 그 노소에게 관심이 가기 시작했다.

연주가 끝나자 자그마한 어린 손녀가 할아버지께 물었다.

"할아버지, 오늘은 어떤 얘기를 해주실 거예요?"

"글쎄다… 우리 귀여운 영아에게 무얼 이야기해 주어야 할까? 옳지, 100년 전 무림을 들썩거리게 했던 검왕 남궁제천님의 이야기를 해주마."

"치. 아무리 100년 전이라도 우내오존 중의 한 사람인 남궁제천님의 이야기를 모르는 사람이 어디 있어요?"

"허허~ 원 녀석. 그래, 네 말대로 남궁제천님의 이야기를 모르는 이가 없지. 하지만 이 이야기는 모를 것이야. 한때 남궁세가에서 하늘로 떠받들어 모셨던 남궁제천님이 사실은 가문에서 골치 아파하던 둔재라는 것을 말이야."

"에이~ 거짓말. 남궁제천님이 어떤 분이신데 둔재라고 하시는 거예요? 차라리 뛰어난 기재라면 모를까. 남궁제천님은 검을 쓰는 자에게는 하늘로 모셔지는 분이신데 말이에요."

"허허, 원 녀석. 성질도 급하구나. 아무렴 이 늙은 할아비가 우리 귀여운 영아에게 거짓말을 하겠느냐. 네 말대로 처음 남궁제천님이 태어나시고 열다섯 살 때까지는 기재 중의 기재라고 불리었단다. 암~ 대단했지. 조사 이후로 그런 기재가 없을 거라며 세가의 가주가 극찬을 할 정도니 말이야. 그렇게 가주에게서 극찬을 받던 남궁제천님은 불과 열다섯 살에 검명을 울렸단다. 믿기기 힘든 이야기지. 아무리 영약을 먹는다 하더라도 전설적인 영약이 아닌 이상 검명을 울릴 정도의 내공을 모을 수 없으니 말이야. 아마 후시기수 중 최고라 불릴 만한 뛰어난 무재였음에도 끝없는 노력을 아끼지 않았기에 가능했던 것이겠지. 그렇게 남궁세가만이 아니라 정파무림의 많은 이들에게 극찬을 받던 때였어. 어느 날 남궁제천님이 누군가에 당하고 온 듯 온몸이 멍투성이였지. 세가에서는 깜짝 놀랐단다. 지금은 오대세가에도 끼기 힘든 남궁세가이지만 그때의 위용은 하늘을 찌르는 듯했거든. 한데 감히 다 다음 가주가 될 것이라 확신하는 남궁제천님이 그렇게 당하고 오셨으니 난리도 그런 난리가 아니었단다. 그때부터였단다. 그분이 둔재라고 불려졌던 것이 말이야. 크흠~ 목이 마르구나. 영아, 물 좀 떠 오겠느냐."

"네, 할아버지. 잠시만 기다리세요."

그때 밭을 갈고 왔는지 바지가 흙투성이였던 사내 셋 중 한 명이 술을 한 대접 따르며 말했다.

"거참, 빨리 좀 말하시오. 답답해 미치겠소."

"그러게 말이오. 크흠. 애야, 여기 술 한 대접을 할아비에게 갖다 주거라."

"네. 감사합니다, 아저씨."

그렇게 사내가 준 술을 벌컥벌컥 마신 노인은 기분이 좋아졌는지 다시금 얘기를 시작했다.

"그러니깐 그때부터였단다. 그분이 둔재라고 불려졌던 때는 말이야. 예전에는 한 번만 보면 곧장 따라 하던 것을 몇 번이나 가르쳐 주어도 따라 하지를 못하고 검을 펼칠 때도 보는 이가 답답할 정도로 느리게 펼쳤단다. 가문에서는 갑자기 잘 나가던 아이가 하루아침에 둔재가 되어버리니 난리가 났었지. 의원들에게 물어도 병이 아니라고 말하니 답답할 수밖에. 그러다 한 유명한 의원이 그랬지. 이는 병이라면 병이겠지만 마음의 병이라 이러는지도 모른다고. 그 말을 들은 가문의 가주와 윗사람들이 어르고 달래고 화를 내어도 효과가 없는 듯 남궁제천의 기이한 행동은 계속되었단다. 결국에는 가문에서도 포기하였고, 앞으로 사룡 중에 으뜸이 될 거라 평가를 받을 정도로 유명했으나 시간이 지나면서 사람들의 기억 속에 남궁제천이라는 이름은 사라져 갔지. 그렇게 50년이 지났단다. 가주는 그의 동생인 남궁제휘가 물려받았는데 다행히 그분도 문파의 가주로서의 능력이 뛰어나 세가를 별 탈 없이 잘 꾸려 나가던 어느 날이었지. 강서 쪽의 무림맹 지부와 정의문파들의 사람들이 모두 사라지는 사건이 발생하였단다. 소리 소문 없이 사람들이 사라지자 그 일의 진상을 알기 위해 무림맹은 일류고수 서른 명과 절정고수 세 명을 보냈지. 그로부터 보름이 지나 연락이 왔으나 참담했단다, 정상적인 방법이 아닌 여기저기 피칠을 한 비둘기 한 마리가 온 것이었으니. 그 편지에는 정찰부대 전멸과 혈교의 등장의 내용이 써 있는 것이야. 그로 인해 무림맹은 모든 성의문파를 모아 그들과 1차 징마대진을 벌였지. 무림맹은 자신있었단다. 그때는 정파시대라 불릴 정도로 정파에 대단한 인물이 많았거든. 하지만 예상과는 달리 결과는 참패였단다, 그것도 아주 처참한. 수많은 협으로 이름난 고수들은 수십 조각으로 쪼개져 까마귀의 밥이 되었고, 혈기 넘쳤던 청년들은 그때 악명 높았던 혈강시에 의해 한 줌의 핏덩이로 변하고 말았지. 정파는 그렇게 처참하게 밀렸단다. 나중에 그 사실을 안 무림의 은거고수들까지 나서게 되자 천하가 좁다며 세력을 확장하던 혈교는 멈추었지. 하지만 그것도 잠시, 혈교의 교주가 나온 후부터는 이야기가 달라졌단다. 그래, 그 혈교의 교주가 마의 군주라 불리는 천마와 함께 마인들에게 2대 마신이라 불리는 혈마였단다. 혈마는 놀랍게도 초절정의 고수였지. 그야말로 하늘을 찌르는 위력을 보였단다. 가벼운 손짓에 대지가 산산이 부서졌고, 하늘을 자유로이 날아다니는 능공허도의 경지였으며, 그의 검에서 몇 장이나 펼쳐진 무시무시한 검강은 그 누구도 막을 수 없었지. 그야말로 사신이라 할 수 있었단다. 지금은 많이 잊혀졌지만 50년 전까지만 해도 혈마라 하면 정파인들은 그 공포와 잔인함에 치를 떨었지. 크흠. 그래, 그때였단다. 혈마를 앞세워 파죽지세로 정파를 밀어붙이는 그때 정파 측에서 한 젊은이가 혈마의 검강을 막은 것이지. 그때까지 한 시대에 두 명의 절대고수는 존재하지 않았는데 정확히 130년 전 그 기록을 깨버린 거지. 그때부터 정파와 혈교의 무인들은 자신들의 목숨을 지키는 것만으로 벅찼단다. 그들의 일검은 산을 갈랐고, 그들의 일검이 부딪칠 때마다 하늘에서 번개가 치고 땅이 울리는 듯하여 마치 천지창조의 모습을 보였으니 그럴 수밖에 없었지. 그런 탓에 수천 장 범위 안에 있던 사람들 중 일류고수가 아닌 이는 그 소리에 고막이 터져 평생을 귀머거리로 살아야 하는 비극을 겪기도 했지. 하나 누구도 그 자리를 뜨지 않았단다. 그들의 결투의 끝이 강호의 미래를 좌지우지했거든. 하지만 그림자가 빛을 이길 수 없다는 것이 진실인 듯 결국 하늘에서는 혈마가 처참한 몸 상태로 떨어졌단다. 그 다음에는 그 기인도 내려왔지. 그 기인도 성한 모습은 아니었으나 혈마보다는 그 모습이 나아 보였다더구나. 그러다 이제 곧 죽을지도 모르는 큰 부상을 입은 혈마가 아무렇지 않다는 듯 벌떡 일어나 그가 내려온 모습을 보며 무엇이 좋은지 크게 웃었단다. 그러자 그 기인도 같이 웃었지. 혈마가 웃음을 그치며 말했지. '내 인생에 이렇게 유쾌한 일은 그때의 일 빼고는 처음이다. 그대의 이름은 무엇인가?' 그 말을 들은 그 젊은 기인이 말하기를. '남궁세가의 식솔 중 하나인 별 볼일 없는 늙은이일세. 이 경지까지 와서 세속에 대한 것에 대해 더 이상 따져 봐야 뭐 하겠냐만은 그래도 자네가 원한다면 말해 주지. 나는 남궁제천이라 하네. 정말 오랜만이군 그래'. 그 소리에 남궁세가는 깜짝 놀랐단다. 특히 가주의 놀라움은 그 누구보다 더욱 컸지. 저 기인이 언제부턴가 세가에서 사라졌던 자신의 형님이라니 말이야. 그리고 다시 남궁제천이 말을 이었지. 이제 그만 세속을 벗어나라고 말이야. 자신도 곧 따라가겠다며. 그 말에 혈마가 크게 웃더니 좋다고 말한 후 하늘 높이 날아가 곧 사라졌단다. 그 후로 혈마가 없어진 혈교는 주인을 잃은 개처럼 떠돌다 없어지고 말았단다. 그렇게 평화가 지속되던 어느 날이었지. 가주가 묻기를, 왜 어렸을 때 그런 행동을 하여 속을 썩였냐고, 때문에 부모님이 얼마나 걱정했는지 아느냐고. 남궁제천님께서 말씀하시기를, '그날 난 이름 모를 또래에게 당하고 너무 화가 났지. 그 녀석도 많이 다쳤지만 내가 더 많이 당했어. 그래, 한마디로 지고 만 거지. 나만 한 천재가 또 어디 있을까 생각했던 그 당시의 나에게 그 녀석의 존재는 너무나 성가셨다네. 그리고 헤어질 무렵 나는 그와 나중에 다시 한 번 싸우기로 약속했지. 난 내가 그보다 부족한 것을 알았기에 여러 가지 책들을 찾아보고 자료를 찾고 또 찾았어. 그러다 서재 한구석에서 500년 전 화산제일검이라 불리며 환우오존의 한 분이셨던 선덕지인의 자료를 찾을 수 있었네. 그 자료에서는 선덕지인은 그 초절정의 경지에 들기 전 만검을 하며 지냈다 적혀 있었네, 그 검은 너무 느려 한번 펼치면 기초 무공인 매화이십사수검을 펼치는 데 두 시진이나 걸렸다는 이야기가. 그 이야기를 보고 나도 지금까지 익혔던 무공으로 만검을 펼쳤다. 하지만 두 시진은커녕 일 다경도 하지 못하고 뻗어버렸지. 그러자 갑자기 나는 나의 무공에 회의를 가졌어. 그래, 그때부터였을 거야, 그것에만 정신이 팔리기 시작한 것은. 그리고 그로부터 40년이 되던 때 나는 초절정의 경지가 무엇인지 알게 되었지'. 그 말을 듣고 가주는 궁금하여 물었지. 그 어렸을 때 상대했던 그는 누구였으며, 지금은 만났냐고. 그 말에 남궁제천은 호탕하게 웃으며 말하기를, '하하하… 정말 모르겠나. 자네도 보지 않았나. 그 싸움. 정말 강해졌더군. 까닥 잘못했으면 질 뻔했지 뭔가. 모든 걸 다 포기하고 준비한 싸움인데 지면 안 되지. 암! 그렇고말고. 하하하'. 그때서야 형님이 어렸을 때 상대한 이가 혈교의 교주인 혈마라는 것을 안 가주는 새삼스레 하늘의 뜻은 알 수 없다고 생각했단다."

그렇게 이야기를 마친 노인은 소녀에게 말했다.

"영아 너는 알고 있어라. 하늘의 그물은 너무 틈이 커 쓸모 없을 것 같아도 사실 그런 것들이 세상의 모든 것을 이어준다는 것을 말이야. 알겠느냐."

"네! 잘 알겠어요, 할아버지."

그렇게 이야기를 마치고 소녀가 할아버지의 모자로 돈을 걷자 오랜만에 강호의 이야기를 들은 범인들은 호쾌히 돈을 주었다. 생각보다 많은 돈에 기분이 좋았던지 다시 노소는 열후를 키며 연주를 시작했다. 징류빈도 그 연주를 들으며 다시 잠이 들었다.

어두운 새벽. 푸른 벌판이 파도처럼 흔들린다.

그 흔들리는 벌판 중앙에 앉아 있던 사내는 무언가를 생각하는 듯 여름임에도 한 번씩 차갑게 불어대는 새벽바람에도 끄덕도 않는다. 잠시 사내의 눈에서 번쩍 하고 광채가 일렁거리며 떠진다.

'만검(謾劍)이라… 확실히 들어는 보았다, 한없이 느린 검하나에 수많은 변화의 묘가 있어 아무리 빠르고 강한 검이라 할지라도 경지에 이른 그 검 하나를 뚫을 수가 없다는 이야기를. 하나 그 당시 그 이야기를 들었을 때는 헛소리라 생각했는데.'

그가 그리 생각한 것은 당연한 일. 잠시만 긴장을 느슨하게 풀어도 언제 검이 쑤실지도 모르는 전쟁터를 살아오던 그에게 그런 이야기는 신선놀음처럼 머나먼 것이었으니.

하나 지금이라면, 확실히 만검이라면 쓸데없이 뿜어대는 기를 막아낼 수 있지 아닐까 싶은 생각이 든 마린이었다. 약간의 희망이 보이는 듯하자 마린은 이내 검을 뽑아 들고 일어섰다.

결심이 섰으면 바로 실행하는 것이 무인의 자세이다.

잠시 후 호흡을 가다듬던 마린은 검기를 뽑아내어 매화이십사수검법을 천천히 펼치기 시작한다. 검을 펼치는 내내 그의 눈은 감기지 않았다, 마치 자신이 펼치는 검에 어떤 변화가 서려지는지를 한순간도 놓치고 싶지 않은 듯.

그리고 일각(15분)이 지났다.

매화이십사수검법의 열네 번째 초식인 매화난만(梅花爛漫)을 펼치는 그의 전신은 비를 맞은 듯 땀을 흘리고 있었다. 얼굴 또한 붉게 달아올라 있었고, 눈 또한 출혈되었으며, 그의 숨소리도 이미 형편없이 흐트러져 있었다.

그리고 허공을 어지럽히던 현란한 매화 또한 그 변화를 잃어버리고 하나의 모습으로 돌아오더니 이내 사라져 갔다.

툭—

하나의 검이 그의 땀이 가득 배인 손을 벗어났다. 숨 하나 제대로 고르기도 힘들건만 마린은 마음 한구석이 상쾌해지는 것을 느끼었다.

'이렇게 미친 듯이 땀을 흘리고 수련한 것이 얼마 만일까?'

일류에 들어서기 전이었으니 벌써 4년이 지난 듯하다. 아니, 그보다 더 전이었을 것이다. 아기 때부터 심법을 수련한 탓에 유연한 몸은 수련을 해도 전생에서만큼 힘들지 않았다. 몸은 힘들지만 마음은 상쾌했다.

'그래, 아마 그래서 몸을 단련하는 것을 멈추지 않았는지 모른다. 어떤 이는 도박에, 어떤 이는 술에 중독되듯, 수련에 중독되었지.'

이내 충혈된 눈을 감고 운기를 하며 그는 머릿속으로 자신이 펼친 어설픈 만검에서 일어나던 수많은 변화와 그에 대한 기의 흐름을 다시 되새겨 보았다.

천천히 움직이는 그의 검은 처음에는 언제나 지나가던 길을 걷기 시작했다. 하나 잠시 후 검은 길을 잃기 시작했다. 그

전까지만 하더라도 하나의 길뿐이던 그 길이 두 갈래로 나누어지기 시작하였고, 그중 한 길을 택하고 나니 4개로 갈리어졌으며 다시 그 일이 반복될수록 그 길은 배로 늘어난 탓이었다.

또한 평소 검에 주입되어 쓰여왔던 내공을 얼마나 무식하게 뿜어냈었는지도 알 수 있었다. 처음 행하는 것이라 어설프게 느꼈음에도 불과하고 그렇게 많은 양을 느꼈다는 것은 자신이 그만큼 엉터리로 수련했다는 것이었다.

절정에 다다른 검술은 확실히 오묘하다. 단순히 검을 들고 쓰는 육체만의 움직임이 전부가 아니다. 기와 신과 정이 일치해야 한다. 그러기 위해서는 마린은 자신을 보고 느끼고 행할 수 있어야 했다.

어느새 해가 뜨기 시작한다.

따스한 햇볕이 그를 감싼다. 한참 동안 햇볕을 맞은 채 앉아 있던 마린은 무언가 익숙한 기척을 느끼고 바로 발을 놀리어 근처의 나무 꼭대기에 올라섰다. 그 동작은 투박했던 지금까지의 경신술과 달리 너무나 매끄럽기 그지없었다.

잠시 후 한쪽 풀들이 흔들거리더니 한 아름다운 여인의 모습이 나타났다. 그리고 지금까지 그가 보아왔듯이 그녀는 방금 자신이 수련한 그 벌판에서 수련하기 시작했다. 아침 햇살에 비치는 그녀의 검술은 아름답기 그지없었다.

방금 전까지 만검에 대해 고민하던 마린의 머릿속은 온통 저 여인에 대한 생각뿐이었다.

'그녀의 흐트러지지 않는 아름다운 모습, 내재된 품위, 맑은 눈빛, 알아갈수록 신비롭게 느껴지는…….'

이제 그녀를 볼 때마다 혼란스러워지는 마음 또한 조금씩 익숙해져 잠시 아무 말 없이 그녀를 바라보던 마린은 그저 그녀에게 다가가고 싶은 충동을 느꼈다.

그리고 그런 마린에게 문득 하나의 생각이 머릿속을 스쳐 갔다. 하나 곧 경직된 표정을 지었다. 그러나 그녀를 보자 그런 그의 표정은 없어져 갔고, 잠시 후 아쉬운 마음에 그녀를 다시 한 번 바라보던 마린은 이내 경공을 펼쳤다.

소리없이 경공을 펼치는 그의 뒷모습에서 전에 없던 진정 절정의 무인다운 기세가 흐르는 듯했다.

그날 오후 마린은 페오나르 가로 가게 되었다.

그동안 졸업반의 시험 문제와 나라 여기저기에 일어나는 전쟁 탓에 바빴던 라리온과 기사단으로부터 페오나르 가의 검술을 배울 수 없었다. 그러다 어느 정도 전쟁이 정리되자 어제저녁 기숙사로 찾아온 하인에 의해 오늘부터 검술을 배우라는 통보를 받게 된 것이다.

확실히 매화이십사수검법을 쓰기에는 너무 과하고 용병검법으로는 실전에 쓰이기에 어느 정도 한계가 있는 것이 사실이기에 페오나르 가의 검술은 그에게 꼭 필요한 것이었다.

곧 페오나르 가에 도착한 마린은 이미 기다리고 있던 하인들의 안내를 받으며 기사들의 수련장으로 갔다.

수련장에는 저번에 와서 알게 된 잘 단련된 몸을 지닌 기사들의 대련이 한참이었고, 기사들의 자세를 잡아주던 보르센 단장이 마린이 들어온 것을 보고는 반가이 맞이해 주었다.

"하하하. 마린 군, 그래, 잘 왔네. 라리온 후작님께서 한동안 마린 군에게 검술을 가르치라는 능력 밖의 일을 맡겼네. 뭐, 저번 대련을 보니 별달리 가르칠 만한 것은 없어 보이는데 그래도 한번 능력껏 노력해 보도록 하지. 오늘은 페오나르 가 검술의 기본 검법만 배우도록 하자고."

"네. 앞으로 지도 잘 부탁드리겠습니다."

그들이 인사를 마치자마자 언제 다가왔는지 수련을 하던 기사들이 끼어들었다.

"너무 반가운걸? 오랜만에 본 탓인가. 저번보다 키가 더 커진 거 같은데. 크하하하."

"마린, 오랜만이네. 저번 대련 무시무시했어."

"오늘부터 같이 수련하는데 대련할 때 봐주면서 해줘. 나이가 들어서인지 요즘은 조금만 스쳐도 몸이 저려서. 음하하하."

아침부터 농땡이를 부리려고 잘 알지도 못하는 마린을 지나치게 반기는 기사들의 모습에 화가 난 보르센은 버럭 소리쳤다.

"이것들은 뇌 구조가 어떻게 생겨먹었기에 틈만 나면 농땡이를 부리려 하는 것이지? 한동안 굴리지 않아 군기가 빠졌나 보군. 요즘 날도 좋은데 밤새도록 굴려볼까?"

보르센 단장의 호령에 깜짝 놀란 기사들은 후다닥 원래 자리로 위치하여 날렵하게 치고 빠지는 대련을 다시 시작했다. 그 모습에 인상을 찡그리던 보르센 단장은 곧 마린에게 페오나르 가의 검법을 천천히 펼치며 가르쳐 주었다.

페오나르 가의 검법은 400년의 역사를 지닌 무가답게 실전적으로 만들어졌다.

하지만 너무 거칠고 강했다. 거칠고 강한 것은 살상력에 뛰어난 효력을 보이나 그것을 행하는 이에게 무리를 줬다. 그런 거친 부분을 고치고 유연함을 넣은 사람이 지금의 라리온 후작이었다. 그가 전쟁터에서 다시 탄생시킨 페오나르 가의 검술은 확실히 달랐다.

거칠고 강한 이면을 살렸을 뿐만 아니라 검법 하나하나가 부드럽게 이어져 연타 공격과 공수가 자유로워지는 것이다. 또한 몸에 쌓여지는 피로 또한 비교할 수 없이 적어졌으니 어떻게 보면 페오나르 가의 검법은 새로 만들어졌다 해도 다름이 아니었다.

하나 그 본질이 패도적인 검법이니만큼 다른 여타의 검법에 비해 체력의 소모가 심한 것은 사실이었다. 그러나 보르센은 아직 성인이 아님에도 극도로 단련된 육체를 지닌 마린이라면 충분히 소화가 가능할 것이라 생각했다.

누가 무어라 해도 크로센 제국의 최고의 검의 자식으로서 부끄럽지 않은 능력을 보이는 케론 경과 대등한 실력을 펼친 이가 분명했으므로.

하나 보르센은 패도적이면서도 유연함을 살리려면 많은 초식들이 들어가게 되었던 탓에 마린이 이 검술의 기초를 배우는 데 많은 시간이 걸릴 것이라 생각했다. 하나 그것은 그의 착각이었다.

보르센은 자신이 기초 검술들을 펼치는 시범을 마쳤을 때 마린이 자연스레 검을 잡고 검술을 펼치는 것을 보게 되었다. 처음 한 번 펼칠 때는 수십 가지의 초식들에 의해 조금씩 막히는가 하더니 두 번째 펼칠 때는 너무나 자연스러웠다.

그 패도적이면서도 수많은 변화가 있는 페오나르 가의 검법을 아무 부담 없이 마치 어렸을 때부터 배웠던 이처럼 마린이 펼치자 그는 놀라움을 감추지 못했다. 하지만 라리온 후작이 한 말도 있고 해서 그저 억지로 이해하며 페오나르 가의 검법을 펼치는 마린을 보던 보르센의 얼굴이 점점 굳어져 갔다.

'어떻게 이런 일이… 검법이 한 번씩 펼칠 때마다 진화하고 있다니! 이를 믿어야 할 것인가?

하나 그가 믿든 말든 분명 그 검법은 진화하고 있었다. 너무 빨리 진화하고 있는 탓에 이제 더 이상 어떻게 더 진화할 것인가 하는 의문 따위는 마린이 다시금 펼칠 때마다 날아갔다. 이런 말도 안 되는 일 앞에 경악한 보르센 단장은 어제 라리온 후작님과의 대화가 생각났다.

"내일 많이 놀랄 것일세. 그는 자네의 예상을 한참 벗어날 것이 분명하니. 자네 마음고생 좀 하게구먼. 하하하."

잘못 들었나 하고 고개를 내저었던 보르센은 그게 잘못 들은 것이 아니란 걸 알았다. 빨리 배우는 이는 자신이 아는 이들 중에도 있었고, 몸의 균형이 뛰어난 이도 마린만큼은 아니나 비슷한 이들도 적지 않았다.

하지만 마린 같은 이는 없었다. 어떻게 저럴 수가 있는지 이해가 가지 않았다.

페오나르 가의 검식이 거칠고 살기가 강한 것이 단점이라는 건 자신도 잘 알고 있었다. 하지만 그건 싸움터에 나서면 다른 장점이 되어진다. 피비린내 나는 전쟁터에서 거칠고 살기 있는 모습은 아군에게 용기를 주고 적에게는 공포를 준다. 또 자신에게도 흥분을 일으켜 주기 때문에 죽는다는 생각 따위에는 연연하지 않게 된다. 하지만 역시 몸이 빨리 지치고 너무 과도하게 움직이다 보면 근육 파열로까지 가서 사제들의 치료에도 한동안은 전투 불능이 되어버린다.

그래서 라리온 후작이 방어를 할 때에는 조금이라도 근육을 쉬게 하려고 20년 동안 적장에서 싸우면서 수정하고 또 수정해서 다시 만든 검술이 아닌가. 옆에서 검술이 변하는 모습을 지켜보던 자신이 생각해도 더 이상 발전하기 힘들 거라고 생각했던 검술인데…….

지금 마린은 아직 기초적인 검술이라지만 여타 기사단보다 복잡한 페오나르 가의 검술을 수련하다가 걸리는 부분이 있으면 자연스레 바꾸고 있었다. 그것도 생각지도 못한 방법으로 말이다. 그러면서도 페오나르 가의 검법을 바탕에 두었다. 필요없다고 생각하는 것은 과감히 버리고 다시 필요로 하는 부분은 자연스레 바꾸어놓았다.

보르센은 마린이 자신에 맞게 만든 검법을 보면서 왠지 지금까지 저 검법에 맞추기 위해 힘들게 수련을 한 자신이나 주위의 기사들이 바보같이 느껴졌다. 그만큼 마린은 상식을 벗어나는 일을 하고 있는 것이다. 400년이 넘는 페오나르 가의 역사를 들었다 놓는 것을 자연스레 하는 거라 이야기해도 무방했다.

하나 모든 사실을 알고 나면 이는 자연스러운 일이다.

마린은 이미 매화이십사수검법 형식의 극에 다다라 있었다. 비록 외형 쪽이지만 매화이십사수검법을 그만큼이나 완성시켰다는 것은 화산파의 역대 제자들 가운데에서도 보기 드문 일들이다. 화산파의 기초 무공이라는 매화이십사수검법은 절대로 기초라 해서 쉽다는 말이 아니었다. 간단히 형과 기의 운영에 대해 배울 때 편하다는 것이지, 그것을 파고들어 가면 화산파의 모든 검법이 매화이십사수검에서 나왔다고 해도 과언이 아니다.

그런 검법을 대성하고, 거기다 절정에 들어 머리가 맑아져 이해력이 범인으로서는 믿을 수 없을 만큼 깊어졌으니 페오나르 가의 검이 몇백 년을 이어온 검법이라 할지라도 마린에게는 자연스러운 일.

또한 만검이라는 것을 행하여 그 검에 대한 이해력이 한층 깊어진 그는 자신이 하는 일에 이상하다는 생각을 하지 못했다.

보르센이 자신을 놀란 듯한 표정으로 보고 있는 것을 본 마린은 그제야 자신이 한 짓을 알았다. 그에 멋쩍은 표정을 짓는 마린을 본 보르센은 몇 번이고 무어라 말을 하려다 그만두었다.

'이 소년은 나와 같은 범인이 아닌 천재인 것이다. 천재가 자기 재능을 표출하는데 무슨 말이 더 필요할까? 그저 후작님 말대로 대륙의 한 빛이 될 자이니 지켜보아 주고 능력이 되는

한 가르쳐 주도록 노력해야 할 뿐.'

하나 생각과는 달리 자존심이 상하는 것은 어쩔 수 없었다.

그렇게 저녁이 되어서야 기사단의 수련이 끝이 났다. 마린은 기사들과 식사를 한 뒤 저택을 나서다 하나의 가면을 보게되었다. 화려하지 않으나 섬세한 가면이었다. 전생 중원의 축제 때면 변검을 하던 이들이 쓰던 것과 비슷한 류의 가면.

왠지 옛 생각이 나서 마린은 집사에게 부탁해 그 가면을 얻어냈고, 지는 석양 속에서 페오나르 가를 나섰다.

그로부터 며칠 후.

학원의 수업을 마친 마린은 요 몇 주간 그녀가 보이지 않는 것을 알았다. 프랭클린에게서 수련 탓에 오지 않는다는 대답을 듣고는 마린은 자신도 모르게 저절로 고개가 끄덕였다.

'확실히 지금이 고비인 시점이긴 하지. 하나⋯⋯.'

해가 질 무렵 동아리 활동을 마치고, 친구들과 기숙사로 가던 마린은 문득 무엇이 생각났는지 다시 학원 쪽으로 발길을 돌렸다.

늦은 시간이라서 학원가는 한적하기만 했지만 마린은 아랑곳하지 않고 이내 자신의 수련 장소로 올라섰다.

혹시나 했건만, 달빛이 찬란하게 비치는 그곳에는 눈에 익숙한 인영이 보였다.

"루아라……"

달빛에 나타나는 요정처럼 구슬구슬 맺힌 땀을 빛내며 검술을 수련하는 루아라의 모습에 마린은 시선을 사로잡혔다. 잠시 아무 말도 없이 수련을 하는 그녀를 바라보던 마린은 복잡한 심정과 함께 하나의 의문이 들었다.

'왜 저 여인은 저리도 강함에 집착하는 것일까? 물론 기사로서 강해진다는 것은 당연한 목표이나 지금의 그녀는 과한 면이 없지 아니하다. 그녀를 보자면 마치 삼류를 벗어나고 싶어하던 과거의 내가 보여질 정도니……'

가슴에 무슨 한이라도 있는지 몸을 혹사시키며 수련하는 루아라의 모습에 마린은 고개를 내저었다.

이미 저 여인은 한계에 이르렀다. 아마 지금의 벽을 뛰어넘기는 스승 없이는 상당히 어려울 것이 분명했다.

'흠… 지금의 수련은 몸만 상할 뿐인데.'

그렇게 그녀를 바라보는 마린의 모습에는 어둠 속이라는 것과는 별개로 유독 그늘이 져 보였다.

운기행공을 마치고 이른 새벽에 길을 나서는 마린의 등에는 전에 없던 작은 짐 꾸러미가 있었다. 이제 점점 익숙해지는 기의 운영과 함께 경공도 점점 발전하여 순식간에 학원 담을 넘어 수련 장소로 도착했다.

그리고 시작되는 만검 수련.

파고들어 가면 갈수록 이 만검의 오묘함에 빠져들게 된 마린은 어느새 저 멀리서 그녀의 기척을 느꼈다. 곧 가져온 봇짐과 함께 마린은 평지 근처의 나무 위로 올라섰다.

잠시 후 환한 아침 햇살 사이로 그녀가 들어섰다.

아름다운 그녀의 얼굴엔 피로가 쌓여 있었다. 그런 그녀의 모습에 마린은 씁쓸한 표정을 지었다.

'정말이지 무모하기만 한 여인이군.'

마린은 곧 가져온 작은 봇짐을 풀어 헤쳤다. 그러자 그 봇짐 속에서 하나의 검은색의 장복과 페오나르 가에서 가져온 가면이 그 모습을 드러냈다.

'썩 내키지는 않지만, 유독 신경을 쓰게 하는 이가 이리 고난을 겪으니. 한번 도와주는 것도…….'

잠시 멈칫하였던 그이지만 곧 검은색 장복과 가면을 걸친 뒤, 지금껏 억제하던 기도 또한 방출하자 주위의 나무들이 사시나무마냥 떨어댄다. 그렇게 옷과 가면, 그리고 방출된 기도가 조화를 이루자 이 무시무시한 가면을 쓴 이가 방금 전 앳된 모습이 보이는 소년임을 그 누구도 예상치 못할 것이다.

그렇게 복면을 한 마린이 손을 휙 내젓자 무언가 휙 하고 날아갔다.

그리고 날아간 그것은 정확히 검술을 펼치는 루아라의 검

끝을 따악 하고 내쳤고 그에 그녀의 검이 떨궈졌다. 떨어진 것은 작은 나뭇가지였다. 그런 작은 나뭇가지로 검을 쉽게 떨군다는 것은 상식적으로 이해할 수 없는 일이나 마린이 절묘한 때를 노려 던진 탓에 검을 굳게 쥐었던 그녀도 어쩔 수 없었다.

곧 그녀가 나뭇가지가 날아온 쪽을 향해 천천히 돌아섰다.

한밤중, 기척도 못 느낀 상태에서 이런 일이 벌어졌다면 놀랐거나, 하다못해 당황스러워하기라도 해야 하건만 마치 섬세한 유리 인형 같은 그녀의 표정에는 아무런 변화가 없다. 내심 그런 흔들림없는 그녀의 모습에 마린은 가슴이 설레었다. 마치 너무나 그리운 이를 만난 것 같은 느낌에 마린은 가슴이 진정되지 않았다.

나무 사이로 가려진 탓에 주위를 살피는 그녀의 모습에 마린은 이내 나무에서 떨어져 내렸다. 사뿐히 내린 마린은 이내 기도를 열어든 채 그녀에게 다가갔고, 5미르쯤에서 멈추어 섰다.

무거운 침묵이 지나갔다.

잠시 후 마린의 무시무시한 기도와 침묵의 압박에 그녀도 참을 수 없었는지 그 꽃잎 같은 입술을 떨어뜨렸다.

"그대는 누구요?"

그녀의 목소리에 마린은 며칠 전부터 연습했던 이제 어색하지 않게 된 전음을 이용해 대답했다.

"내가 누구인지 알 필요는 없다. 그저 네가 검을 함부로 여기는 것에 답답하여 잠시 충고를 하려는 것일 뿐."

귓가에 속삭이듯 들리는 목소리에 눈을 잠시 흩뜨리던 그녀는 이내 냉정을 찾고 다시 물었다.

"그게 무슨 말인지 잘은 모르나, 나를 해치려 하는 것은 아님이 맞는 듯하군요."

"그렇지, 검의 길을 걷는 자로 그저 너에게 한 수 가르쳐줄까 싶어서 그런 것뿐이니. 무릇 검은 수많은 병기 중 왕이라 할 수 있다. 베는 것은 도보다 강하고, 찌르는 것은 창보다 더 강한 위력을 보이니 능히 그럴 만하다. 물론 그렇게 되기는 어렵다. 그에 많은 이들이 그 길에 들어서기 위해 많은 방법을 고안하였고, 그중 대표적인 것이 검술이다. 실제 쓰이는 검의 궤적을 능히 쓰기 위해 초식으로 만든 명가의 검술은 대단하다 할 수 있다. 물론 너의 검술 또한 훌륭하고."

겉으로 들어난 기도만으로도 까마득한 경지에 들어선 이가 가문의 검술을 칭찬하자 루아라는 긴장감이 조금은 풀리는 걸 느꼈다.

"한데 안타깝게도 넌 검술의 형만을 이해할 뿐이다. 분명이 검술이 만들어졌을 때 이런 겉치레만을 말한 것이 아닐 것이다. 방어하는 초식이 있다면 공격하는 초식도 있는 법이고, 그런 것이 모여 검술의 형을 만들었지. 한데 막상 실전에서는 그런 것이 아니란 말이다."

그 말에 루아라는 자신도 모르게 살짝 고개를 끄덕였다. 그런 그녀의 모습에 마린은 자신도 모르게 미소를 지으며 떨어진 그녀의 검을 툭 차올려 쥐었다.

"초식에 연연하지 마라. 너는 놀랍게도 오랫동안 내려온 가문의 검술의 형을 넘어섰으니 말이다. 자, 보거라, 초식을 넘어선다는 것이 어떤 것인지. 보다시피 이 초식과 마지막 초식이 섞이면……."

유성같이 세 개의 검의 잔영이 일렁이는가 싶더니 어느새 검이 날카롭게 대기를 가른다.

파르르륵―

너무나 강렬한 여파에 2미르 범위의 풀들이 사르륵 베어졌다.

"이렇게…… 제법 쓸 만한 검식이 나오는 거지."

"아!"

생각시도 못한 임청난 검식이 지금껏 익혔던 검술에서 나오자 그 유리 인형 같았던 루아라의 입술은 꽃봉오리처럼 벌어졌다.

휘익―

그런 그녀에게 마린이 검을 쓱 하고 던졌지만, 그 간단한 손놀림에도 절묘한 변화가 있었는지 검은 어느새 그녀의 손에 쥐어져 있었다.

가로막혔던 벽이 허물어진 듯하자 조금 흥분한 그녀는 검이 손에 놓여지자 방금 복면이 가르쳐 준 검식을 펼쳤다.

일렁이는 세 개의 검. 하나 그 뒤에 대기를 가르는 검은 마린이 펼친 것과는 달리 무거워 보였다. 아니, 균형 잡혀지지 않았던 탓에 조금은 비틀거리기까지 했다. 다시 한 번 펼치어도 똑같은 결과가 나오자 당혹스러운 빛을 감추지 못하는 그녀의 귓가에 꿀과도 같은 조언이 들려왔다.

"형식을 벗어나라는 말을 모르는 것인가? 앞의 초식이 허식이라면……."

흐트러지며 끝내는 말이었지만 그 몇 마디 말에 해답을 찾은 루아라는 다시 검을 펼쳤다. 그리고 일러주었던 대로 첫 초식을 날카롭지만 실이 없는 듯 힘을 빼내며 펼쳤다. 그러자 돌아오는 힘이 응축되어 한 번에 터졌고 동시에 펼치어진 검은 날카로이 대기를 갈랐다.

쉬이익—

검의 기세에 풀잎이 흐트러져 갔다.

분명 복면인만큼은 아니었지만 벽을 넘어선 검식의 묘가 펼쳐지자 루아라는 가슴속에서 기쁨이 치솟아올랐다.

그 마음이 벅찼던 탓일까? 무표정한 그녀의 얼굴에 이 밤하늘을 밝히는 달빛보다 더 환하고 아름다운 미소가 펼쳐졌다.

얼어버린 여신이 따뜻한 햇살에 녹아내린 듯하다.

숨이 탁 막히는 듯한. 그런 그녀의 모습은 이 세상 사람이 아닌 듯했다. 이야기 속의 여신도 이같이 아름다웠을까?

아마 그녀의 미소를 본 사내라면 아무리 목석 같더라도 마음이 흔들릴 것은 분명했다. 그렇게 환한 미소를 짓던 그녀가 뒤돌아봤을 때 그녀는 어색하게 서 있어야 했다, 그 정체를 알 수 없는 복면인은 사라지고 없었기에.

베어진 풀잎들이 바람을 타고 어디론가 날아간다.

Chapter 10
어긋난 예언은 시작되고

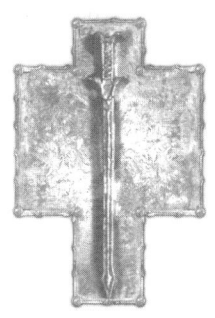

　여름이 절정에 달하는 달이었다.

　가끔씩 하늘에서 폭포같이 떨어지는 소나기들이 뜨겁게 달구어진 대지를 식혀주었지만 그것만으로는 이 여름의 더위 속에서 벗어나기는 턱없이 부족했다. 햇살에 비춰서인지 푸른 나무들이 가끔씩 불어오는 바람에 몸을 맡긴 채 흔들거렸다.

　어느 더운 여름 저녁.

　4주간의 여름 합숙 훈련, 달리 지옥 훈련이라고도 말하는 그 훈련을 마친 그날 마린 일행은 한 명을 제외한 채 나무 그늘에서 쉬고 있었다. 학교 주최로 여름에 전통적으로 내려오는 이 합숙 훈련은 극한의 인내와 몸의 유연함을 한층 더 발전시켜 주는 좋은 효능을 지녔기에 누구 하나 빠짐없이 지원하며 겪는 수업이었다. 확실히 한층 구리빛으로 그을린 그들의 모습이 막 입학한 것과는 달리 조금은 날카로워진 듯 보인다.

더위 앞에는 장사 없다는 말이 있듯이 그들은 유난히 힘들었던 오늘 훈련에 지쳐 있었다.

하나 의외라는 말이 있듯이, 이 살벌한 더위에 지치기도 하려만 세리온스는 무엇이 그리 좋은지 들뜬 감정을 이기지 못해 이리저리 뛰어다녔다.

그의 모습에 마린 등은 숨이 막힐 듯한 더위를 느꼈고 결국 보다 못한 마린 등이 소리를 질렀다.

"세리온스, 고만 좀 뛰어다녀! 보는 우리가 더워 죽을 것 같아!"

"네가 인간이냐! 그만큼 훈련받고 아직도 기운이 나다니……."

"에~휴. 좀 상식적으로 살자."

마린 등의 비난에 우뚝 선 세리온스는 요사스러운 그 특유의 아름다운 미소를 지으며 소리쳤다.

"드디어 내일부터 크로센 제국 비무대회가 벌어지는데 너희는 가슴이 벅차오르지도 않는 것이냐? 기사 지망생이라는 녀석들이, 자각이 없군. 쯧쯧."

비아냥거리는 세리온스의 말에 더위에 평소보다 날카로워져 있던 마린의 친구들은 울컥 하는 심정에 벌떡 일어나 세리온스를 쫓았으나, 피곤이 쌓인 몸은 지구력이 뛰어난 세리온스를 잡지 못하고 결국 연무장에 하나둘씩 쓰러지고 말았다.

티격태격하는 그런 친구들의 모습에 웃음을 짓던 마린은 어디선가 불어오는 바람을 맞이하며 두 눈을 감는다.

'제국 비무대회라?'

크로센 제국의 주최로 열리는 세계 비무대회는 하르미안 대륙의 수많은 비무대회 중 가장 명성 높은 세 가지의 대회 중 하나이다. 그도 그럴 것이, 세계에서 수많은 강자들이 자신의 실력을 확인하기 위해 몰려오기 때문이다. 또한 제국이 내건 상품 또한 언제나 대단해 우승을 노리고 오는 이들도 적지 않았다. 때문에 기사에 대한 환상이 대단한 세리온스가 저리 흥분하는 것도 무리가 아니었다.

잠시 세계 비무대회에 대해 생각하던 마린은 큼직한 미소를 지었다.

'이 세계의 강자들이라……. 재미있겠군.'

쉬이이잉—

무언가 한 차례 일이 벌어짐을 알리는 것일까? 노을 진 하늘 아래 시원한 바람이 요란스레 불어댔다.

내일부터 개최하는 세계 검술대회 탓일까?

베로나의 열기는 여름의 더위와 어울려 달이 높게 뜬 저녁임에도 한낮같이 뜨겁기만 하다. 마치 여름 축제가 다시 열리기라도 하듯 귀족, 황족, 민간인들 가릴 것 없이 사람들의 설레임에 베로나는 어느 때보다 활기가 넘친다.

그런 축제 분위기에 아랑곳하지 않는 긴 세월 동안 고요함이 깃든 곳이 하나 있다. 소수의 사람들만이 그 존재를 아는 여러 명칭이 있으나 그곳의 신비와 고귀함에 대대로 성지라고 불리는 그곳.

제국의 중심지인 베로나에 위치한 황성에서도 깊은 중심지에 위치하며 그 넓이가 백 미터, 그 터 주위로 쌓여진 담이 30미르인 이곳은 대대로 황제만이 출입할 수 있는 곳이다. 만약 황제가 아닌 이가 정해놓은 문을 통해서가 아닌 억지로 들어설 경우엔 대현자 푸시스가 쳐놓은 신마법에 죽음을 맞이하기 때문에 자연 사람들의 발걸음이 멀어진 곳이기도 했다.

이 성지에는 황제에게만 알려진 한 가지의 전설이 내려온다.

언젠가 보게 될 것이다, 암흑의 별을. 그 거센 별은 그대들과 세상을 집어삼키어 모든 것을 사라지게 할 것이니. 이는 이 세상의 그 누구도 막을 수 없다. 설사 신이라 할지라도 이를 막지 못함이니 그저 비통할 따름이다. 하나 드래곤의 지혜와 친구의 도움으로 어긋난 운명을 열게 되니……. 그저 그때가 늦지 않기를 기원할 뿐이다.

섬뜩하기 그지없는 예언이다. 특히나 현 시점에서는 이 예언이 얼마나 끔찍스러운지 모른다. 올해 여름이 시작할 무렵 성자가 그와 같은 신의 말씀을 남기고 죽지 않았던가?

그 때문에 최초로 이 예언을 전해 들은 최상위층의 귀족들은 마음의 동요를 감추지 못하였고, 3개월이라는 이 짧은 시간동안 열 번이나 한 자리에 모여 회의를 벌였다. 또 동시에 검왕과 권왕, 또는 현왕의 유적지를 찾으러 탐사대의 수를 지금까지보다 열 배나 더 늘리기까지 했다.

하나 지금껏 어떤 해결책의 실마리도 찾지 못해 그들의 마음은 한층 더 무거워져만 갔다.

동요가 극히 심해져만 가자 결국 현 크로센 제국의 황제 빌 아리온은 이틀 전에 열렸던 열 번째 세계회의 때 대대로 내려오던 이 예언을 말하였고, 그때야 그들은 숨통을 조금이나마 트일 수 있다.

전설이라 불리는 이들이 후세 사람들을 위해 해결책을 하나 만들었다 하니 잠시나마 안심이 된 것이다. 그러나 다른 말로 하면 이번에 내려오는 재앙이 얼마나 절망적인지를 말하는 것이기도 했기에 다른 한편으로는 다시 그 재앙의 위험성을 되새기는 계기가 되기도 했다.

그렇게 사람들이 실낱같은 희망을 잡게 해주었던 성지의

중앙에는 한 쌍의 사자상이 10여 미르의 화려한 탑 위에서 서로 마주 본 채 자리 잡고 있었다. 그 사자상은 각각 붉고 푸른 색을 띠었는데 신비롭게도 오랜 세월의 풍파 속에서도 전혀 손상이 가지 않았다. 또한 정해진 날은 없으나 1년에 한 번 그 스스로 빛을 뿜어내곤 했다.

그날이 오늘인지 사자상들은 스스로 빛을 뿜어내기 시작했다. 한참 동안 빛을 뿜어내던 사자상은 무슨 이유인지 전에 없이 그 눈이 번쩍거렸다. 마치 서로 이야기라도 하는 듯 붉고 푸른 사자상은 서로 눈을 수십 번 번쩍이는 것을 반복하더니 신비스러운 일이 벌어지기 시작했다.

사방 1만 미르에 자리 잡은 성지의 팔방에서 자색 빛을 길게 뿜어내기 시작하는가 했더니 이내 그 빛이 퍼지며 무수한 형태로 지대를 그어 내렸다. 순식간에 1만 미르에 해당하는 복잡한 수식이 얽힌 진이 생겨났고, 그 자색 빛들은 사자상에 흘러들기 시작한다.

1만 미르에 해당하는 상상도 못한 대규모의 진이 발동한지 얼마나 되었을까? 곧 자색 빛에 감싸졌던 사자상의 빛이 사라지기 시작했다. 그 환한 빛이 많이 엷어졌을 때 사자상이 놓였던 자리에 정체 모를 인영이 모습을 드러냈다.

빛이 완전히 가시며 나타난 이는 일반인들보다 머리 두어 개는 더 큰 붉고 푸른 망토를 쓴 존재들로 얼굴이 커다란 철 투에 가려져 보이지는 않았지만 그 두건 사이로 빛나는 푸르고 붉은 눈을 보이고 있어 그들이 인간임을 알 수 있었다.

적막함이 그 주위를 감쌌다. 마치 이 세상에 존재하면 안 되는 두 존재가 나타나기라도 한듯이 쉴 새 없이 불어대던 따스한 바람은 그들 주위를 비켜가는 듯했다. 잠시 후 그 적막함을 깬 것은 우뚝 솟은 푸른 탑 위에 자리 잡고 있던 푸른 두건을 쓴 사내였다.

"어긋난 예언의 주인이 늦지 않아 다행이군."

심상치 않은 뜻이 담긴 말을 한 그의 음성은 괴기했다. 마치 어긋난 칼들이 맞대어 긁어낸 듯한 음성이었는데 비단 그는 음성만 아니라 어투도 희귀했다. 현 대륙의 어투와는 상당히 거리가 먼 것으로 자세히 들어본다면 그것은 고대 대륙의 것과 유사함을 알 수 있었다.

푸른 두건의 말에 아무런 반응을 보이지 않던 붉은 두건의 사내는 자신의 망토에서 붉은 구슬을 꺼내었고, 이내 그것을 깨뜨리며 조용히 읊조렸다.

"이틀……."

한마디의 말이었으나 푸른 두건의 사내는 그것이 무슨 뜻인지를 알 수 있었다. 그리고 자신 또한 망토 속의 푸른 구슬을 꺼내며 깨뜨렸다. 그러자 그들이 띠던 이질적인 분위기는 온데간데없어졌고 세상도 그들을 받아들인 듯 따스한 바람이 그들 사이로 불어대기 시작한다.

파라라락—

그들의 거대한 망토는 요란한 소리를 내며 휘날렸고 어느 순간 망토가 거센 바람에 슥 하고 그들 몸을 삼켰을 때 그들은 순식간에 희미해지더니 이내 사라져 버렸다.

그들이 사라진 성지는 이제 자신의 일을 다 했다는 듯 전과 달리 아늑해 보였다.

Chapter II

전장 속에서 피어나는 연인

한편 라리아와 찰스, 케론이 속한 졸업 시험조는 베로가나로 향하고 있었다. 이곳은 제국의 수입 중 40%를 차지할 정도로 활발한 무역량을 자랑하며 대륙의 첫째, 둘째를 다투고 있는 무역 도시이다. 상인들이 바로 황금의 도시라고도 부르는 이곳은 시베라스 강을 통하여 활발한 무역들이 움직인다. 시베라스 강은 대륙에서 가장 긴 강으로 연합왕국들을 지나치고 저 드래곤 산맥까지 이어져 있었다. 이 강의 길이가 어느 정도인지 모르나 아마도 대륙의 끝에서 끝까지 이어져 있지 않을까 하는 것이 사람들이 생각하는 추세였다.

시베라스 강을 탄 어떤 배들이라도 반드시 이곳 베로가나를 지나치게 된다. 이곳에서 쉬어 가는 상인들은 물물 교환으로 인하여 멀리까지 가지 않아도 이곳에서 크게 돈을 번 이들이 많았다. 그렇기에 대륙의 이름난 상인들치고 이곳을 거치지 않은 이가 없었다.

이곳 영지의 주인은 네로나만 후작으로 제국의 북서쪽 끝에 위치하여 수도 베로나와 먼 거리임에도 제국의 수입에 커다란 영향을 주는 곳이기에 정계에서도 그의 영향은 컸다. 많은 재산을 관리하는 이답게 이곳에 오는 상인들이 무역을 잘할 수 있도록 여러 가지 법들을 만들었고, 올바르지 못한 방법으로 장사를 하여 사람들에게 피해를 주는 이는 큰 벌을 내렸으며, 생활이 어려운 이들에게는 따로 지원금을 주어 그들이 삶을 이어갈 수 있도록 해주었고, 가난한 아이들 중에서도 매년 시험을 치게 하여 현자나 검사로서 뛰어난 재능을 보이는 이들은 따로 뽑아 그 일에 종사할 수 있도록 해주었다.

그러니 이곳 베로가나의 시민들이나 이곳을 한 번이라도 지나간 여행자들 중 네로나만 후작의 덕을 보지 않은 이가 없었고, 그 덕에 감동해 네로나만 후작을 하늘이 내려준 성인이라 부르며 칭송하곤 했다.

병력 또한 제국에서 다섯 손가락 안에 들 정도로 개인이 지닌 병력도 엄청났다. 보병 2만에 기사 200명, 현자들의 수도 50명이나 되었다. 지니고 있는 재산이 많은 것도 이런 병력이 유지되는 이유 중 하나가 되었지만 그보다는 몬스터들이 잦은 최전방 지역에 위치한 것도 그런 병력을 가진 이유 중 하나였다.

세 달 전이었다, 평화로웠던 베로가나 근처의 몬스터들이 흉포해져 날뛰던 일은.

다행히 평소에 보안이 잘된 곳이라 인명 피해는 적었으나 지속적인 몬스터들의 공격에 무역이 뜸해지면서 상인들에게나 평민들에게도 물질적으로 커다란 피해를 주게 되었다.

재물도 중요하나 그보다 중요한 것이 사람의 목숨이라 생각하는 네로나만 후작은 몬스터들을 다 처리하기 전까지 모든 무역들을 끊고 몬스터 소탕에 나섰다. 그렇게 본격적으로 뛰어들었음에도 어디에서 나타나는지 하루하루가 다르게 불어나더니 결국에는 200년 전의 악몽을 재현시키려는 듯 대략 보아도 5만의 몬스터 군단이 형성되었다.

그때부터 지금까지 성벽을 방패 삼아 낮에는 막고 밤에는 흥분한 몬스터들을 함정에 빠뜨려 그 수를 줄여 나가고 있었다. 그렇게 한 달을 노력한 결과 몬스터들의 수는 이제 3만으로 줄어들었다. 그동안 네로나만 후작의 병력에도 희생이 꽤 있었지만 대가에 비하면 싸다고 말할 수 있었다.

네로나만 후작의 영지가 드래곤 산맥 쪽이라 그런지 몬스터들의 종류도 가지가지였다. 무시무시한 힘을 소유한 오우거의 우두머리 격인 투 헤드 오우거와 오우거를 중심으로 거미줄을 뿜어 생명체를 잡아먹는 셀로브, 독을 뿜는 코블린,

주력의 대부분을 차지하는 오크, 끔찍한 재생력을 지닌 트롤 등 그 밖에 마법을 쓰는 몬스터들까지 한두 가지 종류가 아니었기에 몬스터와의 전쟁은 말로 표현할 수 없이 치열했다.

하지만 치열하던 이 전쟁도 소식을 듣고 찾아온 네로나만의 친구인 폭열광사 레닌 현자와 그의 제자들이 오고 난 후부터 일은 안정적으로 풀어져 갔다. 그들은 전쟁에서 닦아진 전술로 몬스터들을 간단히 각개격파했고, 현자들도 필요한 곳곳에 연사적으로 지원해 주자 병사들도 사기가 올라 그 후부터 탄탄대로였다.

전쟁을 선포한 지 3개월째, 전쟁은 이제 막바지에 다다라 있었다. 크게 이기고 있는 전쟁이기에 위험도 없고 실전을 직접 겪어야 하는 졸업 시험에도 최적이라 다른 곳에 가는 이들보다 훨씬 많은 50명이 이곳으로 오는 것이다. 그동안 오는 길에 몬스터들의 접촉도 여러 차례 있었지만 괜히 케론이 천재 기사로 불리는 것이 아니었다. 5학년의 존재들은 이미 그 실력을 인정받고 들어설 수 있는 것도 이유는 있겠으나 뛰어난 지력과 검으로 피해없이 해가 질 무렵쯤 크로센 제국의 최고의 무역 지역이라는 베로가나의 성문 앞에 도착할 수 있었다.

성문에서 그동안 전쟁으로 인해 날카로워진 경비원들에게 기사 신분증과 이곳에 온 이유를 말하자 이미 얘기를 들었던 경비대장은 전쟁터에서 새로 이름을 날리고 있는 천재 기사 케론과 일행을 후작이 있는 성으로 안내했다.

안내받는 도중 전쟁을 하고 있는 와중에서도 사람들의 얼굴에는 웃음꽃이 핀 이들이 여러 보였고, 시장 곳곳마다 부적거리며 활기가 넘쳤다. 전쟁을 하는 중이기에 상당히 힘든 얼굴과 암울한 분위기를 할 거라고 생각했던 케론과 안내를 하는 경비대장을 제외한 일행은 깜짝 놀랐다.

새삼스레 베로가나 영지의 재력과 통솔력에 감탄한 것도 잠시, 그 놀람은 후작의 성으로 들어가면서 더욱 커졌다. 황성만큼 화려하고 웅장하지는 않지만 곳곳에 세심하게 신경을 쓴 장식물이나 잘 가꾸어진 끝없는 정원들은 보는 이로 하여금 감탄성이 절로 나오게 했다.

성의 크기도 황성에 비해서 작다는 것이지 일반 귀족들로서는 이러한 건축물을 유지하다가는 한 달도 못 가서 파산하고 말 것이다. 이러저러한 아름다운 예술품들을 구경하며 성의 바로 앞까지 다다른 케론 일행을 후작은 집사와 함께 손수 나와 반겨주었다.

"여기까지 온다고 수고했네. 전쟁이 일어나고 있는 터라 자네들이 몬스터들에게 피해를 입지 않았을까 걱정했는데, 다행이야. 2년 만에 만나는군, 케론 경. 많이 발전했다더니 이거 듣던 거보다 더 대단한 것 같군. 괜히 천재 기사라 불리는 것이 아닌가 보이. 하하하."

그 말에 케론은 손사래를 치며 말했다.

"하하하. 어디서 그런 헛소문을 들으셨습니까. 저희가 이곳에 온 이유에 대해서 아버지께 들으신 걸로 압니다. 몇 달이 될지 모르겠지만 신세를 지겠습니다."

그 말에 후작은 학생들 하나하나를 살펴보면서 감탄사를 냈다.

"신세는 무슨, 오히려 우리가 신세를 지는 거지. 한데… 하나같이 뛰어난 실력자들로 보이는군. 그중 몇 명은 지금 바로 기사로서 활동해도 상관없겠어. 아! 이런, 내 정신 좀 보게나. 그동안 여행으로 피로가 많이 쌓였을 텐데 아직도 세워두고 있었군. 집사, 일단 이들이 쉴 수 있게 방을 준비해 주게. 그리고 주방에 연락해 음식에 각별히 신경을 쓰도록 전하게."

"네, 후작님. 그럼 손님들께서는 이쪽으로 오시지요."

케론을 뺀 라리아를 포함한 학생들은 집사의 안내에 수없이 많은 방 중에서 자신이 마음에 들어하는 잘 꾸며진 방들을 잡아 오랜만에 뜨거운 물로 쌓인 먼지를 씻어냈다. 그 후 미리 준비된 옷으로 갈아입은 그들은 크고 화려하기 그지없는 식당에 내려가 식사를 마쳤다.

학생들 대부분이 긴장감의 연속이었던 여행의 피로를 이기지 못하여 일찍 잠자리에 들었다.

케론은 오랜만에 만나는 네로나만 후작을 만나 그동안 있었던 일들과 이번에 두 번째 후계자로 들어온 마린에 대해서 말을 하며 놀라는 후작의 반응을 즐기고 있었다.

"허~ 거참, 그걸 나보고 믿으라는 거냐? 이제 16살밖에 안 된 어린 녀석이 어떻게 너와 무승부로 끝날 수가 있다는 말이냐? 2년 전에도 웬만한 기사들과도 밀리지 않았던 실력자인 네가 말이야. 커험~ 뭐, 물론 아직 너의 검술은 나를 따라오려면 한참 멀기는 했지만, 그래도 겉으로만 봐도 지금 너의 실력은 우리 영지의 그 누구하고 붙어도 이길 실력자인 것 같은데 말이야."

"하하…… 뭐, 정 못 믿으시겠다면 어쩔 수 없지요. 하지만 그 소년은 칭찬에 정말 인색하신 저의 아버지가 인정한 천재라고요. 그리고 네로나만 후작님도 우리 제국의 핵심 인물 중 하나이시니 알고 계시겠죠. 그 예언 말입니다. 아버지는 그 마린이라는 소년을 빛 중의 하나라고 인정하셨습니다. 만약 그가 빛이 아니라면 도대체 누가 하르미안 대륙을 어둠으로부터 지켜줄 수 있겠냐면서."

"흠~ 빛이라…… 그래, 라리온 경의 말대로 그 소년이 신이 대륙의 생명들을 불쌍히 여겨 보내주신 선물 중의 하나라면 너의 말이 사실일지도 모르겠구나."

잠시간의 침묵 속에서 술을 들이켜던 네로나만 후작은 몬스터들과의 전쟁이 어떻게 되어가고 있고 대륙의 몬스터들의 활동들에 대해서 설명을 하다 늦은 밤이 되어서야 피곤하겠다며 토론을 접었다.

케론이 방으로 돌아간 후 홀로 앉아 달빛을 맞으며 또다시 술을 들이켜던 네로나만 후작의 등 뒤로 밝은 빛이 열려진 창가 사이로 들어오더니 곧 현자의 옷을 입은 붉은 머리를 길게 늘어뜨리고 붉은 수염이 인상적인 중년의 사내가 나타났다. 그 중년의 현자는 네로나만 후작이 따라 마시던 술잔을 냉큼 쥐고는 그의 앞자리에 앉아 벌컥벌컥 들이켰다. 마지막 한 방울까지 다 털어 마신 그는 인상을 찌푸리며 따지는 듯 말했다.

"누구는 미친 듯이 전쟁을 하고 있는데, 네놈은 여기서 이 비싼 술만 처마시고고 있냐? 쩝~ 그건 그렇고, 오늘 케론이 왔다며. 내가 그놈과 같이 전쟁을 치른 적이 몇 번 있는데 젊은 놈치고는 제법 생각이 깨어 있는 놈이더군. 마치 젊은 날의 그놈 아비를 보는 것 같단 말이야. 정말 꼭 빼다 박은 놈이야. 본인은 그런 이야기를 들으면 싫어할지 몰라도 말이지. 케케케."

"휴~ 레닌, 좀 조용히 하면 안 되겠어. 갑자기 와서 겨우 잡은 분위기 망치지 말고. 그리고 애 싫어하는 짓 좀 하지 마. 너도 나이가 몇인데 이제 자제 좀 해야지. 그래. 지금 상황 보고 좀 해봐."

그 소리에 기가 막힌다는 듯 멍한 표정을 짓던 레닌은 너는 얼마나 잘났냐. 너는 나이를 어떻게 먹기에 나한테 지랄이냐.

가진 건 돈밖에 없는 놈이 있는 놈이라고 더 그런다. 참 더럽고 치사하다는 등 이러저러한 비꼬는 소리를 지르는 레닌의 말에 네로나만 후작은 평소라면 이성이 본능을 눌러 꾹 참고 넘기겠지만 술이 들어간 상태인지라 결국 폭발하였고, 서로 인신공격을 하며 30년 전의 시시콜콜한 이야기까지 꺼내기 시작했다.

서로의 숨기고 싶었던 좀스런 이야기까지 나오자 결국 화가 머리 꼭대기까지 폭발하여 나중에는 서로 무력까지 동원하려 하자 그때서야 시끄러운 소리에 문밖에서 서성대고 있던 레닌의 제자들과 기사들이 그들을 제지하였다.

한참을 씩씩거리던 레닌은 제자들을 데리고 리리를 외친 후 다시 전쟁터로 사라졌고, 고함을 지르다 술이 다 깬 네로나만 후작은 케론이 부탁한 대로 위험하지도 않고 실전을 경험하기에도 적절한 곳으로 학생들을 배치시키기 위해 수정으로부터 받은 정보를 바탕으로 다시 군부대를 재편성하기 시작했다.

다음날 아침 학생들은 전쟁이 벌어지고 있는 성벽 쪽으로 갔다. 거기서 미리 네로나만 후작에게 지시를 받았던 기사단장은 학생들을 열 명씩 나누어 한 조를 만들어 적절한 곳으로 배치하였다. 케론과 함께한 조에는 라리아도 끼어 있었는데 이은 다른 조들보다도 실력이 높은 조로 편성되었기에 위험도수가 조금 있는 지역을 맡았다.

전투가 시작되자 학생들은 처음에는 다른 데서 느끼지 못했던 그 박력적인 살기와 광분에 질려 버렸다. 그래도 다들 한 실력들을 하는지라 빠르게 회복하더니 곧 익숙해져서 제 실력들을 발휘하기 시작했다.

케론이 포함된 조도 처음에는 힘들어하였으나 곧 케론의 도움으로 자신감을 되찾고 제 실력을 발휘하면서부터 어렵지 않게 밀어붙일 수 있게 되었다. 또 위험하다 생각이 들 때면 뒤에서 레니를 외치며 연사적으로 지원해 주는 현자들 덕에 크게 다치는 이들도 없었다.

특히 케론이 포함된 조에서 케론을 제외한 활약을 가장 많이 한 이는 라리아였다. 5학년 전체에서도 손가락으로 꼽히는 실력자이기에 어찌 보면 당연한 것인지도 몰랐다. 케론은 가장 위험한 곳에 위치해 싸우는 와중에도 혹시나 학생들이 위험하지 않을까 신경을 썼다. 그러다 검을 날카롭게 휘두르며 몬스터를 깔끔하게 처리하는 라리아의 모습에 자신도 모르게 휘파람을 불었다.

과연 저 모습이 부끄럼이 많았던 그 소녀가 맞는지에 대해서 잠시 고민하던 케론은 어느 순간부터는 이제 여인이 된 라리아에게 시선을 빼앗긴 것도 모르고 있었다. 그 와중에도 그가 본능적으로 처리한 몬스터의 수는 두 자리 수를 넘어 세 자리 수가 되어갔다.

그의 모습을 뒤에서 지켜보던 네로나만 후작은 휘파람을 불며 감탄사를 내뱉었다.

"원, 2년 만에 괴물이 되어버렸군. 자신이 의식도 못하는데 검을 피하잖아. 하여튼 저 집안은 감각 하나는 알아줘야 한단 말이야. 지금 보니 나하고도 별달리 실력 차이가 없겠네. 우리 아들과도 좋은 승부를 보이겠는걸. 도대체 라리온은 어떻게 키웠기에 저런 괴물 같은 놈을 만들게 된 거지? 라리온 젊을 때보다 더하군. 휴~ 좋아, 이거 나도 몸이 근질거려서 못 살겠군. 슬슬 나도 그럼 전장에 들어갈 볼까. 하하하. 자, 한 번 깨끗이 청소하러 가자꾸나, 베로가나의 기사들이여. 이 랴."

네로나만 후작이 앞장서 말을 타고 달리자 그의 주위에 있던 기사들도 함성을 지르며 말을 재촉하여 몬스터가 있는 곳으로 달렸다. 여기저기서 피비린내가 진동하자 전장에 들어선 그들을 흥분시키기에 충분했다.

그렇게 시작된 전투는 날이 저물 때쯤에야 끝날 기미를 보였다. 뜨겁게 타오르는 투쟁심들을 뒤로한 채 기사나 보병들 할 것 없이 현자들의 지원을 받으며 신속하게 성으로 들어갔다.

날이 저물고 달이 뜨기 시작하자 몬스터들은 광란에 빠진 듯 소름 끼치는 함성을 외치며 성으로 달려들어 왔다. 이제부터는 미리 대기하고 있던 야간 조들이 나설 차례였다. 낮에 이미 준비해 두었던 함정들을 발동시켰고 바람의 속성을 지닌 기사들이 그 함정들 쪽으로 몬스터들을 유인했다. 그런 모습이 자연스럽다고 생각될 정도로 그들은 달빛 때문에 광분한 몬스터들을 자유자재로 능숙하게 처리해 나갔다.

오늘 젊은 날의 라리온 경과 흡사한 실력을 지닌 케론을 보고 피가 끓어서인지 흥분했던 네로나만 후작의 갑옷 곳곳에는 보통 때보다 많은 양의 괴물들의 녹색 피가 말라붙어 있었다. 그 덕에 왠지 젊은 날로 돌아온 듯한 느낌에 기분은 좋았지만 역시 나이는 속일 수 없는지 네로나만 후작은 몸 여기저기가 쑤셔왔다. 아무래도 오늘은 많이 무리했던 모양이다.

그에 비해 조금은 피로해 보이지만 아직 팔팔한지 학생들이 다친 곳이 없나 일일이 체크하는 케론을 보니 약간의 질투심을 느끼다 자신의 나이를 생각하자 실소가 나왔다.

'허허……. 늙은 놈이 주책이지. 내 나이가 몇인데. 아들뻘 되는 이한테 질투심을 느끼다니. 거참. 그러고 보니 윌리스 이놈은 베로나에 잘 가고 있는지 모르겠구나. 몇 년 전부터 사랑하는 사람이 생겼다는 놈이 그 여자한테는 구애도 하지 않고 정신없이 검에 매달리기만 하더니 이제 되었다고 갑자기 나가는가. 뭐, 아무래도 좋겠지.'

다행히 학생들 중에서도 크게 다친 이들이 없었고 다친 이들도 경상 정도에 그쳐 간단하게 성수로 치료를 받았다.

라리아는 몸이 피곤했지만 그보다는 더워서인지 아니면

오늘 낮에 싸우던 일들이 생각나서인지 답답해지는 가슴을 참지 못하고 막사 근처에 있는 호숫가로 갔다.

호수에서 불어오는 바람이 갑갑하던 마음을 달래주는 듯했다. 한참을 호수를 바라보며 마음을 진정시키던 라리아는 달빛에 비쳐 보이는 자신의 갈색 머리에 괴물의 녹색 피가 여기저기 묻어 있는 것을 보고 확실히 자신이 오늘 정신없이 싸웠다는 것을 알게 되었고 이런 모습을 케론 오빠한테 보였다는 것에 부끄러움이 피어올랐다.

곧 달빛에 반짝이는 호숫가에서 라리아는 그 고운 갈색 머리를 적신다. 밤이긴 해도 여름이라서인지 차갑다기보다는 시원하다는 생각이 더 들었다. 머리카락에 묻은 물기를 손으로 대충이나마 짜고 바람에 건조시키려던 차에 인기척이 느껴졌다. 돌아보니 케론 경이 벌게진 얼굴을 한 채로 자신을 바라보다 자신이 바라보자 얼굴을 다른 데 돌리며 당황스러워하고 있었다.

라리아도 괜스레 얼굴을 붉히며 가볍게 케론 경에게 머리를 숙여 보이고는 아직 물기에 젖어 있는 머리를 휘날리며 뜀걸음으로 사라졌다.

그 일이 있은 후 케론과 라리아는 좀처럼 같이 있을 시간이 없었다.

케론이 라리아를 귀여운 여동생이 아니라 여자로서 느끼

게 된 것이다. 아직 누군가를 사랑한 경험이 한 번도 없었던 케론은 낯선 감정에 라리아를 의식적으로 피하게 되었다.

그러던 어느 날 나날이 답답해져 가는 가슴을 참지 못하고 케론은 자신보다 인간사에 경험이 많아 보이는 병사를 불러 물어보았다.

그 말에 그 병사는 당황스러운 표정을 짓다 어이없다는 듯이 그 낯선 감정에 대해 답해주었다.

"무얼 상담해 달라는 겁니까? 그건 사랑이잖습니까? 케론 경께서 하시는 얘기를 들어보니 두 번 생각할 필요 없네요. 그런 감정이 사랑이 아니면 도대체 뭐라고 생각하셨던 겁니까?"

그 말에 케론은 얼굴을 붉히며 결코 그런 감정이 아니라며 부정했다.

"무슨 말이오? 제가 그녀를 사랑한다니요. 그건 아닙니다. 저는 라리아를 친구, 아니, 아주 착하고 귀여운 동생처럼 생각해 왔습니다."

병사는 케론의 부정에 답답하다는 듯 말했다.

"남녀 관계에 사랑 말고 무슨 감정이 필요합니까. 친구, 친한 여동생 다 헛소리예요. 젊은 남녀에게 말입니다. 친구나 친한 여동생은 다 연인으로 넘어가는 디딤돌밖에 되지 않아요. 원래 남녀끼리 오빠 동생 하면서 지내다 연인이 되는 것은 기본적인 연애 상식 아닙니까? 잘 생각해 보세요. 분명히 케론 경께서 그 동생 같다는 여자를 어느 날부터인가 보거나 대화를 하려 할 때를 말이죠. 가슴이 두근거리면서 평소 때와는 달리 대하기가 힘들어지다가도 자신의 시야에서 보이지 않으면 잠도 잘 오지 않을 정도로 답답하고, 눈을 감고 있으면 그녀의 모습이 그려진다고 하지 않으셨습니까. 그 감정이 사랑 아니고 무엇으로 표현이 가능하다고 생각합니까?"

"……!!"

병사는 참 살다 보니 이런 사람도 다 있구나 하는 눈으로 케론을 쳐다보다 상담이 끝난 듯해 멍하니 서 있는 케론을 뒤로한 채 자신의 막사로 돌아갔다. 병사의 말 덕에 케론은 그동안 자신을 괴롭혔던 것이 뻥 하고 뚫리는 기분을 느꼈다. 자신이 그녀를 사랑하고 있다고 인정하자 모든 의문들이 풀렸다. 아마도 처음 봤을 때부터 그녀의 그 순수함과 귀여운 모습에 관심이 갔을 것이다. 그렇기에 평소에 대인 관계에 밝지 않은 자신이 그만큼 라리아와 쉽게 가까워질 수 있었을 것이고, 또 졸업 날 헤어질 때도 그녀가 보이지 않아 상당히 아쉬워했던 것이다.

그러다 몇 년이 지나 다른 이들과는 달리 유독 반갑게 그녀를 대했고, 졸업 시험도 라리아가 포함되어 있다는 말을 듣고는 망설임없이 승낙했다. 그 밖에 여러 가지 자신이 그녀를 사랑하기 때문에 일어났던 일들이 많았음에도 불구하고 인정하려 하지 않았다. 아마도 무의식적으로 그걸 인정해 버리면 지금의 관계에서 나빠지지 않을까 두려워서… 그녀를 다시는 못 볼까 두려워서 꽁꽁 감춰두었던 마음이 지금 남한테까지 상담을 한 후에야 인정을 받은 것일 게다.

자신을 괴롭혔던 진실을 알고 나니, 자신의 숨겨둔 감정의 정체를 알고 나니 그녀가 미친 듯이 보고 싶어졌다. 보고 싶다는 생각이 들자 그는 그녀의 막사 근처까지 바람보다 더 빨리 달려갔다. 그러다 문득 어떤 생각이 들어 그녀의 막사를 바로 앞에 두고 발걸음을 멈추었다.

'혹시나 그녀가 자신의 마음을 받아주지 않는다면 어떡할까. 그렇게 되면 지금까지 유지했던 모든 관계가 깨어지게 되는 것이 아닐까? 그러면 난 어떻게 되지? 앞으로 어떤 식으로 그녀를 보고, 그녀의 목소리를 듣고, 어떻게 그녀의 향기를 맡을 수 있을까?

뜨거웠던 용광로에 차가운 물이 부어지는 듯했다. 만약이라도 그녀에게 거절을 당한다고 생각하니…… 지금까지 유지했던 관계조차 이어지지 못한다고 생각하니 그녀의 막사까지의 불과 몇 걸음밖에 안 되는 그 짧은 거리가 죽음의 전장 속에서 홀로 성으로 찾아왔을 때의 길고 험했던 길보다 더 공포스러웠고 외로워졌다.

'그렇게 되면 안 되는데. 그녀를 사랑하는 마음을 이제야 알게 됐는데, 이제야 나만의 안식처를 찾은 듯한데. 어쩌면 신이 나에게 주는 최고의 선물일지도 모르는데, 나의 인생에 최고의 기쁨일지도 모르는데. 그런 그녀가 바로 앞에 있는데, 불과 몇 걸음만 움직이면 그녀를 볼 수 있고 좋아한다고 고백을 할 수 있는데 왜 나는 여기서 멈출 수밖에 없는 것일까. 바로 몇 걸음만……'

라리아의 막사 앞에서 케론이 서성이는 사이 막사의 천막이 젖혀지며 그가 그토록 보고 싶어하던 라리아의 모습이 드러났다.

라리아는 며칠 동안 한눈에 보아도 눈에 띌 정도로 수척해져 가고 있었다. 낮에는 전장에서의 전투로 몸이 피로해져 갔고, 밤에는 자신과 대화도 안 하려는 케론 오빠에 의해 마음이 아파 잠도 제대로 자지 못해 몸과 마음이 엉망으로 망가져 가고 있었다. 자신이 생각해도 케론 오빠는 노골적으로 자신을 멀리하고 있었다. 무엇이 그리 두려운 것인지 자신이 옆에서 말을 하거나 다가가면 깜짝 놀란 표정을 지으며 허둥대며 멀어져 가는 것이었다.

오늘도 일찍 자기는 틀렸나 보다, 라는 생각이 들었다. 막사의 한쪽에 뚫린 창가에서 보이는 별들이 반짝거리며 아름다움을 뽐냈지만 라이아는 마음이 지쳐서인지 그 별들마저 무척이나 슬퍼 보였다.

아무 생각 없이 저 밤하늘에 빛나는 별들을 보고 있는데 어느새 별들이 뿌옇게 보이더니 눈에서 눈물이 뚝뚝 떨어지기 시작했다. 수척해 보이는 얼굴에서 눈물이 떨어지는 모습을 보는 이가 있다면 너무 안쓰럽고 슬퍼 자신도 그 슬픔에 동화되어 괴로워지게 될 것이다.

이제 진정이 되었는지 더 이상 나오지 않아 눈가에 말라붙으려는 눈물을 닦으며 라리아는 침상 옆에 있는 거울을 보았다. 촛불에 비쳐진 자신의 모습은 며칠 사이에 다른 이가 된 듯 수척해 보였다. 이래서는 내일 전장에도 못 나갈 것 같았다. 호숫가에 흐트러진 모습을 씻어야 되겠다는 생각에 천막을 걷고 나오다 자신의 천막 앞에 있는 케론 오빠의 모습에 라리아는 현실감이 느껴지지 않아 뻘겋게 충혈된 눈을 비볐다. 비빈 눈으로 봐도 케론 오빠가 분명했다.

케론 오빠는 갑자기 자신이 막사에서 나오자 놀란 듯 멍하니 서 있다가 도망치듯 뒤돌아 달려가려 했다. 그 모습에 자신이 뭐 때문에 이렇게 고생하는지, 자신이 고통스러워하는 걸 아는지 모르는지 자꾸 자신에게서 멀어져 가려는 케론 오빠에게 화가 난 라리아는 울컥한 마음에 가슴속에 담아두었던 말들이 튀어나오면서 케론의 발을 묶어갔다.

"오빠, 가지 마시고 거기서 멈춰요! 도대체 뭐 때문에 저를 무시하시는 거죠. 제가 무엇을 잘못했나요? 혹시 저도 모르게 오빠한테 실수한 거라도 있나요? 그게 아니면 도대체 뭐죠? 왜 저를 보기만 하면 도망치시는 거죠? 저는 단지 오빠하고 같이 있고 싶었을 뿐인데. 다만 오빠를 좋아할 뿐인데. 그저 오빠를 사, 사랑해서일 뿐인데. 그저 제가 케론 오빠의 곁에 있고 싶은 이유는 그것 하나뿐인데. 오빠가 저를 사랑하는 것까지는 바라지 않아요. 다만 저를 무시하지 말아주세요. 저한테서 도망치지 말아주세요. 그저 잠시라도 좋으니 제 곁에만 있어주세요. 제발…… . 흑흑."

예상치 못한 라리아의 한마디 한마디가 케론에게 있어서 축복의 선물이었고, 또한 동시에 자신의 마음을 울리는 아픔이 되었다. 그녀도 자신을 사랑하고 있었다는 것은 자신에게 있어서 축복의 선물이었고, 그동안 고통스러웠을 라리아를 생각하니 가슴이 찢어지는 듯했다. 도저히 그녀를 볼 면목이 없었지만 힘들어하는 그녀를 놔둘 수 없었다. 마음을 굳게 먹고 몸을 돌려 고개를 숙인 채 가늘게 떨고 있는 그녀에게 다가가 꼭 안아주었다.

"미안하다. 그리고 사랑한다. 너의 맘도 몰랐던 무심한 나 때문에 그렇게 힘들어했던 너에게 너무 미안하고, 또 여자인 네가 먼저 고백하게 된 것에도 미안하다. 오늘 너의 막사 앞까지 온 것도 너에게 고백하기 위해서였다. 너만큼 용기를 가지지 못한 나는 꼴사납게 고민하다 도망치려 했지만, 그랬지만…… 아니, 그런 건 아무래도 좋다. 다만 너에게 뒤늦게라도 말한다. 사랑한다. 너를 진실로 사랑한다. 이렇게 눈치도 없고 멋도 재미도 없는 사람이지만 너의 곁에서 너를 평생 사랑해도 되겠니?"

충격적으로 찾아온 케론의 말에 한마디 말만 하고는 라리
아는 그동안 누적된 피로가 팍 풀리는 것을 이기지 못한 채
케론의 품 안으로 쓰러졌다.

　"기, 기꺼이……."

『마린』 2권에 계속…